惡之教典

Literary Forest

上

貴志祐介

目次

第一章｜ 005
只要移除阻擋她說出第一句話的心理障礙，真相便會潰堤而出。

第二章｜ 071
前島雅彥的心理測驗結果是最後一片拼圖，一切終於都連起來了。

第三章｜ 141
火焰的顏色是如此令人愉悅。

第四章｜ 211
蓮實趁真田老師失去意識前，用肩膀架著他走出店門；
到這裡為止，被別人看到都沒關係。

第五章｜ 269
不知道為什麼，突然現身、平常總是面無表情的釣井老師，
嘴角揚起一抹淡淡的笑。

第六章｜ 329
門慢慢地打開，一隻細細的手伸了出來；那是塗了紅色指甲油，
毫無血色的一隻白皙的手。

第一章

只要移除阻擋她說出第一句話的心理障礙，
真相便會潰堤而出。

我在混沌的夢裡。

似乎在看舞台劇。所有演員都是高中生，我知道他們是我擔任導師的二年四班學生。這齣戲好像是庫特．懷爾[1]的《三便士歌劇》，手風琴開始演奏〈謀殺〉的旋律，仔細一看，高中生身上綁著操縱人偶用的繩子。舞台上的他們動作僵硬，怎麼看都不像是照自己的意志在動。

我左右兩邊坐著非常年輕的女子，盡享齊人之福。左邊是護理老師田浦潤子，右邊是輔導老師水落聰子，她正一臉擔心地看著舞台上的表演。

被操縱的高中生們井然有序地扮演著被賦予的角色，但有幾個人任意亂動，打亂了整場戲的節奏。我很不高興，便朝他們丟粉筆，但沒丟中任何人。因此，改拿裝了射擊遊戲用軟木子彈的來福槍射擊。

學生一個接一個被擊中，他們先變得像皮影戲偶那樣平坦，隨後從舞台上跌落舞台地下室。觀眾席爆出一陣笑聲。

原本期待兩位女性會稱讚我的槍法精準，但轉頭看，她們卻毫無反應。

不知何時開始，前面幾排開始騷動，是校長、副校長、主任幹部等人不知道為了什麼事而不滿，吵鬧聲頻頻傳來。

他們左右晃動的影子擋住了舞台，來福槍於是瞄準了他們。

射了數發子彈後，眼前的景象突然一變。

我飛在半空中。

很久沒作過在空中飛翔的夢了。平常只要一想飛高，就會被猛地拉回地表，所以頂多只能在距離地面幾公分的高度滑翔，但現在卻飛起來了，而且四周的情景讓人不敢置信地逼真。

看起來還是早上，東方的天空仍有著淡淡的晨曦。

是町田市北部，大約數百公尺上空吧，分隔多摩市及町田市的丘陵地一覽無遺，位於小野路城遺跡的晨光學院町田高中就在正下方。由走廊連接而成「コ」字形的校舍和體育館、操場朝後方飛逝而去。

在那兒迴轉，向南飛，跨越五十七號都道，朝七國山綠地而去。一片集合住宅出現在前方，高度急速下降。

一間小民房逼近眼前。那是一棟腐朽得相當嚴重的日式平房，一部分屋頂上的瓦片已經脫落，用藍色防水布當做永久的應急修補材料。

這是自己的家。在半夢半醒中認出來了，而且不覺得從空中俯視正睡在家裡的自己有什麼不自然。

視線輕飄飄地，落在後院的曬衣架上。

1 Kurt Weill，德國著名作曲家，與布萊希特（Bertolt Brecht）合作的《三便士歌劇》為其代表作，內容以罪犯等小人物生活為主題，充滿對當時豪華歌劇和資本主義社會的諷刺，〈謀殺〉（Motitat）為其中一首。

他倏地清醒。

烏鴉開始啼叫。

兩聲、三聲。

他看向枕邊的鬧鐘，剛過五點。

蓮實聖司伸了一個大大的懶腰。他覺得自己很可悲，為什麼每天早上都得在這種時間被吵醒？不過經驗告訴他，就算忍著繼續睡，烏鴉的叫聲也不會停止。某個角度來說，每天早上都準時來叫他起床的烏鴉的確值得讚賞。而且，除非他向烏鴉表示自己已經醒了，不然牠強迫推銷的morning call是絕對不會停的。

蓮實從床上坐起身，轉了轉雙肩和脖子，再走到迴廊上把防雨窗打開，朝後院瞥了一眼。

就在那裡。兩隻巨大的烏鴉停在曬衣架上，一臉平靜地回望著他。

所有町田烏鴉的身體和態度都高人一等，而這一對大概是這群烏鴉中的最頂級。不知道為什麼，牠們似乎很喜歡蓮實租的這間破舊房子，每天都會來。蓮實視牠們為北歐神話中主神奧丁豢養的那兩隻烏鴉，以「福金」和「霧尼」[2]為名。福金的尺寸在巨嘴鴉中出奇地巨大，幾乎可與北海道的渡鴉匹敵，比福金小了一圈的霧尼大概是雌鴉。烏鴉眨眼時，瞬膜會讓眼睛看起來一片白。然而霧尼的左眼似乎已經失明，一直是一片白濁，讓牠的外表更有不祥之感。牠們只要叫一聲，流浪狗就會嚇得立刻逃走。

福金和霧尼悠悠地與蓮實對望著。即便出聲喝斥，牠們也紋風不動，就連抓起什麼作勢丟牠們都沒有用。

不過，當蓮實偷偷地拿下藏在拉門框上方的硬球時，牠們卻「啪」地一聲飛走，還留下一句怎麼聽都像是罵他笨蛋的叫聲。雖然每天早上都要這樣諜對諜一遍，但牠們能看穿他的意圖，還是很了不起。

在刷牙、以冷水洗臉的過程中，蓮實的腦袋慢慢清醒了過來，反而在意起先前作的夢。

姑且不論前半段，對於後半段夢境，他唯一的解釋就是他和烏鴉的意識同步了。從上個月搬來這裡之後，他在揮趕烏鴉的攻防戰中深刻體會到牠們的智力遠比想像中高，但從沒料到牠們甚至具有類似心電感應的能力。據說鳥類是恐龍的直系子孫，或許牠們暗自鍛鍊著超能力，打算有朝一日從哺乳類手中奪回霸權。

當然，冷靜思考就會知道這是不可能的，一切都是源自夢裡特有的混亂時間感吧！恐怕他是在聽到烏鴉的第一聲啼叫，或在聽到叫聲之前感覺到了什麼，這段畫面才瞬間在腦中成形。雖然從空中俯瞰町田的畫面逼真到讓他不覺得那是來自記憶。

他一個人住，所以一回家就換上運動服也無妨，何況他睡覺時也穿同一套。這有一個優點，因為在這時間醒來，他能做的事頂多就是慢跑。

蓮實走向玄關，才想起有事要做，他從冰箱裡拿出用塑膠袋裝著的一包東西，放進腰包後，穿上NIKE慢跑鞋，打開玄關的拉門。町田市經常發生竊盜入侵案，所以即便只是在附近繞一圈，他也一

2 古挪威語的音譯，「福金」的意思是「思考」，「霧尼」為「記憶」。

定會上鎖。

走出家門才開始慢跑，一陣激烈的狗叫聲衝著他而來。那是和他家隔了兩棟房子的山崎家養的米克斯犬小桃。牠不會對其他人叫那麼大聲，但不知道為什麼，似乎從第一次見面開始，小桃就把蓮實視為敵人。他很不喜歡每次經過山崎家都要吵到鄰居，但山崎是他的房東，所以也不好抱怨。

不過，他已經想出了對付小桃的方法。

蓮實從腰包掏出塑膠袋，把裡面的漢堡排丟給小桃。

停止吼叫的小桃聞了一下味道後，埋頭吃了起來。

「怎麼樣，小桃？很好吃吧？」

這是他用原本買來做晚餐的國產牛絞肉做的，拿來當狗食簡直就是浪費。他的賄賂似乎起了效果，但從小桃抬眼觀察他的樣子看來，牠並沒有完全放下戒心。看來還是不要急著馴服牠才好。蓮實一邊吹著口哨，一邊從小桃身邊走開，重新開始慢跑。

他輕快地跑過狹窄的坡道，從七國山跑到民權之森，繞野津田公園一圈後回到出發地。由於他一直維持著馬拉松選手的速度，身上的運動服早已濕成一片。

回家時，山崎家的退休老人正在玄關前做著自創的奇怪體操。

「啊，蓮實先生，早啊！」

他特地走到門外來，雖然頭髮和眉毛都一片雪白，但氣色很好，聲音也很有力。

「早安。」

蓮實也停下腳步和他打招呼。

「你每天早上都持續運動呢，我很佩服你喔！果然沒錯啊，在學校當老師體力也很重要，對吧？」

「是啊，要讓那些精力過剩的傢伙聽話，我的體力就不能輸給他們。」

小桃從山崎先生背後露出臉來，轉眼就忘了稍早好處的牠低聲怒吼著。

「喂，小桃，不要亂叫！」

山崎先生罵了小桃一聲，把牠趕回後院。

「不好意思喔，牠對其他人都不會這樣……」

「唔，狗跟人一樣，也有個性合不合的問題。不過比起這個，更傷腦筋的是烏鴉每天早上都會叫，我總是在這時間被吵醒，有沒有什麼辦法呢？」

山崎先生同時也是這裡的自治會會長。

「嗯——這個問題很難解決啊！那些烏鴉是野生鳥類，所以我們不能擅自驅趕；就算跟市公所反應也沒用，他們頂多把垃圾袋的顏色從黃色改成土黃色吧！我從以前就覺得，那些政府官員總是要等到有了具體的受害事實，才會採取行動。如果你不堪其擾，那我去借田裡用的趕烏鴉氣球來給你吧？」

那種騙小孩的道具怎麼可能趕得走狡猾的福金和霧尼。

由於流汗，身體變冷了，蓮實向山崎先生低頭行禮後回家。他把運動服和內衣褲丟進老舊的雙槽式洗衣機，打開開關後去沖澡。可能是丙烷瓦斯的關係吧，剛開始的一分鐘只有冷水，隔了一會兒才開始流出熱水。

算了，如果想成烏鴉是鬧鐘的替代品，就能再忍耐一陣子。

相較之下，他有一大堆必須立刻解決的事。蓮實閉上雙眼，在熱水的沖淋下，思考起自己的工作場所，同時也是一個迷你王國——學校的事。

即使破舊成這樣的租屋也有三個好處：租金便宜、離學校近，以及後院寬敞，不需要擔心沒有地方停車。

蓮實開著他心愛的大發小貨車，順著狹窄的坡道而下。他去年取得町田市高中教職的時候，以幾乎是免費的價錢買下這台即將報廢的小貨車。原本他只想用這台車來搬家兼暫時代步，但很快就愛不釋手了。町田市的交通狀況不好，不僅路上常塞車，學校又蓋在開墾後的丘陵地，能輕易開進狹窄農業道路的小貨車便成為十分重要的交通工具。

直到上個月為止，他都住在JR町田站附近租的一間小小公寓裡，但他覺得付停車費是很愚蠢的事，而現在這間房子適時出現了。雖然小貨車始料未及地耗油，不過從這個冬天起，他也開始嘗試節省油錢的方法。

他從國道156號開上為晨光學院町田高中，簡稱晨光町田而鋪設的道路。不久之前，沿路種植的櫻花還盛開著，但現在已經都凋謝了，成了葉櫻。大部分學生都從町田站轉搭巴士上學，不過現在還不到七點，路上幾乎沒有半個學生。

才這麼一想，就在離校門約三百公尺的地方碰到兩個背著竹刀袋的女學生。聽到引擎聲的兩人回過頭，看見蓮實的小貨車。

「小蓮！」

久保田菜菜和白井聰美笑著揮手，她們兩人都是蓮實擔任導師的二年四班的學生。

「怎麼啦？怎麼這麼早就來了？」

蓮實停下小貨車問道。

「來參加劍道部早上的練習。為了夏天的都大會，牛島像個白癡一樣拚命呢！」

菜菜一說完，聰美也跟著說：「就是啊，他一個人在那邊興奮得不得了，簡直就是個白癡。」雖然她們的口氣聽起來不怎麼起勁，但她們同為劍道二段，都被視為有可能在東京都大會個人戰奪得優勝的選手。

「喂喂喂，妳們不該說顧問老師是白癡吧！」

聰美似乎完全沒聽到蓮實的指責，直直地盯著遍體鱗傷的小貨車。

「小蓮，這樣不行啦！你就是因為開著這種車，才會到了三十二歲還交不到女朋友呀！」

「老師的情人就是妳們大家啊！」

「嘖！什麼跟什麼啊，別鬧了。」

「喂，小蓮，載我們到學校嘛！」

菜菜把手放到車斗上，纏著蓮實。

「不行，副校長會生氣的。」

「有什麼關係嘛，小氣鬼。」

「妳們啊，既然是來做晨間練習的，就該好好鍛鍊下半身啊，我看妳們乾脆從這裡一路青蛙跳到學校去吧！」

蓮實無視兩人的噓聲，發動小貨車。他穿過已經打開的校門，把小貨車停在教職員專用的停車格。無論他來得多早，從來沒能成為第一名過，因為酒井宏樹副校長的銀色LEXUS IS一定在他到達之前，就已經停好在固定位置上。

「蓮實老師。」

蓮實從小貨車下來後，一個鼻音很重的聲音從身後傳來。

「早安，副校長。」

蓮實皮笑肉不笑地打了招呼。

「這台骯髒的小貨車……你還打算繼續開喔？」

「您別看它這樣，其實很好用。為文化祭做準備的時候，它可載了不少東西呢！」

「也對，比起開招搖跑車來學校，你這台車算是勉強過關。」

鼻子因為打高爾夫球而曬黑的酒井副校長皺起眉頭。不用多說，他指的一定是真田俊平老師開的黃色MAZDA RX-8。

「我希望你盡可能地把車停到離我的車遠一點的地方，千萬別刮花了我的車啊！」

酒井副校長半開玩笑似地說出真心話後，表情變得嚴肅。

「還有，新學年才剛開始，二年四班好像已經發生了很多問題，你打算怎麼處理？」

這是他一早最不想聽到的事。新學期開始才兩個多星期，為什麼會發生這麼多問題呢？

「這些問題都很敏感，我還在審慎調查中。」

「但你要是不早點採取行動的話，問題只怕會越演越烈吧？尤其是霸凌這方面的問題。」

酒井副校長以鼻塞般的聲音說道。

「您說的沒錯，但這個問題涉及金錢，我得先蒐集證據。」

「什麼？錢？清田梨奈的爸爸說有人跟她勒索要錢嗎？」

酒井一陣緊張。

「不，那是另外一個霸凌事件。我認為清田梨奈沒有被勒索，應該說她根本沒有被同學欺負。」

糟了！他把不該說的話說出來了。

「另外一個？二年四班還有其他的霸凌狀況嗎？而且，跟錢扯上關係會很棘手喔！受害者是誰？」

「是前島雅彥。不過，我還在確認事情的真偽，因為他否認被勒索。」

「真是夠了，你要拿出點魄力來啊！」

酒井副校長哼了一聲。

「我是完全相信蓮實老師掌控學生的能力，才請你擔任導師的。原本在分班時，很多人都擔心你能不能應付那麼多問題學生。」

「您不用擔心。只要確認了事實及其中關係，我就會有辦法了。」

蓮實從頭到尾都保持低姿態。

「這樣嗎?那這件事就交給你了,誰教蓮實老師那麼受學生歡迎哪!」

酒井副校長的聲音突然變得諂媚,蓮實有種不好的預感。

「事實上呢,還發生了另一件跟二年四班有關的大問題。昨天晚上,我接到了一通電話。」

「電話?誰打來的?」

「是鳴瀨修平的父親打來的。我想你應該知道,他是日本屈指可數的前五大律師事務所之一——下城事務所的律師,專長似乎是企業法務。」

「鳴瀨修平……您指的是他之前上體育課時,被園田老師毆打流血的那件事嗎?」

鳴瀨有時會反抗師長,只要能巧妙閃過他的攻擊、讓他冷靜下來,他其實不是個問題學生。但園田勳那種思想傳統、重視輩分倫理的老師,似乎完全無法忍受學生叛逆。

「是的。他父親質疑老師怎麼可以情緒化地體罰學生,還說接下來會依我們的對應而採取必要的手段。」

「向教育委員會投訴嗎?」

「不,看來是直接提出刑事及民事訴訟。」

酒井副校長露出苦惱的表情。

「園田老師沒有投保訴訟險嗎?」

訴訟險的正式名稱是教職員責任險。從二〇〇〇年左右開始,各產險公司陸續推出這個險種,保險範圍涵蓋家長向教師提告時所產生的訴訟及賠償費用。

「這不是重點，只要學校被起訴就會對形象造成很大的傷害。」

酒井副校長已經無法掩飾他的煩躁。

「我明白了。若要圓滿解決這個問題，就得請園田老師正式向學生賠罪。」

蓮實的主張很有道理。

「我認為，副校長應該先請園田老師向鳴瀨道歉。就算對方不接受，我們至少有了進一步說服對方的立場。」

「嗯……你說的沒錯，但事情沒有那麼簡單啊！」

「怎麼說？」

「園田老師也有他身為教職人員的信念，或者應該說是自尊，他認為對學生要賞罰分明。他無法違背自己的信念，若學校非要他道歉，他說他就辭職。」

「這樣的話，讓園田老師辭職不就是最好的方法嗎？這樣問題不就解決了嗎？」

「不行啦，蓮實老師大概不知道，我們學校也曾經像公立學校那樣，亂到毫無章法。那個時候，園田老師可是建立校內秩序的最大功臣啊！」

「可是，不管他過去有什麼功績……」

「問題不在過去，而是未來。」

酒井擰緊了眉頭說。

「你知道嗎？。我們這種等級的私校，學生的資質良莠不齊，一定會有跟不上課程、看準機會就想搗亂的學生。這種時候，為了維持校內秩序，絕對需要一個態度強硬的體育老師。」

「就算是這樣，學校也不至於找不到另一個人來取代他吧？」

「園田老師是個難以取代的人才。學校裡也有其他令人生畏的教師，但能同時兼得學生懼怕和尊敬的，就只有身為武術專家的園田老師，不是嗎？就算我們再怎麼需要一位讓學生害怕的老師，也不能交給柴原老師那樣的人啊！」

蓮實覺得酒井副校長說得有道理。雖然園田和柴原兩人同是體育老師，柴原徹朗活像是個誤入教育界的黑道混混，但園田動這種武道家般的老師不僅對學生嚴厲，律己更苛。所以學生面對他們兩人時態度自然不同。

「我明白您意思的了，那要我怎麼做呢？」

「請你去說服鳴瀨修平。」

酒井副校長壓低了聲音說道。

「叫他去說服他爸爸，打消提告的念頭。」

「這是不可能的，就算我真的說服了他……」

「老師早！」

終於追上蓮實的久保田菜菜和白井聰美出現在校門口。

「啊，妳們早啊！那麼蓮實老師，我剛剛說的事就拜託了。」

酒井副校長說完便「哼」了一聲，轉身離開。

蓮實站完早上的校門導護後，回到教職員辦公室。除了自己的導師班及專任教科之外，老師也必須分擔校務。蓮實負責輔導學生的日常生活，有些時候必須對學生扮黑臉。雖然這項工作吃力不討好，但蓮實卻自願扛下。

因為如此一來，他不僅能贏得校長及副校長的信賴，學生的訊息也自然會匯集到他這裡。就算對學生稍微嚴厲一點，蓮實也有把握不會損及他在學生間的高人氣。何況學生的不滿多半針對粗暴的柴原老師和嚴格的園田老師，所以他認為，相較之下其他人應該會把他當成好人。

原來是這樣啊，蓮實想，園田老師恐怕是學校不可或缺的人。看來，也許讓他打消辭職的念頭才是上策。

「蓮實老師，怎麼了？一早臉色就這麼難看？」

對蓮實說話的人是同為英文科的高塚陽二老師。因為他非常胖，酒井副校長曾嚴正命令他減肥，但他卻毫無瘦下來的樣子。順道一提，學生們給他取了外號「重滾」。他本人卻很高興學生們記得他說過他曾玩過搖滾樂團的事，但其實，「重滾」是「重量級又圓又滾」的簡稱。

「唉，我們班的問題接連不斷啊！」

蓮實透露自己的心情。

「光是學生之間的問題就讓我焦頭爛額，沒想到他還如此光明正大地體罰學生……」

講到後半段時，蓮實壓低了聲音，不讓園田老師聽到。

「唔，這也是沒辦法的事啊，園田老師是武打派的嘛！而且，就是因為有那種恐怖的老師在，我們才能受惠啊！」

高塚老師彎下巨大的身軀，壓低了音量和蓮實交談。

「蓮實老師班上的問題學生實在是太多了啦！比起公立學校，我們學校的學生的確比較乖巧，可是你幾乎一手接下了一年級時曾經出過問題的所有學生，對吧？」

其實這是個交易，其中有不能說的祕密。

「是沒錯，但以我們學校的程度來說，每個學生都還算可愛吧，啊，不過有幾個人得特別注意就是了。」

「呃……不過，裡面有一個特別棘手吧？」

高塚老師把聲音越壓越低。

「你是說蓼沼嗎？」

蓼沼將大是目前二年級的老大，雖然身材並不特別高壯，但他練過拳擊，長相又凶狠。除了一年級時曾在一場壯烈的鬥毆中，擊敗一個讓人束手無策的凶暴高二生而聲名大噪外，他和外校學生打過的架更是不計其數，受過好幾次停學處分。犯行這麼嚴重卻沒有被退學，主要是因為，那時晨光學院町田高中的學生曾經多次在町田車站附近被外校的混混恐嚇，但蓼沼卻讓恐嚇行為銷聲匿跡。也就是說，這是高度政治判斷之後的結果。

「那傢伙又做了什麼事嗎？他最近挺乖的啊！」

「他表面上沒做什麼，但我聽說，他上課的態度會因為老師不同而出現極大差異。他在蓮實老師上課的時候很安靜吧？」

蓮實試著回想蓼沼上課時的態度，幾乎想不起來任何異常。

「是啊！英文是他最不拿手的科目，感覺他就像隻溫馴的小貓。」

「可是聽說他在上釣井老師的數學課時，態度完全不同。他手下的加藤拓人和佐佐木涼太也跟著起鬨，一下吵鬧、一下罵髒話，似乎鬧得很嚴重。」

「真的嗎？」

蓮實皺起眉頭。雖然蓼沼是個問題學生，但蓮實從來不知道他是這樣的雙面人。

「蓼沼一年級的時候，釣井老師不是他的班導嗎？我不知道那時發生了什麼事，可是蓼沼對當年的事似乎記恨在心，一直要找釣井老師的麻煩。」

高塚的話給蓮實帶來衝擊。蓮實原本以為，他已經大致掌握了二年四班的狀況，但這件事他卻毫無所知。

「為什麼高塚老師會知道呢？」

「我從釣井老師那邊聽說的。」

「到底是為什麼呢？直接跟我這個班導說不就好了嗎？」

「釣井老師對蓮實老師好像有一種特殊的敵意耶！這件事也是，我有一種釣井老師其實是要我來告訴蓮實老師的感覺。」

釣井正信是五十多歲的資深老師。去年在帶一年級導師班的時候身體狀況變差，所以曾經休息了一段時間。

「或許是我多事了，不過那個老師暗地裡好像會搞很多小動作喔，蓮實老師要小心一點，萬一不小心惹到他，聽說他可是有仇必報。」

這一點不用高塚說，蓮實也很清楚。即便釣井老師看似是個無能教師，卻可能非常危險，跟他應對絕對不能出錯。

早上ＳＨＲ[3]時，蓮實比平常還要仔細地觀察班上的學生，但他沒有發現什麼奇怪的地方。蓼沼將大只是一臉無聊地叉手坐著，而眼角貼著ＯＫ繃的鳴瀨修平和旁邊同學說話時，還會露出笑容。清田梨奈認真地把蓮實說的話抄寫在筆記本上，前島雅彥雖然低著頭，不過他應該只是沒睡飽而已。

結束ＳＨＲ後，蓮實正準備去上第一堂課。此時，一個出乎意料的學生叫住他。

「老師，我有件事想跟您談一下。」

是片桐怜花。她大大的雙眼筆直地看著蓮實，她的額頭寬，下巴尖，身材嬌小、人又長得可愛，但不知道為什麼，她和他相處時，總是一副緊張的樣子。

「沒問題，什麼事？」

蓮實笑著回答。他猜不透班上某幾個人的想法，而這個女生便是其中之一。

「這件事有點複雜，可以佔用您一點時間嗎？」

「這樣啊，好，那妳午休時到輔導室來好嗎？」

「好的。」

怜花行了禮後離去。之前一直和他保持距離的學生突然要找他談，到底是什麼事，引起他的興趣，但他手上的問題早已堆積如山，所以他其實也希望她不要再告訴他新的問題。

「小蓮！」

三個女生像是等到怜花走了，才出現在蓮實面前，是阿部美咲、佐藤真優和三田彩音。她們是班上對蓮實最忠實的人，也是蓮實的親衛隊。

「那個人怎麼了？她找你幹嘛？」

「沒什麼啊！」

蓮實朝親衛隊招了招手，走到走廊上。

「別管那個了，我有事要問妳們。釣井老師上課的時候，班上是不是亂成一片啊？」

三個人一臉困擾地互看。

「呃，與其說亂……應該說有特定幾個人會妨礙老師上課吧！」

阿部美咲代表三人回答。

「蓼沼他們嗎？」

---

3 HR（homeroom）即「導師時間」，在每週的課表中有長短兩種，前面加上S（short），指時間短的。

「嗯。」

「妳們為什麼沒告訴過我這件事？」

三人一臉沮喪。

「因為……我們認為這樣會給小蓮添麻煩，而且大家根本不把釣井當回事啊！」

「是嗎？好好好，我明白了，妳們是擔心我對吧？」

蓮實輕輕拍了三個人的頭。現在的小孩異常地脆弱，就算只是輕輕地叱責，蓮實也一定會在指責完後安撫她們。

「可是，沒辦法好好聽課，大家不會很困擾嗎？」

「不會啊！」

佐藤真優不屑地說。

「反正沒人在聽釣井上課。」

「這樣嗎？」

「因為我們完全聽不懂他在說什麼。」

「釣井根本不管我們懂不懂。」

「大家從一開始就都是自習數學。」

三人異口同聲地抱怨起釣井老師的課。

聽到她們這麼說，蓮實啞口無言。釣井老師是七〇年代末期大量招募教師時考上教職的。正如

「平凡庸師」一詞字面所示，大家都很清楚這個年代有許多對教育毫無熱情、也沒半點責任感的老師。

但即便如此，釣井老師的課還是太糟糕了。教職員辦公室裡也有很多釣井老師的傳聞，蓮實認為有必要去確認這種應該被解聘的老師為什麼能在私立學校生存。

「我知道了！謝謝妳們告訴我這些事，真是多虧有妳們啊！」

蓮實用雙手把親衛隊成員的頭髮揉亂後，去上第一堂課。

「OK, great! 那麼接下來這一句，Mr. Aoyagi，你來翻看看吧！」

蓮實以緊迫盯人的節奏進行課程。很多老師批評最近的學生沒有耐心、缺乏專注力，但若是老師的聲音微弱到讓人聽不見、或是用念經般的單調節奏上課，恐怕任誰都會想睡覺吧？最重要的是，不要讓學生有感到無聊的空檔。

五十分鐘的課程裡，蓮實一定會維持高昂的情緒。為了達成這個目的，他最大的武器就是曾在專門訓練歌手及演員的發聲訓練教室練就的聲音。除了講起話來抑揚頓挫，他還用很受學生歡迎的道地發音念英文給學生聽。解說無趣的文法時，會適時講個笑話串場；對答對的同學更不吝讚賞。

「無國界醫生組織於一九七一年在法國成立，自此而後，呃……他們不分種族、宗教、國家、政治立場，提供醫療方面的援助。」

「Good! Good!」

二年一班的課進行地很順利。這一班的平均分數和他的導師班四班相去不遠，但裡面有問題的學生比較少，對老師來說，這算是比較輕鬆的一班。

「到目前為止，有什麼問題嗎？」

「有。」

有人舉手；四班很少有人會在這種時候問問題。

「這個問題和課本無關，請告訴我您評價學生的基準。」

發問的人是丸川伸行。他的成績中等，但上課態度卻是最認真的。

「All right. 評價的基準是指？Mr. Marukawa，可以把想知道的說得具體一點嗎？」

「您常說good、great、還有excellent之類的，但它們之間有什麼不同？我不太明白到底哪個比較好。」

「Good question!」

笑聲響起。

「首先，我來說明它們的順序吧。如果是正確答案，我會說good，如果你答得更好，我會說great，如果你得答得很棒，我會說excellent，還有比excellent更高級的形容詞，雖然我很少會說到這個字，但當你的答案好到讓我打從心底感動的話，我會說magnificent。」

蓮實迅速地把單字寫在白板上。

「大家知道這個單字的意思嗎，Mr. Hayami？」

蓮實點了坐在最後面的早水圭介。他的成績是班上前幾名，但總給人一種瞧不起人的感覺。他不是蓮實導師班的學生，所以蓮實並不清楚詳情。不過聽說他一年級時曾多次離家出走，最近還在澀谷的夜店出入。

早水圭介看似吃力地坐起他修長的身子，以質疑的眼神看向白板。

「宏偉的……之類，莊嚴的？然後應該是從這個意思衍生成『好極了』的意思吧？」

「Excellent! 你說的完全正確。大家還記得嗎？magnify的意思是擴大，magnificent原本是從這個單字衍生而出的形容詞，在高中考大學的這個階段，大家只要記得它的意思是『好極了』、『美麗的』、『讓人印象深刻的』就可以了。」

為了盡可能增加學生的字彙，蓮實每次都會讓學生先用耳朵記住派生詞。只要像廣告一樣不斷重複聽，有一部分就會留在他們記憶裡。

「至於Mr. Marukawa稍早提出的問題，如果我用分數來表示，或許比較容易理解。不過，我不可能每次都以滿分一百分的方式來給大家打分數。那麼，大家希望我用五分制，還是比照企業評價方式，給大家triple A（AAA）或double B（BB）等評價呢？」

由於現在的孩子早已被洪水般的資訊淹沒，所以就算他說話快如機關槍，孩子們還跟得上。反倒是過慢的語速、讓人感受不到熱情及活力的態度無法贏得孩子們的注意。

「這樣感覺有點討厭。」

坐在最前面一排，名叫光田晴美的女生低聲嘟噥。

「沒錯。Miss Mitsuda，請妳重視這種不喜歡的感覺；人不是機械，數字或ABC這種直線的、

linear的評價基準的確很客觀，但未免太乏味。不論是英文或日文，都不是電腦語言。大家難道不覺得就是因為有多餘的、不精確的字眼，它們才是人類的語言嗎？語言是從漫長歷史中孕育而出的文化遺產，是heritage，所以我們有繼承語言，守護語言的義務。」

「可是老舊的語言不是一直在被篩選嗎？與其留下所有語言，我認為取捨也是必要的吧？」

早水圭介反駁。他的口才過人，喜歡用困難的問題讓老師啞口無言。不過對於在美國大學磨練過辯論的蓮實來說，與其讓學生保持沉默，他更歡迎學生和他交流。

「的確，語言會依時代而荒廢，進而轉變成新的語言。不過，我認為應該讓語言順勢自然地發展，而非基於某個特定意圖去改變它。」

「難不成，您指的是語言歧視？」

脣角揚起一個奇妙微笑的早水圭介問道。

「沒錯。英文裡也有所謂的political correctness。例如，英文的消防員從fireman變成firefighter，businessman變成businessperson。另外，我們不以short來形容一個人矮，而用vertically challenged，『被垂直地挑戰』這種讓人難以理解的形容詞。語言歧視是文化裡最不可取的野蠻行為，但某個字詞是否帶有歧視之意，應該取決於使用者在這個字詞裡所放的感情才對吧？因為某些人的偏見而抹殺語言這種重要的文化遺產，簡直就是不可思議、outrageous的行為。OK，我們回到課本上……」

蓮實一不小心就偏離了主題，他沒料到這居然會成為另一個麻煩的火種。

結束早上的三堂課後，蓮實到北校舍的自助餐廳吃了午餐。只要第四堂課是空堂，他就能和其他人錯開用餐時間；但要是第四堂有課，不管他願不願意，都會被捲入擁擠的人潮中。學生們會自然而然聚集到蓮實身邊，所以他總是虛應一下便想辦法抽身離開。

午休才剛開始十二、三分鐘，所以片桐怜花應該還沒到吧！

蓮實連一點點時間都不願浪費，他把校內的角落巡了一遍。輔導老師職責就是在問題還沒鬧大時就及早發現，及早處理。

巡到校舍和體育館後面時，他沒有發現任何學生的蹤影，地上也不見菸屁股。時間差不多該去輔導室了，但他決定最後去本館的頂樓看看。本館是晨光町田裡最古老的校舍，屋頂上沒有任何設施，是整片被閒置的寬廣空間。空地不是問題，沒有辦法上鎖才是。有人在二、三個月前把口香糖塞進鑰匙孔裡，使鑰匙插不進去，但口香糖並沒有沾黏到鎖芯，所以頂樓那一側只要轉動扭鎖就可以上鎖。就管理面而言，這是非常糟糕的狀態。

生活輔導組已經請學校盡快把門鎖修復，而學校也隨即換上新鎖，但沒多久鑰匙孔裡又被塞進口香糖。這根本就像打地鼠，編再多預算來換鎖也不夠。

雖然也有人提議再換一次鎖，然後立刻上鎖，但就這麼鎖起來也很不方便。所幸，校內沒有會跳樓輕生的學生，加上校方也沒有發現其他違法行為，所以教職員會議上也只做出「先觀察情況再說」這種不痛不癢的結論。

蓮實走上東側樓梯，試著把通往頂樓的門打開，但門動也不動。

蓮實不禁苦笑，恐怕是哪對小情侶在享受兩人時間吧！之所以用口香糖塞住鑰匙孔，也一定是因為這個。就算老師察覺有異，他們也能暫時將老師擋在門外，趕快整理儀容，甚至逃走。

不過，他既然發現了，就不能視若無睹。

「喂，開門！」

蓮實敲了敲鐵製的門板。

「是誰把門鎖起來的？現在就打開！」

等了一會兒後，傳來轉動扭鎖的聲音。

站在眼前的，是四班的佐佐木涼太。

「喂喂！你到底在這裡做什麼？」

「沒什麼……」

佐佐木不退讓，反而想進一步擋住蓮實的去路。蓮實把他推開，來到頂樓。蓮實原本以為有女生跟佐佐木在一起，但他錯了。

除了佐佐木之外，頂樓還有兩個男生。蓼沼將大用銳利的眼神瞥了蓮實一眼後，便無視蓮實的存在。前島雅彥則一直低著頭。

蓮實皺起眉頭，這是霸凌的現場嗎？

蓼沼用下巴朝佐佐木示個意後，便準備速速離開頂樓。

「你們鎖了門，在這邊做什麼？」

蓮實朝他們問道。兩人雖然停下腳步，但仍保持沉默。

「老師，那個門是自動會鎖上的吧？」

佐佐木半開玩笑地說。

「不要胡說八道！你不把扭鎖扭上的話，門怎麼可能會鎖住！」

蓮實以嚴厲的聲音說完後，佐佐木一副悻悻然的樣子。

「門……是我鎖的。」

前島以微弱的聲音說道。

「真的嗎？為什麼要上鎖？」

「沒有為什麼……我在家裡習慣鎖門，所以一不小心就鎖上了，沒有任何原因。」

在蓮實把注意力放在前島身上的時候，蓼沼離開現場，佐佐木也立刻跟了上去。

「前島，你現在有時間嗎？」

「我還沒吃午飯……我可以去吃飯嗎？」

蓮實觀察著前島的模樣。他的身材嬌小、個性怯懦，有一張看起來像女生一樣溫柔的臉，怎麼看都是個被欺負的角色，可是他似乎沒有被暴力虐待的樣子。

「好吧，你去吧！」

蓮實對著前島的背影說。

「喂！如果你想找人談談，隨時都可以來找我。你大可不必一個人忍受這些的。」

前島沒有回答。

蓮實一口氣衝下東側樓梯，快步來到一樓後，護理老師田浦潤子正好從保健室裡走了出來。

「唉呀！片桐同學在輔導室裡等你好久了呢！」

因為和蓮實同年，從一開始她就用輕鬆的態度和他交談。她大大的雙眼總是水汪汪的，眼角還有一個愛哭痣。上班時會把波浪般豐盈的長髮綁起，化個自然的妝，再套上白袍，全身上下散發出誘人的豔麗氣質。不過，學生們卻覺得她散發著母性光輝，讓蓮實覺得很不可思議。

「嗯，我剛剛在處理學生的問題，所以晚了。」

接著，他向她詢問剛剛想起的事。

「二年四班的前島雅彥，最近有來過保健室嗎？」

「沒有耶，四班的坪內同學倒是常來喔！」

坪內匠是高一時差點中輟的學生。升上高二後開始來上學，但只要一有什麼風吹草動，他就立刻說自己身體不舒服，躲進保健室。

「這麼說，坪內是被同學欺負了吧？」

「是啊！這都是蓮實老師的錯啦！」

田浦老師抬眼瞪著蓮實。

「咦？為什麼？」

「因為你在分班的時候，把霸凌別人的人和被霸凌的人全都分到自己班上啦！坪內同學以為終於能和蓼沼同學分到不同班級，結果居然又同班，不用想也知道他會很沮喪呀！而且這次還要一路同班到畢業。」

「這樣啊……我做了件錯事了吧！」

「騙人，你根本就不這麼想。那種不自然的分班方式怎麼看都是刻意的！」

「冤枉呀，那是很多政治交易和妥協之後的結果。」

「話說回來，片桐同學居然會來找你談事情，還真難得。」

田浦老師揚起一個別有深意的笑容。

「我原本以為，那個女生是少數沒被蓮實老師溫柔外表騙倒的學生呢！」

「什麼嘛，講話這麼難聽……」

蓮實一邊苦笑，一邊打開保健室旁的輔導室大門。

「抱歉，我遲到了。」

打直了背脊，淺淺坐在沙發上等著蓮實的片桐怜花只回了一句：「不會。」

「因為沒什麼時間了，所以我就直接問囉？妳要找我談什麼事呢？」

蓮實坐到她的正對面，以一個替她打氣的笑容說道。

怜花瞥了蓮實一眼後，隨即移開視線。

「請您絕對不可以告訴別人，這件事是從我這邊聽來的。」

怜花彷彿要把一直積在心裡的事傾倒而出，聲音微微顫抖。

「好，我不會告訴任何人這是片桐告訴我的，我保證。」

看來她要談的不是她自己的事，怜花的手在膝上緊緊握拳。

「班上有個女生被性騷擾了。」

蓮實感到洩氣，看來這是個相當嚴重的問題。而且，從「性騷擾」這個說法看來，加害者恐怕不是男學生。

「妳能不能信任我，把事情完整地告訴我呢？妳說的那個女生是誰？還有，是誰在騷擾她？」

怜花閉上雙眼。

「被騷擾的人是安原美彌。」

意外的名字讓蓮實陷入沉思。安原美彌的確是相當漂亮的女生，男學生（尤其是其他班的男生）裡應該有很多暗中愛慕她的人。不，就連教師也有人把她當成女人來看。

只是，蓮實無法理解為何她會成為性騷擾的被害者。

「可是，安原是那麼有個性的人耶？我很難想像她被性騷擾還會保持沉默。」

二年四班裡，沒有一個女生敢反抗強勢的安原美彌，大部分男生也都怕她，就連那個蓼沼都對美彌禮讓三分。

「但我沒有說謊！」

怜花一臉憤怒。

「嗯，我沒有認為妳在說謊喔！告訴我，加害者是誰？」

「體育課的柴原老師。」

「柴原？」

才剛要說這兩個人毫無關聯的蓮實回想起來了。園田老師體罰鳴瀨修平的事情發生後，有一陣子的體育課是由其他老師代課；最近四班的體育課都是柴原徹朗老師負責。

「那麼，柴原老師究竟對安原做了什麼？」

話一出口，蓮實才發現問這麼隱私的問題，本身就可能構成另外一則性騷擾。幸好，怜花似乎沒有想到這一點。

「我不知道，因為我沒有親眼目睹。不過，每當柴原老師說要去倉庫拿什麼東西時，他總是只指名安原同學，而且回來之後，安原同學看起來都怪怪的。還有，柴原老師常對安原同學講一些奇怪的話，聽得安原同學耳朵都紅了。」

「我知道了，妳別說了。」

蓮實制止怜花繼續說下去。女生在這方面的觀察力要比男生優越上百倍，更何況，這個女生的直覺異常敏銳。柴原老師的性騷擾行為恐怕是事實。

「我覺得妳說的是真的，老師相信妳喔！我會徹底調查這件事，並以嚴正的態度來處理，不會讓安原繼續被傷害。」

怜花深深行了一禮後，站起身來。

「不過，我從來不知道原來片桐跟安原感情這麼好。」
蓮實的話讓怜花「噗」地笑出聲來。
「我跟她的感情並不好。」
「是嗎？可是……」
「我也被安原同學欺負過，但這種事絕對不能原諒，這種老師性騷擾學生的事……」
「的確。不過，我很高興妳能信任我。」
「您又錯了。」
怜花靜靜地說道。
「我不是信賴老師，只是覺得老師會正視這個問題，不會逃避。」
「在日文裡，這不就叫做信任嗎？」
蓮實刻意講得輕鬆，但怜花的表情完全沒變。
「我不認為這叫信任。如果蓮實老師出面，就算面對的是柴原老師，您也不會退卻；我很相信您會把這件事處理好。但，若要我說真心話，我覺得您比柴原老師更可怕。」
「可怕？為什麼……」
「我先離開了。」
怜花再次行了一禮後，快步走出輔導室。

在下午的兩堂課中，蓮實的最後一堂是空堂。原本他打算用這時間準備明天的課，只是不知道為什麼，第六感告訴他待在教職員辦公室不會有什麼好事。不過，就算他躲到英文科備課室，只要酒井副校長想找他，他也會立刻被找到的。

碰到這種情況時，他有個固定的藏身處。

蓮實從本館走向北校舍。本館和北校舍間不是每一層樓都相通，要到另一棟去的話，要穿過地面鋪了混凝土、搭有屋頂的走廊。現在還是上課時間，走廊上空無一人。他走進下午也一片昏暗的二樓生物備課室，感到似乎有股妖氣飄來。這房間的主人穿著白袍、駝背坐在桌前，埋頭做著相當精細的工作。

「貓山老師，我可以打擾一下嗎？」

這名字聽起來像惡搞，但貓山崇是他的本名。基於他的個性和名字，學生們幫他取了一個綽號叫「貓祟祟」。貓山老師是唯一的專任生物老師，而生物備課室在晨光町田早已成為都市傳說，學生跟老師都嫌棄這裡，沒有人願意靠近。

「蓮實老師，你看看這個，很美吧？」

貓山老師面前擺了一隻鳥的屍體，頭黑尾長。

「這是什麼？」

「這是灰喜鵲。我早上找到的，還不清楚牠的死因。」

貓山老師陶醉地說。

「牠雖然不是什麼稀有鳥類，但這種標本可是難得一見啊，唔呵呵……嘻嘻嘻嘻嘻嘻。」

和他那詭異的聲音及態度相反，貓山老師的外表有如男演員般帥氣，這樣的落差反而讓學生更加恐懼。

「所以……你要在這裡解剖牠嗎？」

蓮實有些畏縮。

「不不不，我才不會解剖牠呢！我跟那些喜歡內臟的變態可不一樣。」

貓山老師搖了搖頭。

「我只是想做一具完美的骨骼標本。骨頭……真的是很美的東西啊！」

生物備課室牆上的櫃子裡已經擺滿數十具小動物的骨骼標本。

「那，你打算怎麼做？」

灰喜鵲的屍體沒有發出異味，但蓮實還是不自覺地掩住口鼻。

「嗯，我要把牠的羽毛全都拔掉，再盡可能地挖掉牠的內臟和肌肉，然後把牠泡到藥水裡，以便把附在骨頭上的組織溶掉。」

結果還是要解剖嘛！想到這，蓮實一陣無力。

「雖然說把牠埋到土裡也是個方法，但這樣既花時間，成品也一定會變得很髒。用小蘇打煮也是個好方法，但要是煮過頭就會傷到骨頭。我還試過稀釋的氫氧化鈉溶液、廁所清潔劑等很多，但最好用的還是這個！」

貓山老師洋洋得意地舉起假牙清潔劑。

「它能夠在不傷及骨骼的情況下，將肉清得乾乾淨淨。加了分解蛋白質酵素的好像更好用呢！不過，我之前大多是用在麻雀身上，處理這種尺寸的鳥類我還是頭一次，好緊張喔！」

「的確，你講了我才發現，灰喜鵲的確滿大的呢！」

「因為牠跟烏鴉同屬鴉科啊！」

蓮實想起福金和霧尼。

「對了，我每天早上都深受烏鴉之擾啊！有沒有什麼方法可以把牠們趕走？」

「那是不可能的。」

貓山老師一邊愉快地拔著灰喜鵲的尾羽，一邊答道。

「因為那些傢伙腦袋聰明得很，況且牠們還受法律保護。」

「我知道牠們很聰明，可是再聰明也不過只是鳥類而已吧？」

「在動物用的智商測驗中，牠們在某些問題上的得分可比靈長類還高喔！新喀里多尼亞烏鴉的烏耶克可是能因應狀況，使用細枝等不同工具的唷！」

若日本產的烏鴉也有這樣的高智商，用欺騙或威脅之類的手段來驅趕牠們，是不會成功的吧？

「這個給你，用這個試試看？」

貓山老師用戴著拋棄式塑膠手套的手，將數支剛拔下的灰喜鵲尾羽遞給蓮實。雖然蓮實不太想碰，但還是接了下來。

「你要我拿這個做什麼？」

「把它插在烏鴉會來的地方。如果能用黑垃圾袋或其他東西偽裝成烏鴉屍體，效果或許更好。烏鴉的警戒心很強，所以短時間內不會靠近，嗯……不過，我想頂多也只能撐個兩三天吧！」

貓山老師拿出閃亮的手術刀，一副要開始解剖的樣子，蓮實決定離開。

「謝謝你給我這麼貴重的東西，我會試試看。那麼，我先走了。」

「還有，也可以在烏鴉的動線上拉上尼龍線，牠們很討厭這個東西喔！不過只有陽台的話還可能，要把後院上空完全用尼龍線覆蓋就難如登天了吧！」

「那乾脆拉上鐵絲通上電好了，你覺得如何？我記得有些農家會用這種方法來對付山豬。」

突然想起這個方法的蓮實問道。如果這對山豬有效，那對烏鴉也應該有效。

「那是沒用的。蓮實老師的物理好像不太好呢！」

貓山老師發出柴郡貓般的竊笑聲。

「山豬之所以會觸電，是因為電流穿過牠的四肢傳導到地上，但鳥類就算停在高壓電線上，電流也無處可去，所以牠們是不會觸電的。」

我都忘了啊！蓮實感到沮喪。

「不過，就算是烏鴉，只要同時碰到兩條裸露的電線，大概也會觸電。但是不可以這麼做喔！烏鴉死掉，你就觸犯了鳥獸保護法。要善待野生鳥類！」

貓山老師一邊說，一邊俐落地用手術刀將灰喜鵲的腹部劃開。

從生物備課室逃出來後，蓮實走向體育備課室，看到房間裡沒有人，再走到體育館，發現穿著黑色運動服的園田勳老師環著手站在那裡。上課中的他正監督著一年級學生打排球。

「園田老師。」

聽到蓮實出聲叫他，園田回過頭去。他們都是生活輔導組的成員，所以算是略有交情。

「啊，蓮實老師，有什麼事嗎？」

園田老師以發自丹田的粗厚聲音答道。他的身高約一百八十公分，比蓮實只高了三公分左右，但體重明顯是重量級的，跟中量級的蓮實一比，兩人的身體厚度完全不同。透過運動服可以明顯看出他從肩膀到背闊肌的肌肉隆起，這是格鬥家才有的特徵。

「嗯？那是什麼啊？」

看到蓮實手上的灰喜鵲尾羽，園田老師濃眉下的大眼轉了一圈。

「呃，這個，不是什麼大不了的東西。事實上，我想請問你今天晚上有沒有空，我有件事想討教。」

園田大概是察覺到蓮實想說的話了吧，點了點頭。

「沒問題。不過我有社團活動，可以等到七點之後嗎？」

「當然可以，我也有ＥＳＳ[4]。那我們就七點半左右在兔拳見。」

---

4 English-speaking sociality，即以英語會話為主的社團活動。

兔拳是町田車站前的居酒屋，不知道為什麼，晨光町田的老師都喜歡去那裡。

走回教職員辦公室的路上，蓮實在腦中整理著待辦事項，關鍵是要依照事情的緊急程度來處理。鳴瀨修平的事，就看他今天晚上跟園田老師談的結果，但在那之前，他得先處理安原美彌被性騷擾一事。

雖然只是偶然，但這兩件事都和體育老師有關。乾脆讓這兩個人互鬥，鬥到兩敗俱傷，兩個問題就能一併解決了吧？蓮實這麼想。

進到教職員辦公室的蓮實才剛坐回位子上，教國語的堂島智津子老師臉色很難看地走了過來。

「蓮實老師，你到底對學生說了什麼？」

被堂島老師突然像要吵架地指責，蓮實不知所措。

「我對學生說了什麼……」

「請不要裝傻！你知道一班的國文是我教的吧？你知道他們今天第六節是我的課，所以才故意說那些煽動學生的話嗎？」

「請、請等一下。」

蓮實伸出雙手，做出要擋住堂島老師的動作，但他忘了他的右手還拿著灰喜鵲的尾羽。看見眼前突然冒出一根漆黑鳥羽的堂島老師發出尖叫，腳步一陣搖晃。

「呀啊！」

微微發福的堂島老師腰向後倒，眼看就要仰躺到地板上。如果是護理老師田浦潤子、學校輔導老師水落聰子，或是音樂老師小林真弓的話，蓮實大概會發揮他過人敏銳的反射神經，立刻衝出去抱住，讓她不要倒下去。這一次，他的身體毫無反應，只是一直盯著堂島老師看。

蓮實原本以為堂島老師已經站不住了，沒想到她卻施展了出人意料的強韌腰力，成功地靠自己的力量重新站穩。

「蓮、蓮實老師……你、你居然對我動粗？」

堂島老師厚實的唇瓣顫抖，眼鏡後方的細細雙眼茫然地睜著。

「我沒有……誤會啊，這只是鳥的羽毛，請妳冷靜！」

堂島老師花了整整五分鐘以上的時間，才從受了驚嚇的狀態中恢復過來。蓮實雖然很討厭別人這樣浪費他的時間，但看來這些被浪費的時間似乎發揮了制止堂島老師的功用，讓她沒做出歇斯底里的攻擊。

「你剛剛說我對學生說了什麼，請問這是怎麼回事？」

蓮實擺出一個安撫對手的微笑，向堂島老師問道。

「什麼怎麼回事？你的煽動讓我沒辦法上課了！說起來，一班的學生表面上雖然很乖，但其實有很多人根本不把老師放在眼裡。尤其是那個叫早水的，真是一點都不可愛！」

蓮實覺得有什麼地方不對勁。

「這麼一說，堂島老師現在不是有課嗎？」

「是啊！就是因為發生了那種事，所以我才改叫學生們自習！」

所以我才問妳，那種事是什麼事啊！蓮實偷偷嘆了一口氣。

不管是什麼事，蓮實都不希望她擅自將他拖下水。更嚴重的是，她居然連課也不上了，這樣只會把事情越鬧越大。突然想到，先前他的第六感告訴他別進辦公室，或許就是指這件事。

「我一直很努力地想在純真的學生們被男性社會的偏見汙染之前，給他們正確的性別教育。你想要在我身上貼上『語言歧視』的標籤，否定我所有的努力嗎？」

「請稍等一下，我完全沒有提到堂島老師上課的任何事喔！」

而且，妳也不是教性別教育，而是國文老師吧？這句話都已經冒出了喉嚨，但蓮實還是把它硬吞了回去。

「我只是跟學生們說，語言是很重要的文化遺產，所以我們要重視語言，將它代代傳承下去。」

「啥？你在說什麼啊？只因為它過去存在，所以我們就必須讓它以相同形態流傳下去？也就是說，不論過去的習俗或種族歧視的歷史，我們一概都要肯定嗎？」

「我根本就沒有這樣講啊！」

蓮實忍不住想仰頭長嘆。堂島老師雖然是四十歲後半的資深教師，但她是激進的性別解放論者，經常在教職員辦公室裡掀起許多風波。除了主張把學校座號改成男女共通的座號之外，還提出過把「男女混合接力賽」裡的「男女」改成「女男」這種奇怪的主張，更在教職員會議上滔滔不絕地說明。要是有人提出反對，她會報以好幾倍的反對意見，最後連酒井副校長也只好保持沉默，和眾人一起等待暴風雨停息。

總而言之，這所學校有很多老師都是靠關係進來的。蓮實也是後來從高塚老師那邊聽說堂島老師是廣瀨清造理事長的遠親後，才明白堂島老師為什麼會被聘用。

在堂島老師不斷吐出尖銳詞語時，蓮實大概能想像發生了什麼事。是早水圭介，他那種個性是不可能不對堂島老師反感的，之前一定是在等待一個扳倒她的機會。想必是因為他今天剛好在英文課上聽到蓮實反對語言歧視，就利用這個機會反抗。他攻擊堂島老師時，大概把整件事講成是蓮實說的，堂島老師才會覺得蓮實反對自己的教學方針。

「堂島老師，我說真的，這些話我半句都沒說過。不僅如此，我從以前就一直很敬佩妳先進的教學方針呢！」

蓮實口是心非地說。

「真的嗎？」

堂島老師質疑。

「那當然。唉呀，我們兩個人都被早水擺了一道！」

蓮實開朗地說。不知道事情會如何發展的同事們原本都提心吊膽地看著兩個人，蓮實的這句話讓全場氣氛都緩和了下來。

結果，蓮實最後一堂課的時間都被耗掉了，但至少，他閃過了堂島老師的攻擊。話說回來，堂島老師真的常常動不動就為難別人。蓮實唯一認同堂島老師的，只有早水圭介這個學生一點也不可愛這一點。

在放學前的ＳＨＲ結束後，蓮實叫住安原美彌。他看見遠處的片桐怜花正把視線瞥向這邊。

「什麼事，小蓮？」

美彌的表情看起來有些不安。她和怜花一樣，是個小臉的美少女。她的眉毛挑起、眼神有力，平常總是能讓人感受到她那滿溢的自信和不服輸的性格。但不知道為什麼，今天看起來有些消沉。

「妳有時間嗎？我有件事想跟妳談談。」

蓮實用「想跟妳談談」代替「想問問妳」。

「有是有……」

美彌從以前就很聽蓮實的話，但蓮實還是覺得她沒什麼精神。

蓮實把美彌帶到輔導室，自己在沙發對面坐下，一邊看著扭扭捏捏的美彌，一邊迅速地想出讓美彌吐實的方法。

「喏，美彌，妳覺得我怎麼樣？」

美彌大概沒想到蓮實會這麼問，抬起頭來。

「什麼怎麼樣？小蓮，你在跟我告白嗎？」

「笨蛋，不是啦！」

蓮實露出一個苦笑。

「我不是那個意思，我想問妳的是，妳相不相信我？」
「我當然相信你啊！你是我們班的導師，而且你跟其他老師完全不一樣……」
美彌又垂下雙眼。
「那妳願不願意相信我，並把一切都告訴我？」
美彌抬起臉，微弱的希望之光在她的眼裡亮起。
「我是站在美彌這邊的，相信我。」
「嗯……我懂。」
美彌點了點頭。
「現在有人在讓美彌受苦，對吧？」
有那麼一瞬間，美彌差點把眼神轉開，但她還是緩緩地點了點頭。
「是柴原嗎？」
「為什麼你會知道？」
「有人告訴我的。」
「誰？」
「是誰不重要吧？那個人是擔心妳，才來跟我說的。」
美彌咬住下唇。
「不管怎樣，我都不會讓柴原再這樣非禮我的學生，我會要他為自己的行為負責。」

「我很高興聽到你這麼說，但請你不要。」

美彌搖了搖頭。

「為什麼？」

「因為這樣會給我添麻煩。」

「妳有什麼把柄在他手上嗎？」

美彌無言，但這就代表答案是肯定的。

「告訴我，到底發生了什麼事？我保證不會告訴任何人。」

只要移除阻擋她說出第一句話的心理障礙，真相便會潰堤而出。美彌以冷靜的態度開始說明來龍去脈。

事情是從美彌在町田車站前的藥妝店偷化妝品開始的。她說她一時鬼迷心竅，但事實上她應該是個慣犯吧！蓮實瞪著美彌。

總之，美彌偷東西沒有被店員發現，她若無其事地走出店裡。沒想到，有人從後面拍了她的肩膀，讓她嚇得跳了起來。她原本以為是警衛，回過頭才發現是體育老師柴原徹朗。

「開始的時候，柴原很溫柔。他帶我到咖啡店，告訴我做了就是做了，要我把事情的經過告訴他，我以為他訓完話就會原諒我，所以就乖乖地把偷東西的事告訴他，誰知道他居然偷偷錄音。」

美彌吊起柳眉。

「他接著說，如果我把這件事情告訴學校，妳就會被退學。」

「妳相信他？」
蓮實皺起眉頭問道。
「如果只是這件事，應該不至於被退學吧？」
「可是，輔導老師這樣一講，我就覺得搞不好真的會。而且，只要起了什麼騷動，就會變得很難收拾。我爸媽離婚後，我媽得了憂鬱症。要是現在讓她知道這件事，我完全不敢想她會怎麼樣。」
美彌眼裡浮現悔恨的淚水。
「我知道了。」
蓮實站起身。
「走吧！」
「什麼？走去哪裡？」
「去妳偷化妝品的那家店，我陪妳一起去道歉。」
「現在嗎？」
「不早點解決這件事，妳也不好過吧？走吧！」
鬆了一口氣的美彌點了點頭。
蓮實先到教職員辦公室，找高塚老師。
「高塚老師，我生活輔導組那邊有點事，可以拜託你幫我監督今天的英語社團活動嗎？」
「嗯？好是好，可是學生們應該會很不高興吧，他們可全都是蓮實老師的粉絲啊！」

「我欠你一次。」

為了讓高塚不能拒絕，蓮實合掌拜託了好幾次，才走向停車場。美彌先到，覺得很稀奇地摸著傷痕累累的小貨車。

「喂，妳在幹嘛？上車吧！」

「嗯。」

美彌很高興地坐上副駕駛座。

「裡面挺寬的耶！」

「因為它是小貨車啊！」

美彌笑了出來。

「你是認真的嗎？居然拿這種小貨車自誇！」

「不好意思喔，開這種小貨車。副校長也念過我呢！」

蓮實發動小貨車。眼尖地發現了這一幕的幾個女生出聲抗議美彌太狡猾，而坐在副駕駛座上的美彌則滿臉笑意地朝她們比著「YA」的手勢。

「喂喂喂，妳在做什麼啊？我們現在可是要為了妳做的事去賠罪耶！」

「我從以前就很想坐坐看你的車。」

「坐這台破爛小貨車？」

「嗯。」

美彌把手放在副駕駛座的窗子上，並把下巴靠上去，及肩的長髮隨風搖曳。

「小蓮，你知道我從什麼時候開始喜歡你嗎？」

「喂！妳在跟我告白嗎？」

蓮實半開玩笑地說，但美彌並沒有笑。

「高一的時候，我們班不是有養狗嗎？那隻叫巧克力的狗。」

「我知道啊，你們沒得到學校許可就擅自養的那隻狗。」

「就算我們向學校請求，學校也不會答應啊！」

美彌嘟起嘴，看向蓮實。

「要是我們放著巧克力不管，牠就會被衛生所抓走，所以我們才偷偷把牠藏在學校裡、餵牠吃東西，結果居然有人去告狀。我覺得那個人應該不是學生。」

「啊，是柴原。」

「真的嗎？」

「不會錯的，我之後有聽說。」

柴原老師自己大概也知道他在管理階層中的評價不好，所以才會拿這種事來為自己加分。

「原來是那個傢伙……」

美彌的眼裡燃起新的憤怒。

「所以衛生所才會派人來學校把巧克力帶走，大家都哭了，沒有人肯幫我們，只有小蓮。」

蓮實默默地聽著美彌說話。

「那時小蓮剛好經過，看到我們在哭，問我們『發生了什麼事』，聽完來龍去脈後，就立刻開著這台小貨車走了，沒多久就帶著巧克力回來了。」

美彌的聲音裡夾雜了些哽咽。

「從那時候開始，我們全都成了小蓮的死忠粉絲。不只是親衛隊和ＥＳＳ的人，整個年級的女生都是。」

其中有一個人，不知道為什麼會怕他就是了。

「……巧克力現在怎麼樣呢？牠過得好不好？」

「回家的時候去見見牠如何？」

「真的嗎？牠在哪裡？」

美彌的聲音因為喜悅而揚起。

「牠在一個叫竹田的事務員家裡。他上個月退休的時候，正好想找一隻看門狗。但我先告訴妳喔，那隻狗現在不叫巧克力了。」

「什麼？牠叫什麼名字？」

「金剛。」

「騙人……太俗氣了吧！」

美彌皺起眉頭，吐了吐她粉紅色的長舌。

藥妝店的店長似乎對兩人突然的造訪感到驚訝。聽到美彌偷竊，他的表情一瞬間變得險惡。然而美彌告訴店長，她是發自內心感到後悔而來道歉，蓮實也付了錢並低頭致歉，店長的表情才隨之溫和下來。再加上他的頭髮稀疏，看起來簡直就像尊佛像一樣。

「唉，好吧，那就當這件事沒發生過吧！」

店長以溫和的聲音向乖巧地垂下雙眼的美彌說道。

「但妳不可以再犯了喔！最近店裡常常被偷，我們這種小店根本沒什麼賺頭啊！」

「對不起，我再也不會這麼做了。」

「真的很抱歉，今後，我會嚴格監督她的。」

蓮實也在一旁低頭道歉。

「話說回來，妳很幸運呢！能有蓮實老師這麼好的老師。」

離開的時候，店長一邊送他們到門口，一邊說道。

「是啊！我也這麼覺得。」

美彌乖巧地回答。

「我家女兒明年要考試了。可以的話，我想讓她去讀晨光町田。但她若不再努力一點，偏差值恐怕會不夠啊！」

「請她一定要來，我會等她的。」

離開藥妝店後，蓮實對美彌說：「幸好店長是這麼好的人啊！」

「嗯。我說我不會再犯，這是真的喔！我絕對不會在那家店再犯的。」

蓮實深深地嘆了一口氣。

回家的路上，兩人順道去了竹田先生家。美彌在跟以前叫巧克力、現在叫金剛的小狗玩過後，整個人開朗了起來。竹田先生跟她說想來的時候隨時可以來，美彌也很有精神地回了一聲好，看起來已經恢復原本那個小少女的神態了。

蓮實把美彌送到町田車站的剪票口。

「聽好了，這樣一來，柴原就沒有可以威脅妳的藉口了，那個店長也是站在美彌這邊的，所以，妳再也不需要害怕柴原那個人了。」

「錄音帶怎麼辦？」

「就當他是開玩笑吧，妳偷竊的事已經不存在了，所以錄音帶是毫無意義的。」

「那要是柴原又找我說什麼的話，我該怎麼辦？」

「妳要立刻告訴我，我去找他談。但妳希望我怎麼處理呢？妳算被害者，甚至可以把那傢伙從學校趕出去喔！」

「我不想做到那個地步，也不想讓我媽擔心。而且打從一開始，我就不該順手牽羊。」

美彌露出從罪惡感中被解放的表情。

「那個……我沒有被柴原玷汙喔！」

「咦？」

「他只是隔著體育服摸我而已，真的，我甚至沒讓他親我。」

「我知道了，妳不用再說了。」

蓮實用一隻手揉亂美彌的頭髮。

「不要再弄了啦！你知道嗎？女生們都很討厭你這樣欸！」

「所以我才會這麼做啊！我也需要一些發洩壓力的方法嘛！」

蓮實以像在幫美彌洗頭的動作，用雙手把她的頭髮撥弄得一團亂。

等到揮著手的美彌離開視線範圍後，蓮實回到停在投幣停車場的小貨車裡。雖然兔拳就在隔壁，但現在時間還早，而且讓車一直停在這裡也很花錢，所以蓮實決定先回家。但回家的路上他突然心生一計，於是又繞路去了一趟五金行。

他先在腦子裡構思完成圖。

後院的曬衣架可以用來當支柱，所以他只需要添購其他必需物品。首先，他請店家幫他裁兩條直徑三點二公分、長度十公分的不銹鋼管。再請店家幫他裁一段直徑二點五公分、長三十公分的竹竿和一段直徑六公分、長一百公分的竹竿。最後，他把釘子、鐵絲、接著劑、塑膠墊、軟銲工具組、十五公尺長的電源線和開關放進購物籃裡；原本以為店裡沒賣的小型變壓器也找到了。

買東西的時候，蓮實不自覺地吹起口哨，那旋律是《三便士歌劇》的〈謀殺〉。

蓮實把買好的東西丟到小貨車的載貨台上，開車回家。

他先用斧頭在粗竹竿上切開一條縫，把細竹竿從中間卡進去，再用釘子、接著劑和鐵絲將兩根竹竿牢牢固定住，這樣就完成了一個高一百公分，寬三十公分的T型棲木。接著，他把電源線前端割成兩半，剝去外面的塑膠皮，將兩端銲在不銹鋼管的內側。最後用塑膠墊包住T型棲木的橫木，再把不銹鋼管套上去。

接下來，就只剩下把這個裝置裝上曬衣架這個步驟，但是跟園田老師約的時間快到了，所以他暫停工作，再次前往町田車站。他今天開著車來來去去，最後一次出門便改騎越野用的登山自行車。道路交通法規定，喝酒後騎自行車也算酒駕，但在市街上推車前進便不違法。

蓮實把登山自行車停在專用停車場後，進到兔拳店裡，發現滿屋子的客人他都認識，不禁露出苦笑。

「唉呀，蓮實老師，過來這裡嘛！」

田浦潤子老師似乎已經喝了不少，臉頰紅通通地像剛泡完澡。包廂裡，教數學的真田俊平老師就坐在她身旁。

「不用了啦，那會打擾到你們吧？」

「什麼嘛！說什麼打擾，你怎麼這麼見外呢，大家都這麼熟。」

「田浦老師今天晚上好像心情很好呢，是因為跟真田老師在一起的關係嗎？」

蓮實對真田老師說。

「不是啦，別這麼說。」

真田老師抓著頭，喝乾杯裡的燒酎。他今年二十八歲，是晨光町田裡最年輕的老師，座右銘是「不讓任何一個人跟不上」，所以他會幫跟不上課程的學生補習。他還身兼軟式網球顧問老師，身材高挑精瘦、臉蛋帥氣有如少年。或許就是因為這樣，他在學生的人氣投票排行榜中，一直是僅次於蓮實的第二名。

「唉喲，不要光站著，趕快坐下嘛！」

田浦老師拉著蓮實的手臂，讓他坐下。這個位子給三個人坐有點窄，他們的身體微微觸碰。

蓮實什麼也沒說，店員就把放了冰塊的玻璃杯和擦手巾送上。田浦老師倒了芋燒酎，幫蓮實也倒了一杯加冰的燒酎。

「乾杯！」

三個人碰了碰杯子。

「左摟右抱啊……這真教人心情大好啊！」

田浦老師柔媚的聲音流洩，聽起來完全不像老師。

「喝這麼多，回到家妳先生不會生氣嗎？」

聽到蓮實這麼說，田浦老師皺起眉頭。

「沒關係啦，反正他也一定會喝夠了才回家。」

田浦老師的丈夫比她大十五歲，是大企業的部長，他們沒有小孩。

「是啊，我們今天晚上就喝個盡興吧！」

真田老師看起來似乎也醉了，不僅如此，他的樣子有些怪怪的。

「怎麼了？發生了什麼事嗎？」

蓮實像對學生說話似地問道。

「還能發生什麼事啊，我們學校真是爛透了。居然連那種不配當人、更不配當老師的爛貨都能堂而皇之地站在講台上教書……蓮實老師，你不覺得嗎？」

看來非同小可，一定是件大事。

「呃，真田老師想說的，我也不是不懂。」

蓮實腦袋裡一邊想著柴原，一邊回答。

「跟他教同一科的我真的覺得好丟臉。」

「教同一科？」

看來真田說的不是柴原。蓮實試著一個個回想數學科老師。身為主任的大隅康文老師被稱為是本校人格最高尚的人，除了他之外，有著嚴重問題的老師……

「難不成，你說的是釣井老師？」

真田抬起醉眼朦朧的臉。

「就是他！蓮實老師也聽說了什麼嗎？」

「呃，我們班在上釣井老師課的時候，好像還滿亂的。」

蓮實把蓼沼他們干擾老師上課的事告訴真田。

「是嗎，原來如此。嗯，這是當然的吧，我覺得這不是蔘沼的錯。」
「喂，你們為什麼要隔著我，一直講這些讓人不舒服的事啊？」
田浦老師抗議。
「啊，抱歉。不過，我又不能假裝沒聽到。釣井老師課堂上的確是很亂的樣子，但再怎麼樣，也不至於說他是沒資格當人的爛貨吧？」
「如果只是課堂上的事，我當然不會說得這麼過分。那些無能庸師不都也是這樣嗎？」
蓮實發現兔拳裡有幾位團塊世代的老師，真田老師的話聽得他提心吊膽。
「……但是，我認為從業者那裡拿回扣的老師應該被舉發啊！」
「回扣？什麼業者？」
「好了好了，別再談這個了，喝酒就是要開開心心地喝啊！」
田浦老師委婉地打斷他們，但真田老師的憤怒模式似乎已經開到最強，無法停下。
「您知道這種惡劣的老師為什麼沒有被開除嗎？我今天才第一次知道，釣井手上有校長的把柄，他以此威脅校長耶！」
「威脅？」
蓮實愣住。
「這是怎麼一回事？校長的把柄？」
「我不知道是什麼，只是剛好聽到他們的對話。釣井威脅校長要爆料，而且還是跟蓮實老師有關的事。」

蓮實把正要拿起的玻璃杯放回桌上。

「……你能不能說得詳細一點呢？」

「詳情我也不清楚，不過釣井好像是想叫校長處理一下蓮實老師的班級。剛剛聽你說班上很亂，我才終於明白他的意思。然後，他甚至還請校長看狀況乾脆把你換掉。不過校長拒絕了，說學校不可能這麼做。」

原來在水平面底下，在他不知道的地方，居然有這種事。蓮實感到背脊一陣發涼。

「說白一點，我們學校裡正常的老師就只有蓮實老師跟我了吧？要是蓮實老師因此離開的話，學校要怎麼辦啊？」

「唉呀，真遺憾，原來在真田老師的心目中，我不算是正常的老師啊！」

田浦老師用水汪汪的雙眼盯著真田老師。

「不是啦，我不是那個意思。田浦老師呀、大隅主任、橋口老師等，都是很認真的老師。可是，就推動改革的熱情來說……」

真田老師顯得狼狽。

就在此時，突然一片沉默。蓮實一看，才發現園田老師正站在入口、環視店內。他身上的黑色運動服跟在學校時穿的一樣，但他只要站在那裡，就有壓倒四周的威嚴感。

「園田老師！」

蓮實站起身。

「真田老師，剛剛說的那些，可以請你下次再詳細告訴我嗎？」

「好。」

蓮實把園田老師請到後面的位子上。真田老師的話帶給他很大的衝擊，但現在他必須讓心思專注在眼前的事上。

「不好意思，突然把你約出來。指導空手道社應該很忙吧？」

「不會，那沒什麼大不了的，現在還只是讓他們反覆練習基本動作而已。」

園田老師念體育大學的時候，曾經拿過空手道全國大賽第一名，目前是空手道社的顧問。

「這樣啊！啊，要不要喝點什麼呢？」

與其立刻切入正題，蓮實覺得先讓對方喝點酒，解除他的戒心才是上策。蓮實要先建立起心理學上說的信賴關係。

「……園田老師認為綜合格鬥技的成績能做為一個人是不是最強的證明嗎？」

兩人聊了一會兒之後，蓮實發現格鬥技是兩個人共同的話題，聊這個最能熱絡氣氛。

「我認為那可以做為參考，但完全不能當做證明。」

園田老師塞了一口生馬肉後，一邊像喝水般地灌沒加冰、沒加水的燒酎，一邊說道。就算跟他的身形相比，他拿著杯子的手也算非常巨大。手指關節隆起，上面長滿了厚厚的繭。

「基本上，我們沒辦法決定什麼是最強。只要有一個小小的得意招式，形勢就會一百八十度大轉變。」

「的確沒錯。」

「首先，當對手不只一個人時，各種寢技[5]就會變得毫無意義。也就是說，所謂的綜合格鬥技，其實就和拳擊跟柔道一樣，只是在規則之中比賽誰最強罷了。」

園田異常熱情地說。

「而且，最近的綜合格鬥技中，打擊系的禁止招式實在太多了。我覺得像初期的無限制格鬥賽那樣，只要禁止咬人、攻擊睪丸和戳眼睛就好了。如果在場上連垂直的拐子、瞄準臉部的踹擊都要禁止的話，那就太可笑了。再說，要是允許使用頭槌這個最強打擊技的話，應該可以更快分出勝負吧！」

「這也太亂來了，會死人的。」

蓮實試著婉轉地反駁。

「還有啊，園田老師剛說打擊系的禁止招式比較多，但寢技裡也有不少被禁止的招式吧？譬如我的腳關節被擒住時，對手只要一扭，我可能就沒命了。所以呀，扭對手膝蓋或脖子的招式大多都被禁止了。」

「噢……你知道得很多嘛！蓮實老師，你玩過格鬥技吧？」

「沒這回事。我很喜歡看比賽，但是沒有玩格鬥技的能耐。」

「是嗎？你看起來雖然瘦，不過體格應該很強壯吧？」

「別用這種眼神看我喔，饒了我吧！我可是個徹頭徹尾的和平主義者呢！」

蓮實攤開雙手，宣告他並無戰意。

「是喔……好吧！你可能會覺得我老王賣瓜，自賣自誇，但我要說，空手道才是最強的格鬥技。不論是K1也好、UFC終極格鬥也罷，在重視選手人身安全的規則限制下，我們或許看不出空手道的強大。然而，當我們被逼到殺人或被殺的絕境時，空手道便能發揮它真正的價值。因為空手道不單只是身體技能的提升，更是能鍛鍊出強韌身心的武術。」

不知何時起，兔拳店內靜了下來，只有園田老師的聲音迴盪著。他的格鬥技論述逐漸發展成教育論。

「不論遇到什麼困難，這顆心都不會屈服、不會受挫。我之所以讓學生苦練，為的就是讓他們擁有這樣的心。」

旁邊聽得入神的老師們似乎都多多少少被感動，有些人的手甚至都要拍下去了，只有蓮實一個人保持清醒。

說穿了，所有武術、格鬥技不都只是殺害對手、或奪走他們戰鬥能力的技術而已嗎？為什麼園田能把這樣的技術應用在教育上，說它是涵養性情的工具呢？蓮實完全無法理解。

蓮實心裡雖然這麼想，但當然不會這樣說，也不打算說。

「園田老師，真的很高興能聽到你這番話，我打從心底相信我們學校果然還是需要你這樣的老師。」

5 泛指選手雙方在地上纏鬥、擊打的狀態，是綜合格鬥技的特殊規則。

園田老師把裝了燒酎的酒杯放下，睜大了眼睛看著蓮實。

「我很清楚蓮實老師想說什麼，你是為了那件事而約我的吧？不過，我不能違反自己的信念，去跟學生家長道歉說什麼我不該體罰學生！」

「那當然。」

蓮實迅速答道。

「嗯？你的意思是？」

園田老師一臉狐疑。

「我的意思是，你完全不需要因為打了鳴瀨而向他道歉。的確，表面上所有體罰都是被禁止的，但這樣就能讓現在的小孩乖乖聽話嗎？打從心底為孩子們著想，而非一時宣洩情感的體罰是愛的鞭策。如果老師能讓孩子們在誤入歧途前，用這樣的體罰來協助孩子們回到正軌，他們將來一定會很感謝的。」

園田老師大大地點了點頭。

「我都不知道蓮實老師有這樣的想法，唉呀，有種找到知己的感覺。」

蓮實看見對面的田浦老師呆呆地張開了嘴，大概是因為蓮實剛才說的和他平常跟學生說的完全不一樣吧！

「我們這些普通老師只是把必要的體罰交給某些老師，自己再擺出反對的姿態，我真覺得我們應該好好反省啊！」

「可東，偶咧……蓮實老師……」

真田老師口齒不清地把話說到一半，田浦老師便用手掩住他的嘴。

「噢，我完全懂你的意思，也很慶幸今天能聽到蓮實老師的想法。不過，你打算怎麼處理這件事呢？副校長說鳴瀨的家長態度很強硬呢！」

「是，所以我必須請園田老師去向他們道歉。」

「你說什麼？」

園田的眼裡亮起危險的光芒。

「你剛剛不是才說我沒必要道歉嗎？」

除了兩人之外的所有人都呆住了，兔拳店裡的溫度似乎瞬間降了十度。

「對，對於你打了鳴瀨這一點，我認為不需要道歉。不過你讓他受傷，就另當別論了。」

蓮實以平靜的語氣回答。

「如果你的體罰是冷靜地將學生導向正途，而不是被憤怒綁架的暴力，那麼理所當然地，你應該會小心不讓學生受傷對吧？我知道這樣說很失禮，但就一位專業教師而言，你不應該讓學生的眼角流血。而且像園田老師這種空手道高手，為什麼會用那麼糟糕的方式揍人呢？我到現在都還想不通啊！」

沉重的沉默持續了一段時間，四周每個人都吞了一口口水，看著事情發展。

「……沒想到我會被一個門外漢說技術糟，不過，你說的完全沒錯，所以我也無話可說。」

園田老師終於發出的聲音裡帶著笑，每個人都安下心來、鬆了一口氣。

「我原本是想一巴掌打上鳴瀨的頭，可是在那一瞬間，他大概是想躲而把頭轉開，所以我揮中的是他眼睛旁邊。我實在是技術不精，居然連那種程度的反應都沒預料到。」

「一般來說，要是有人想打我們的頭，我們應該會低頭閃躲，但鳴瀨卻仰起身體。我真搞不懂現在的小孩啊……」

一旁教古文的井原恒老師說出他的感想。他和往常一樣地平和，讓全場的氣氛都緩和了下來。

「……唉，好吧，對於讓鳴瀨受傷一事，我向他道歉。」

園田老師的態度就像個武術家，果斷乾脆。

「不過，關於體罰這件事本身的對錯，我不會改變我的信念。」

「謝謝你！」

蓮實深深地鞠了一個躬。

「我也希望園田老師可以趕快回來帶我們班的體育課，現在發生了很多事……」

蓮實話中有話，園田老師抬起他的粗眉。

「是柴原嗎？」

「是的，不過那件事也沒辦法在這裡說就是了。」

「是嗎？如果是這樣，那我得趕快了結這件事才行。」

園田老師用他的大手握緊了酒杯說道。

蓮實終於放心，如此一來，他總算是找出一條和解的路了。他喝光那杯早已被稀釋的加冰燒酎後，突然覺得肚子餓了。

隔天，蓮實和酒井副校長及園田老師三人來到位於丸之內的下城律師事務所，和鳴瀨修平的父親見面。

鳴瀨明男律師的身材瘦小，穿著一套似乎很高級的西裝，看起來有些像伍迪．艾倫。在譴責學校的過錯時，他的語氣也像是在談生意，講話不僅思緒清晰、字裡行間更是毫無贅字。

蓮實發現鳴瀨明男應該是最討厭浪費時間的那種人。這些人的時薪是領固定薪資的老師們無法想像的，所以時間就是他們的金錢，唯恐在無意義的問題上耗費太多時間。換句話說，即便他是個強敵，也和那些投訴者不同，是個很容易快速解決的對手。

蓮實省略不必要的開場白，先以導師的身分道歉。園田老師接棒，率直地為他讓鳴瀨修平受傷一事道歉。接著，酒井副校長再次表達校方的懊悔之意，發誓再也不會讓這種事發生，更提出包含醫療費用在內的賠償方案。就如他們事先排練的一樣，不做任何辯解。

鳴瀨律師的表情雖然沒變，但他對校方的對應似乎感到滿意，至少覺得即使再施壓也得不到什麼好處。他點了兩三次頭，說了一句「我瞭解了，那我兒子就請幾位多多照顧」後，這次的會面便結束了。

離開事務所的時候，蓮實看了看手錶，發現他們在律師事務所只待了不到十五分鐘。

要是他們依照酒井副校長的意思，去說服鳴瀨修平本人、再透過他拉攏家長的話，蓮實覺得事情可能會變得很棘手，因為這樣的做法很可能會讓那位似乎相當能幹的律師勃然大怒。

看來，當初他決定選擇說服園田老師這個難搞的傢伙，的確是正確的。

酒井副校長拍了拍蓮實的背，看來是在稱讚他做得好。

園田老師也看著蓮實點了點頭。原本可能會被迫辭職的他最後只受到嚴厲的口頭懲戒，會用感謝的眼神看向蓮實也是理所當然的吧！

蓮實睜開雙眼。

是烏鴉的叫聲。

蓮實如貓一般敏捷地起身後，悄悄地走向後院。防雨窗留有一條縫，讓他可以看到外面。

他悄悄地把眼睛靠上去，窺看外面的情況。

來了！兩隻巨大的烏鴉停在曬衣架上。

蓮實完成特製的棲木已經四天了。烏鴉的警戒心很強，對於新出現的東西會敬而遠之、不願靠近。尤其是福金和霧尼，牠們的智商高，能夠輕易看穿蓮實的意圖。

正因如此，蓮實才能反過來利用這個劣勢。

蓮實把灰喜鵲的尾羽插在棲木旁邊。灰喜鵲的身材遠比烏鴉小，但牠的尾巴長達二十公分以上，視覺效果十分驚人。

福金和霧尼也避開尾羽附近兩天左右。烏鴉有著比任何動物都要在意、害怕同類屍體的習性。但第三天開始，牠們似乎發覺了蓮實的意圖，慢慢地朝尾羽靠近，最後大概發現尾羽並非來自同類，便將灰喜鵲的尾羽拔起丟開。同時，也丟掉了自己的警戒心。

福金現在正停在蓮實做的T型棲木上。蓮實用鐵絲把棲木綁在曬衣架的支架上，讓棲木比曬衣架高出一段。福金擺出一副「這裡是我地盤」的態度。對烏鴉來說，直徑三點二公分的不銹鋼管應該是剛剛好的尺寸。

T型棲木的直木部分從橫木的中央突出，福金的兩隻腳就隔著突出部分，左右腳分別抓住不銹鋼管。塑膠墊和竹竿讓兩支鋼管處於絕緣狀態。

蓮實把從不銹鋼管拉出來的電線合成一條電源線，從防雨窗的縫隙拉進房內，再讓電源線穿過能將一百伏特升壓成二百伏特的變壓器，接到牆上的插座裡。電源線上裝有開關。

蓮實一邊觀察著福金，一邊按下開關。

場面非常慘烈。

喙嘴大大張開、翅膀開到一半的福金僵住，全身痙攣。嚇到的霧尼大叫了一聲後，隨即飛離現場。

福金也試著要叫，但無論如何都發不出聲音，兩隻眼睛都因為瞬膜而變得一片雪白。

鳥停在高壓電線上不會觸電，並不是因為牠們的絕緣性比人類或野獸好。只要在牠的左右兩腳之間施加電壓，要殺牠便易如反掌。牠大概很想放開棲木飛走，但肌肉會在觸電時收縮，所以牠無法依照意志放開握住不銹鋼管的兩隻腳。

很快地，福金全身羽毛倒立、身體膨脹，一動也不動，像隻蝙蝠倒掛在棲木上。很明顯地，牠已經死了。

蓮實關上連接棲木的電源開關後打開防雨窗，走到院子裡。

烏鴉的屍體「砰」地一聲掉到地上。

蓮實嘆了一口氣，近看福金真的很巨大，他該如何處理這麼龐大的屍體呢？要是把這東西裝進土黃色的垃圾袋，當成可燃垃圾扔掉的話，一定會立刻被發現吧！

他在網路上搜尋了一下，找到用烏鴉肉做派及燉肉的食譜，但他不是要做給自己吃。把烏鴉肉做成小桃的食物，還能替他省點錢，但問題是，小桃只吃漢堡排，所以他還必須先把烏鴉肉做成絞肉，這道工也實在不怎麼有趣。

蓮實發現自己正無意識地吹著口哨，習慣這種東西似乎真的很難改。

旋律是《三便士歌劇》的〈謀殺〉。

第二章

前島雅彥的心理測驗結果是最後一片拼圖，
一切終於都連起來了。

準備回到教室的片桐怜花停下腳步。

迎面走過來的，是數學科的釣井正信老師。

他一如往常地像尊石雕地藏菩薩般面無表情，視線一動也不動地固定在正前方。一年中有大半時間，他都穿著老舊的咖啡色西裝外套和白襯衫，配上深咖啡色長褲。他把點名簿夾在腋下、探頭向前緩步行走的模樣，簡直就像個機器人。

去年怜花入學時，釣井老師西裝外套上的肩膀位置常常都沾滿粉筆灰。因為學生們老愛把板擦放在門上方，開門的人就會被掉下來的板擦打中，而他就是這種老套惡作劇的犧牲者。在那之後，晨光學院町田高中內所有的黑板都被廢用，改用白板之後，惡作劇便自然消失。

但此時從二年五班走出一個喜歡惡作劇的男生東出，他模仿職棒投手的投球姿勢朝釣井老師丟紙球。紙球漂亮地命中釣井老師的後腦後彈開。從教室門口探出頭來看好戲的學生們倏地爆笑出聲，但釣井老師卻像沒神經沒知覺似地，以不變的步調繼續走著。

怜花皺起眉頭，她不想捲進這件事裡，打算輕輕低頭行個禮就走過去。不知道為什麼，平常對學生打招呼一向沒有任何反應的釣井老師在兩人交錯的一瞬間，看了怜花一眼。鐵框眼鏡鏡片的另一端，細細的丹鳳眼動了一下。他的黑眼珠異常地小，視線有如尖錐般銳利。

毛骨悚然的怜花垂下視線。

她最討厭以貌取人，而且還有人謠傳釣井老師的精神狀況有問題，說他到學校上課時如果不服用抗憂鬱劑，就上不了課。怜花無法原諒用這種理由嘲笑別人，或將別人當作霸凌對象的人。

然而，釣井老師的狀況似乎不太一樣；怜花的直覺這樣告訴她。

常常，不論學生怎麼捉弄釣井老師，他似乎都不痛不癢。

怜花覺得，這個人彷彿被囚禁在無盡的絕望中，所以要他在日常生活中費什麼必要的氣力都很難。

即便如此，還是絕對不能激怒釣井老師。這是從潛意識深處發出的駭人警告。

在怜花的想像中，釣井老師是一隻沾滿泥巴、閉著眼睛、死了般動也不動的巨大鱷魚，對四周盤旋的蒼蠅毫無興趣，但當牠在無人能預測的一瞬間被激怒時，便會張開巨大的下顎，朝獵物撲過去。

當然，這只是她擅自描繪的妄想情境，怜花也很清楚她一直都有想像力太過豐富的問題。

但小學六年級的那段經歷改變了一切。那個時候，怜花覺得一個人人都說好的中年男老師無可言喻地恐怖。這位老師用奇怪的眼神看著我們——平常會忽略的小事，細微的眼神、態度、聲音，這些堆疊的資訊讓怜花在潛意識中推測出這樣的警訊。

包括她父母，身邊所有人都無法理解她的恐懼。為什麼怜花會這樣看待一位熱心溫柔的老師？絕大多數人都認為，妳之所以會這樣懷疑老師，是因為妳的心扭曲了。

然而，過了沒多久，那名男老師突然離開學校。學校只給學生一個「基於個人因素而離職」這種不清不楚的說法。不過，大家很快就知道他離開的真正原因。在大家眼中評價很高的資深老師原來是罪大惡極的戀童癖慣犯。以年幼少女為性侵對象是那個男人從事教職、長年執掌教鞭的唯一理由。疑似慘遭蹂躪的兩個同學也不知何時轉學了。

那個時候，怜花領悟了。

學校不是守護學生的聖域，而是一個受弱肉強食法則支配的生存競技場。要在這場競爭中平安存活，就必須擁有與生俱來的幸運、快速察覺危險的直覺，或足以保護自己的激烈手段。怜花覺得自己只擁有直覺。

進入這所學校以來，她的直覺曾對四名老師發出過強烈的警訊。她從來沒有碰過這麼多會讓直覺發出警訊的人，所以有段時間她一直活在恐懼的陰影中，甚至認真考慮轉學。

一開始，直覺發出警訊的對象是體育科的園田老師。

「這個人是為了追求暴力技術的極致這種奇怪目標而活」，她立刻就興起這樣的直覺，怜花無法理解他為何能在這種事上燃燒熱情。怜花真正害怕的，不是他那散發狂猛力量的肌肉，更不是上面長了繭的巨大拳頭，而是她強烈地相信，在緊要關頭，這個巨大的男人會毫不猶豫地徒手殺人。雖然他是二十一世紀日本太平之世的老師，但他的心理狀態和戰國時代的武將相去無幾。這種時空錯置感已經不只是一種不對勁的感覺，而是讓怜花雙腳打顫的恐懼。

和園田老師比起來，另一位體育老師柴原看起來卑微多了，但就真實生活中的威脅而言，柴原老師比園田老師還要棘手。除了骯髒的念頭和折磨他人的虐待慾之外，他那有如猴子般、額頭狹窄的頭蓋骨裡似乎什麼也沒裝。明明任誰都能一眼看穿他的卑劣品性，他卻能若無其事地擔任教職，不能不說是個謎。反正最重要的就是不要被他盯上、不要和他有任何交集。

其他學生對這兩人應該也有同樣的看法，只是程度有別。然而，學校裡卻沒有任何人能理解怜花對另外兩個人感到的恐懼。

怜花只對從國中就是好朋友的小野寺楓子說過，她覺得釣井老師很恐怖。

楓子的個性開朗，大家都喜歡她。她跟會慎選朋友的怜花可說是兩個極端的人。只是不知道為什麼，她們倆從第一次見面就很合得來，加上她們的髮型同是香菇鮑伯頭，大家都說她們頭靠著頭說悄悄話時，看起來就像一對雙胞胎姐妹。聽完怜花的話，楓子一開始以為怜花在開玩笑，因而露出一口漂亮的牙準備嘲笑她；知道怜花是認真的之後，楓子擔心地皺起眉頭。

「唔，要說他詭異的話，的確也很詭異。可是，妳想太多了啦，他是棵樹耶，妳覺得他會做什麼事嗎？」

樹是釣井老師的綽號。

「這我不知道……」

「妳要這麼說的話，貓祟祟應該比他還恐怖吧？我光聽他的笑聲，背後的寒毛就會全豎起來耶！」

楓子咬緊牙根，做出顫抖的動作給怜花看。

「貓山老師是無害的。」

雖然也沒有用處就是了，怜花在心裡加上這句話。

「我不知道該怎麼跟妳解釋，但釣井老師完全不一樣。喏，小楓，妳絕對不要激怒那個老師喔！」

楓子的表情不是很滿意，但她知道怜花的直覺很準，因而對釣井老師的看法也有了些許轉變。

「嗯……這麼一說啊，樹有時候不是會寫什麼東西嗎？妳知道大家都說他是在替態度不好的學生打奇怪的分數嗎？聽說他會一直扣分喔！」

「那或許是真的。」

聽楓子這麼說，怜花也覺得很有可能，釣井老師總不可能是在幫自己的部落格找題材吧?!

「啊……不過這只是學校的靈異傳說啦，就是啊，聽說分數扣到不能再扣的時候，好像就會發生什麼可怕的事喔！可是不管大家怎麼鬧，樹都不生氣，所以最近大家都不把他當回事，也不再聊這些了。比起那個人啊，貓祟祟的事情才有趣呢！聽說他值夜班巡學校的時候，好幾百隻貓咪的亡靈會一邊喵喵叫，一邊跟在他後面耶！因為社團活動留到很晚的學生說他們真的看到了！」

至於最後一個人，怜花甚至不敢跟好朋友楓子談起。

因為光是做出一點暗示，楓子就會氣得暴跳如雷。不只楓子，以ＥＳＳ的成員為首，班上幾乎每個女生都是蓮實的狂熱擁護者。

怜花並不是從一開始就用有色眼鏡看待蓮實聖司這位老師。更確切地說，剛開始時，她對蓮實的印象完全是個開朗、有行動力，又會為學生著想的老師。

然而，怜花看著他從就任第一年進入生活輔導組，解決各式各樣的問題時，突然被一種奇怪的感覺俘虜。

這個人，是不是能看穿別人的謊言？

有一次，兩個學生在為有沒有偷錢而吵架時，怜花第一次心生這樣的念頭。被懷疑的學生強烈否認，但由於他有偷竊前科，所以大部分人都覺得他就是小偷。

在這個事件裡，怜花直覺認為那個人是無辜的。

而蓮實老師也立刻做出同樣的判斷。據說他不是站在教職人員的立場姑且相信學生，而是不知為什麼非常確信。

在那之後，以為被偷走的錢找到了，一切都是指控同學偷錢的那個人誤會了。這件事讓大家更信任蓮實，但怜花看蓮實的眼神裡卻開始夾雜疑惑。

蓮實老師的確擁有讀心術般可以看穿人心的能力。然而，說不上來為什麼，怜花不認為他和自己是同一種人。她覺得整件事有種無以名狀的不對勁。

在怜花尋找原因的時候，有個詭異的念頭在她心裡萌芽。

人家常說兩極相通，或許蓮實老師就是因為和自己完全相反，所以才能和她一樣，判別出別人是不是在說謊。

只要一開始這麼想，怜花眼裡看到的一切就都成了假象。

包括他爽朗的笑容，他不忘給學生慈愛、不忘為學生著想的一舉一動。

現在對片桐怜花來說，班導師是她在這世界上最無法理解的人。

和釣井老師擦身而過後，怜花回到教室、坐在自己的位子上，突然有個女生站在眼前。怜花抬起視線，發現低頭看她的人，是個意外的人。

「妳給我過來一下。」

安原美彌丟下這句話，便迅速離開教室。怜花無可奈何地跟了出去。

美彌穿過走廊，進到女廁。怜花心想，我明明才剛從這裡回去啊！

美彌一進入廁所，原本在廁所裡開心聊天的女生們立刻閉上嘴。她們都是一班的學生。

「妳們，滾出去。」

美彌以嚴厲的表情抬了抬下巴，那些女生迅速離開廁所。

只剩下兩個人後，美彌轉向洗手台，看起自己的髮尾，彷彿完全忘了怜花這個人。

「那個……安原同學。」

怜花有些遲疑地想問美彌把自己叫出來的原因。

「是妳嗎？」

仍舊看著鏡子的美彌以不帶情緒的語氣問道。

「什麼？」

「我再問妳一次，是妳嗎？」

怜花吞了吞口水。這個問題的意思很明顯，為了不激怒美彌，她覺得自己只能誠實回答。

「嗯。」

美彌轉看向怜花。

「啐，我還在想要是妳到了這個時候還裝傻，我要怎麼做呢！」

美彌緩緩地靠近怜花，站在她面前，露出一個讓人毛骨悚然的笑容。她們的身高幾乎一樣，美彌的臉也長得很可愛，但怜花覺得美彌展露的氣勢實在不像同年齡的女生會有的。

「那，為什麼跟我毫無關係的妳要向小蓮打小報告？」

「對不起，我沒有惡意……」

「別跟我說這些，說原因。」

美彌以冷淡的聲音打斷怜花的話。

「因為我沒辦法原諒柴原做的事。」

「喔，妳沒辦法原諒什麼事？」

美彌把臉靠了上來，怜花低下頭。

「性騷擾。」

美彌突然用一股很大的力道抓住怜花的頭髮，讓她抬起頭來。

「不准再說那三個字！下次妳再說，我就殺了妳！」

「好，我知道了。」

怜花從極近的距離看著美彌的雙眼，覺得訝異，因為美彌似乎沒有她想像的那麼生氣。

「算了。這次的結果還算ＯＫ，我就破例原諒妳。但要是妳下次再擅自做這種事，妳應該知道我會怎麼樣吧？」

讓怜花意外的是，美彌很乾脆地放開了她的頭髮。冷靜下來觀察美彌後，怜花才發現美彌的嘴角上揚，幾乎可以說心情很好。

「安原同學……已經解決了嗎？」

怜花鼓起勇氣問。

「對啦，結束了。所以妳也把整件事都給我忘了。」
美彌不耐煩地說。
「還有，不准妳再接近小蓮，知道嗎？」
「嗯。」
美彌很快地瞥了怜花一眼後，便若無其事地離開廁所。
怜花走出廁所後，站在附近的兩個男生衝了過來。
「怜花，妳沒事吧？」
高大的早水圭介一臉擔心地問道。他的顴骨高，下巴細，和很多同年紀的男生比起來，五官和氣質都很成熟，所以很多女生都偷偷自封為他的粉絲。
「嗯，但你們兩個怎麼會在這裡？」
「班上的女生跑來跟我說怜花被安原帶進廁所去了，她沒對妳怎麼樣吧？」
「嗯，沒事。」
原本怜花的心臟還在砰砰跳，現在總算平靜了下來。
「我們不能進女生廁所，本來打算聽到妳尖叫的話就衝進去。」
鬆了一口氣的夏越雄一郎說道。他的臉圓圓的，看起來就是一副好人樣，體型又矮又胖。
高一的時候，圭介、雄一郎和怜花同班。這兩個男生的個性、外表完全不同，但在室內五人制足球的同好會中成了好朋友。兩個人的座位分別在怜花的左右兩邊，總是越過怜花的頭交談，聽他們說著話，伶花也漸漸想湊熱鬧，不知道什麼時候開始，他們便成了三人團體。三人中只有圭介選擇念理組，升上二年級之後被分到一班；伶花和雄一郎都念文組，他們很幸運（？）都被分到四班。

「那安原找妳幹嘛？」

圭介問。

「沒什麼，你們不要再問了，這是我們女生的事。」

與其說她怕美彌，應該說她不想讓男生聽這些事。

「女生的事啊……搞不懂到底是什麼事。」

圭介嘆了一口氣。

「算了，妳不想說的話，現在不說也沒關係。可是，要是狀況不對，妳要立刻告訴我們喔？」

「嗯，謝謝你們。」

伶花以感謝的眼神看向兩人，她相信這兩個人在她碰到危險時，一定會來救她。

「不過，有狀況的人應該是圭介你吧？」

「什麼啊，我不知道妳在說什麼耶！」

圭介皺起眉頭，雙手在胸前交叉低聲說道。

「Cunning[1]，這次期中考你又打算作弊了對吧？」

---

1 Cunning原為狡猾、熟練的意思，但在日文中還有作弊之意。

「笨蛋，妳在這裡說什麼傻話啊？」
圭介慌忙地想掩住怜花的嘴，怜花迅速地躲到圭介碰不到的地方。
「事到如今還有什麼不能講？連我都聽說了，就表示事情已經傳開了。」
「所以我說呀……啊！對了，妳說的cunning只有腦筋靈活或狡猾的意思，Miss Katagiri，考試，也就是examination中的不當行為叫做cheating！」
急中生智的圭介大叫。剛好經過走廊的女生看到他的模樣，竊竊地笑著低語。
「這不是可以拿來開玩笑的事吧？」
怜花皺起眉頭。不知道為什麼，圭介模仿蓮實老師讓她很不舒服。
「但圭介你也真怪，做這種事又得不到任何好處。」
覺得不解的雄一郎這麼說。不管圭介怎麼偷懶打混，他的名次永遠是前幾名。圭介所謂的cunning是盡可能把答案告訴更多人，讓定期考試的分數失去意義。這不過是他的一個遊戲罷了。
「說真的，為什麼啊？這是你對學校的resistance嗎？」
圭介笑了出來。
「Resistance……妳被英文老師洗腦了喔？」
「那你到底是為了什麼？」
「沒有為什麼，真要說的話，就只是打發時間吧！」
圭介一副沒事樣地模糊帶過。

那天蓮實的第一堂課是空堂，他把堆在小貨車載貨台上的垃圾袋拿到生物備課室。

「貓山老師，這是給你的伴手禮。」

貓山老師看到蓮實從垃圾袋裡拿出福金的屍體，一臉又驚又喜。

「這、這實在是……太完美了！真的太美了，而且以大嘴烏鴉的體型來說，這算得上是最大型了吧！嗯——它會成為我的骨骼標本中的鉅作啊！我真的可以收下它嗎？」

「當然，這是我拿來謝謝貓山老師前幾天給我灰喜鵲尾羽的謝禮。」就算你說不要，我也會把它留在這裡的。

「這強韌的喙！真是美到讓人全身顫抖啊！嗚嘻嘻嘻嘻嘻……唉呀呀，烏鴉這種生物雖然隨處可見，但屍體可不好找啊，甚至還有本怪書叫《為什麼我們看不到烏鴉屍體》呢！」

蓮實原本準備了藉口來解釋他如何得到這具烏鴉屍體，但貓山老師似乎完全沉醉在這突如其來的禮物中，完全沒有起疑。

蓮實留下像是得到木天蓼的貓兒一般，陷入陶醉狀態的貓山老師，前往保健室。

「唉呀，蓮實老師。」

看著電腦的田浦潤子老師抬起頭。現在才第一節課，還沒有學生在裡面的床上睡覺。

「看來你好像不是來見我的喔？」

「嗯，水落老師呢？」

「真是的，我都要吃醋了呢！年輕女孩有那麼好嗎？」

田浦老師用兩隻手指頭夾住蓮實手臂上的肉。蓮實才剛意識到難不成她要捏他，她已經用力一捏。

「好……好痛，妳在幹什麼啊？事情不是那樣的好嗎？」

好巧不巧，就在這個時候，學校輔導老師水落聰子從外面回來了。她看到像情侶吵架的蓮實和田浦老師，不禁別開視線。

「水落老師，我有件事想請教。」

蓮實盡可能正色道。

「喔。」

水落聰子的回答有些冷淡，但她還是照蓮實的要求把資料從櫃子裡拿出來。他們面對面地坐在擺在保健室角落的沙發上，無視田浦老師別有深意的眼光。

「蓼沼同學和前島同學是嗎？嗯，這個嘛，我不知道我能幫你到什麼程度。」

聰子看著去年學生做過的心理測驗。

每週只有兩天會來學校的她在心理諮商方面很受肯定。和蓮實一樣，她也剛進這所學校一年。她的睫毛好長啊，蓮實這麼想。清爽的短髮造型配上淡妝，加上五官有如少女一般，若沒穿白袍，說她是這所學校的學生也會有人相信吧！她是國立大學研究所畢業的臨床輔導老師，所以就算她在學校輔導老師這個領域還是新人，年紀應該也有二十七、八歲了吧……

「蓮實老師？」

聽子抬起頭，一臉困惑地看著他。蓮實回過神來。

「說真的，我非常猶豫。我必須遵守保密義務，而且也不知道可不可以把學生的心理測驗結果運用到班級管理上。」

「嗯，我在聽。」

「我能理解水落老師的顧慮。但希望你明白，我做的每件事都是為了學生。現在，二年四班已經出現了幾個問題的跡象……不，我想問題應該處處都有，只是我們這些老師還沒發現罷了。」

聽子沉默地點了點頭。身為輔導老師，她很清楚聽別人說話時要認真。

「我覺得那些有問題的學生，一定有很多事想告訴我們，但絕大部分問題學生都沒辦法將想法化為言語說出來，對吧？」

「的確，我覺得現在的孩子不太擅長言語表達。或許這是因為他們在表達想法前，根本沒有弄清楚自己的問題吧！」

聽子「咚咚」地把一疊心理測驗試卷整了一整後，放在桌上。看起來她想盡快結束這段談話。

「去年的上半年，第二學期過了一半左右，前島好像常來保健室的樣子，他有跟水落老師諮商過嗎？」

「這個嘛……大概四、五次左右吧！」

「他來找妳討論什麼事情呢？」

「這個我不能透露。」

聽子乾脆地拒絕了。

「我聽說他從第二學期中期以後，來保健室的頻率驟減，而妳在那之後也沒有再為他做過諮商了，對吧？」

「對。」

「他的問題已經解決了嗎？」

聽子思考了一下。

「這一點，我無法判斷。」

一如蓮實預料，她的戒心非常強，蓮實決定從其他點突破。

「事實上，現在二年四班的問題之一是霸凌，我認為必須盡快解決。幸好新學年才剛開始，現在應該還有辦法處理，但要是錯過輔導他們的機會，很可能會造成無法收拾的局面。」

聽子皺起眉頭，蓮實看得出她的態度變得非常嚴肅。

「霸凌的當事者，就是蓼沼同學和前島同學嗎？」

「是的。不過他們兩個人什麼都不肯說，我找不到解決的方法，因此才希望能看看他們透過心理測驗顯現的人格特質。」

蓮實看出聽子動搖了。她很明顯地在猶豫，蓮實只需要再推她一把就行。

「可是，我不知道心理測驗的結果能不能用來解決霸凌問題……」

「的確，就算妳讓我看測驗結果，我也沒有解讀的知識，所以我希望水落老師能給我專業的建議。」

聽子無言。

「當然，我會盡我所能維護他們的隱私。一切都是為了學生，請務必幫我這個忙。」

坐在沙發上的蓮實彎下身，深深地低頭行禮。

「蓮實老師……請不要這樣。」

聰子慌了起來。

學校輔導老師有時會有疏離和挫折感。因為她畢竟是外人，就算能傾聽學生的煩惱，也不能為了解決問題而採取什麼行動。

這樣的她突然被老師這樣壓低身段請求，還是為了解決霸凌問題，應該很難拒絕吧！

如蓮實所盤算的，聰子被蓮實說服，雖然很遲疑，還是決定幫他。

「這個嘛，從這孩子畫的樹冠和樹幹的比例來看，他或許有點孩子氣。」

聰子解釋的是畫樹測驗。這是要求受試者用４Ｂ鉛筆在Ａ４紙上畫一棵樹的簡單心理測驗，它也是最常用的人格測驗之一。晨光町田每年都會對高一生進行好幾種心理測驗。

「我記得以樹冠尺寸為準時，樹幹的長度會隨心智的成熟度變短，對吧？」

蓮實問道。

「是的，編製畫樹測驗的科赫的確是這麼說的。如果以這個基準去計算的話，前島同學應該只有小學生左右的程度，當然，這並不代表他的心智年齡。另外，他整張畫的筆壓偏弱，構圖也很隨便，我想這意味著他的意志力較弱。而且，潤筆表示他敏銳善感，樹幹左邊的陰影則表現了他內向的特質。」

這個測驗裡的潤筆，是指將鉛筆放平來塗色的技法。蓮實認為聰子分析得對，前島雅彥的個性內向、又缺乏意志力，這些都是成為被霸凌對象的條件。

但當蓮實再次拿前島畫的樹和其他學生畫的相比時，他覺得有個地方很不一樣。前島用漫畫般的波浪線畫出樹冠，還畫了花和果實，看起來有種奇妙的感覺。這不是單純的幼稚或逃避現實。姑且不論那些想纏上樹木的藤蔓，畫面右邊也有藤蔓般的東西延伸進來。

「接下來是蓼沼同學畫的樹，跟前島同學完全相反呢！」

聽子把兩張畫並排在一起。的確，他們兩人的相異之處一目瞭然。蓼沼在畫中的筆觸粗暴、潦草。

「樹木從樹根分成兩邊並不代表異常，這是十五歲前後的孩子重新建構自我時經常可以見到的特徵，這張畫正是如此。他畫得不好，但是筆壓非常強，樹木的右側延伸到畫面之外，顯示出容易暴走的傾向。另一方面，部分樹枝的前端尖銳，代表著攻擊性；另外一部分樹枝經過修剪，意味著他覺得他受到周圍環境的束縛。」

樹枝的前端代表人際關係。蓼沼將大人如其畫，就是個問題少年。

「他的樹根盤踞在地面，顯示他可能覺得自己的存在基礎受到威脅。照葛倫氏德『空間圖示論』的解析，一般來說，右上方代表行動力……」

聽子繼續分析蓼沼的畫，但蓮實早已沉浸在自己的思考中。

「水落老師，妳不覺得前島所畫的這棵樹，看起來有點像女生畫的嗎？」

蓮實是在比對班上其他同學的畫時才注意到這一點。男生傾向把樹枝一根根寫實地畫出來；相反地，大部分女生會把樹冠畫成一叢，並加上花或果實。前島雅彥的畫明顯像後者。

「嗯，的確是這樣沒錯。」

聽子的表情變得有些困惑。

「我從以前就有這樣的印象……他是不是有些女性化的傾向呢？」

「光從這張畫，我們不能判斷……」

「他的ＴＡＴ如何呢？妳有幫他做過這項評估嗎？」

ＴＡＴ─Thematic Apperception Test（主題統覺測驗）是讓受測者看著黑白圖片的卡片，根據圖片內容來講故事的心理測驗。卡片共有三十張，主測者通常會使用其中十張到二十張。ＴＡＴ的結果常被拿來和畫樹測驗的結果相互參照。

ＴＡＴ唯一的難處就是測驗時間非常長，因此，學校無法為所有高一生進行這項測驗。

「為什麼你會知道我幫前島同學做過ＴＡＴ呢？」

聽子瞪大了雙眼。

「是前島告訴我的，不過，他沒有講細節。其實我以前也做過這項測驗。」

蓮實當然不可能告訴聽子真正的消息來源。

「是嗎？不過我不該再談下去了。」

看到聽子如此猶豫，蓮實覺得很可疑，難道是前島雅彥的ＴＡＴ結果讓她難以啟齒？蓮實在思索了幾種可能性後，想到了一個點子。

「聽說前島雅彥被欺負的時候，被罵『娘炮』。當然這可能只是單純的辱罵之詞，但他是不是其實有性別認同障礙或同性戀傾向呢？」

聽子的表情變得複雜。

「就算你是他的導師，也不需要打探到這種程度吧？我認為性向是個人的隱私，我們無權過問。」

「妳說的沒錯，我也認為這是我們不該過問的。但這若是導致他被霸凌的原因，我就必須知道，因為要保護前島。」

聽子思考了一會兒，嘆了一口氣，下定決心似地開口。

「這個嘛，雖然不能斷言，不過我認為他對卡片1的反應是個值得注意的特徵。」

聽子把TAT測驗所用的卡片遞給蓮實。卡片1是一個小男生用手撐住頭，坐在小提琴前。

「根據研究，如果受測者在這張卡片上對小提琴的音色有非常明確的看法，那受測者便可能有自戀、同性戀或藥物成癮等症狀。」

「前島有嗎？」

「有，他說少年在小提琴前想像著美麗的音色。他好像原本就很喜歡音樂，對於音符是否分明、音色的柔軟度和共鳴都做了很詳細的描述。」

聽子看著筆記答道。

「那麼，他對卡片2作何反應？」

卡片2上畫了一名年輕女性、一名年老女性、一名半裸男性及一匹馬站在田埂前。

「這張也一樣。他對女性幾乎沒有任何反應，但對上半身裸露的男性則反應明顯。」

「卡片３ＢＭ呢？」

這張卡片上畫著一個人的背影，面對床、蜷縮著身體。

「根據研究，３ＢＭ是能看出否定自我形象及攻擊性的一張卡片。然而，當男性受測者認為這個人是女性時，這樣的反應被視為潛在同性戀徵兆。前島同學也有這樣的反應。」

「卡片８ＢＭ呢？」

卡片上畫著兩個男人狀似在為另一個男人進行外科手術，一個少年站在這三人面前。

「這也一樣，前島同學認為這個少年是扮男裝的女性。」

「那麼，卡片８ＧＦ呢？」

８ＧＦ是四個交疊的男人躺在草地上睡覺的畫。

「前島同學說這張畫上的男人看起來好像非常尷尬……他是這麼說的。」

「原來如此，我記得這也是典型的同性戀徵兆吧？」

吃了一驚的聰子抬起眉毛。

「嗯，是的。」

前島在其他許多卡片上也顯現出同性戀指標。他對俗稱Sexual Card（性慾卡）——13ＭＦ的解讀也表示出他對女性的厭惡。出現這麼多指標，應該不會錯了。

「謝謝妳。」

蓮實再度深深地行禮。

不知道為什麼，她的表情再次蒙上陰影。

「可是，我覺得我恐怕不應該跟你說這麼多。」

「請不要擔心，我絕對不會把妳剛剛告訴我的事情洩漏出去，當然也包括對其他老師。」

「好，但是……」

聰子吞吞吐吐地說。

「事實上，蓮實老師，這是我第二次把心理測驗的結果告訴別人。」

「第二次？那第一次是告訴誰？」

「教美術的久米老師。」

蓮實大驚。

「為什麼久米老師會對心理測驗有興趣呢？」

「我記得那是去年夏天的事了，他拿了幾張學生在美術課上畫的畫來徵詢我的意見。他說學生若在無意間發出什麼訊號，身為教師的他不能視而不見。」

「我都不知道他這麼有先見。」

蓮實回想起久米剛毅老師那鼻樑纖細、看起來很神經質的臉，記得他的年紀是三十七、八歲左右。他剃掉兩側的頭髮，髮型獨特；瘦高的身材穿著町田很難買得到的時髦都會服飾，聽說是知名美術大學油畫系畢業。不過由於他總是一派超然，在教職員辦公室時也不跟其他老師交談，所以蓮實幾乎沒跟他說過話。蓮實怎麼看都不覺得他是個會如此為學生著想的老師。

「他拿的是哪一班的畫呢？」

「我記得他是在這屆學生還高一的時候拿來的，裡面應該混了很多班級的作品，前島同學的畫也在其中。」

「那妳有看到什麼徵兆嗎？」

「沒有，沒看到什麼特別的。」

聽子苦笑。

「怎麼說呢，我們只聊了一些紫色應該代表憎惡、太陽或家代表什麼意思之類的一般話題，完全像在聊天。」

女性對那種藝術家路線的人反而不會有什麼戒心吧！蓮實記得久米老師應該還是單身。

「只是，那裡面有一張樹的畫。我們的話題就從那張畫延伸到畫樹測驗，他說為了給予適當的指導，請我務必讓他看學生們的測驗結果。」

「那時候有談到前島的事嗎？」

聽子困惑地點了點頭。

「也有談到剛剛說的ＴＡＴ測驗結果？」

「我當然沒有把我們剛剛談的內容告訴他。不過，當時測驗剛結束，或許我曾順口說了什麼不該說的話，久米老師真的很會套別人的話。」

聽子後悔地皺起眉頭，手下意識地放到頭髮上。

「我明白了，謝謝水落老師讓我佔用妳寶貴的時間。」

蓮實站起身。

「我會立刻擬定對策，避免霸凌問題繼續惡化，今天的談話真的幫了我很多。」

聰子也站起身，表情有些苦惱。

「請務必答應我下次來向妳請教我個人的狀況，最近問題接二連三，我都快被逼瘋了！」

蓮實抱怨完後，聰子微微地笑了。珍珠般的牙齒從她嬌小的唇瓣中露出。

「蓮實老師沒有問題的。」

「怎麼這樣，太冷淡了吧！」

「不，我是說真的，怎麼看你都比這學校裡的其他人更穩定。」

下一瞬間，她的表情突然狐疑起來。

「對了，蓮實老師好像對心理測驗很熟悉？你挑的ＴＡＴ卡片都是具有同性戀指標的卡片，讓我有點訝異。」

「唉呀，沒有這種事。」

蓮實暗暗心驚，但完全沒有表現出來。

「只是因為我以前對心理測驗有興趣，看過一些書而已。」

「真的嗎？」

蓮實沒有說謊。但要是聰子知道蓮實看這些書時的年紀和看過的冊數，一定會大感震驚。

精力十足地上完連續兩堂課後，蓮實原本打算用午休前的空檔查一些資料，但卻因為一個不速之客而打亂了計畫。

「所以啊，我從剛剛就一直問你，學校到底沒有認真在調查啊？」

單手夾著菸的清田勝史躺在沙發上說道。蓮實提醒了他好幾次會客室禁菸，但他完全沒有聽進去，不時抖腿的他以猜疑的眼神看著蓮實。

「當然有。身為導師，我認為我很清楚班上的情況，也跟同學查證過了，沒有任何跡象顯示梨奈被同學欺負。」

「喲，馬上就撇得一乾二淨囉！宣稱沒有霸凌的事，管理上沒有任何漏洞，你們這些人呀，該不會只想著隱瞞真相，裝作什麼都不知道吧？」

「可是，真的沒有霸凌這回事。」

蓮實冷靜地說。

「那你的意思是，梨奈在說謊嗎？」

清田瞪大了他的小眼睛怒叱道。他曬黑的臉原本就已經夠油了，殘留在頭部前端的島狀髮塊還被整髮產品弄得一片油滋滋。

「我不是這個意思，我認為這之中一定發生了什麼誤會。」

「誤會？」

清田在攜帶式菸灰缸裡揉掉菸，身體往前傾，抬眼看蓮實，這一連串動作看起來像在演戲。他在鄰近的八王子市當超市副店長，不過據說實際的工作內容是處理顧客投訴。

蓮實認為，這個男人應該是想把他從客訴工作受到的委屈拿來學校發洩。看他完全不熟練的恐嚇動作，應該只是在模仿客人對他做的事而已。

「你的意思是，梨奈根本沒被欺負，卻自以為被霸凌嗎？啊？你這樣也能算是教職人員嗎？不管學生怎麼控訴，你都不打算聽嗎？」

「就是因為很重視，我才去查清真相。梨奈同學並未被暴力對待，也沒有被騷擾……」

「不只這樣而已吧？所謂的霸凌啊……」

清田拍桌大喊。他似乎很習慣這麼大聲嚷嚷，但與其說是恫喝，聽起來更像特賣會時攬客的聲音。

「冷落也是霸凌的一種吧？嗄？梨奈的同學刻意孤立她，讓她承受精神虐待，整個人非常沮喪啊！」

「請您冷靜。」

蓮實很有耐心地勸他。

「我知道梨奈同學不太融得進這一班，新學年才開始，她似乎還沒適應這個新班級。身為她的導師，我會盡最大的努力，讓她盡快跟同學打成一片。」

「你、你叫我冷靜？嗄？」

清田環起雙手，挺起胸膛，簡直就像野生動物拚了命要讓自己看起來大一點一樣。

「我啊，只要是為了我的女兒，不管什麼時候都可以拚命的啦！你知道這是什麼意思嗎？只要有必要我就下得了手！喂，我任何時候都下得了手喔……你這個混帳！」

講到一半，清田就因為自己支離破碎的語句而亢奮，整張臉漲紅。但蓮實很訝異他身上一點酒味也沒有，大概是工作壓力破壞了他的腦細胞，讓酒精發酵了吧！

接下來的十分鐘，蓮實靠「忍」字撐著，還一度覺得清田的臉看起來像福金——要是會客室的沙發裝有電極的話，清田早就翻白眼死掉了。想到這畫面蓮實就想吹口哨，但還是忍住。蓮實仍在努力敷衍清田時，清田卻突然在意起時間。

「呿，真是沒完沒了，我可沒有時間浪費在你這個無可救藥的傢伙身上！」

與其說是趁工作空檔來，更像是蹺班來的吧！丟下最後一句話，清田離開會客室。

終於解脫的蓮實離開會客室時，宣告課程結束的鐘聲響起，蓮實覺得無奈，寶貴的空閒時間都被糟蹋了。

他拿著早上買好的咖哩麵包和咖啡牛奶，一邊巡邏校園，一邊迅速把午餐吃完。

幾個女生在體育館和北校舍間的空地練習跳舞，雖然廣闊的中庭很適合練習，但她們大概不想被大家盯著看吧！這些女生都是高二生，裡面似乎沒有四班的學生，有人拉住蓮實的手臂，要他來觀摩。穿著制服的女生跳著嘻哈舞，雖然舞技還不純熟，但仍熱情洋溢、動感十足。

跳到最後，女生們甚至拖著蓮實一起跳。原本蓮實說了句「我不會啦」後，便打算離開，然而，看到那些女生臉上露出瞧不起人、一副「反正你不會跳」似的冷笑，他興起嚇一嚇她們的念頭。

蓮實突然躺到地上，秀出「風車」這一招。這是十幾年前地板街舞流行時，他唯一偷偷練就的一招。他一邊華麗地旋著雙腿，一邊以肩膀和背部為支點不停旋轉。剛開始啞口無言的女生們，這時紛紛開始拍手叫好。

她們的聲音讓人不斷聚攏過來，蓮實決定趕快結束動作，離開現場。他原本打算告訴大家地板街舞的英文叫做breakin'，再給大家好好上一堂英文課，不過還是等下次上課再說吧！

當蓮實穿過走廊、準備回本館的時候，突然一股說不出的直覺湧現，他回過頭去。

柴原徹朗老師和安原美彌正走進位於走廊盡頭的體育備課室。

挺直肩膀的柴原老師讓竹刀像枴杖一樣點地。他那張皺著眉頭、下顎突出的臉看起來跟愛撒野的日本猿猴一模一樣，胸口從邋遢的暗紅色運動服裡露出來，看得見裡面有條金鍊子。

蓮實看到柴原一副肆無忌憚的樣子，推推美彌的肩膀進入體育備課室後，便把拉門關上。

柴原的性騷擾還持續著嗎？蓮實愕然，完全不敢置信。而且，美彌為什麼還任他為所欲為？

冰冷的憤怒充斥全身，蓮實走向體育備課室。就在他準備拉開拉門時，裡面有些微聲音傳出，他本能地停下動作，側耳傾聽。

「所以，我不可能會聽你這傢伙的啦！我有小蓮當靠山，你這個性騷擾老師是想被開除還是被警察抓啊？啊？」

很有氣勢的怒罵聲，看來美彌選擇主動找柴原對決。蓮實等著，想聽聽柴原老師如何回答。

「怎樣？你幹嘛不說話？你怕到連話都不敢說了嗎？」

「……」

柴原老師的聲音低沉含糊，蓮實聽得不是很清楚。

「開什麼玩笑啊，你這個色鬼老師！」

美彌的叫聲銳利，但裡面夾雜著些許膽怯。蓮實拿出手機，開始錄音。

「這樣而已嗎？」

「什麼？」

「妳想說的，就這樣而已嗎？」

「你想怎樣啦？你想在這裡對我動粗嗎？你要是敢，我不會放過你！」

「算妳有膽，我要讓妳這種看不起人的小鬼知道大人多恐怖。我來好好懲罰妳吧！讓妳的身體一輩子都忘不了在這裡發生的事。」

「我聽你在放屁！要是你敢，小蓮他……」

「妳那個狗屁導師嗎？嘿，到了這個地步，那個笨蛋能怎樣？妳啊，在笨笨地跟我過來的時候，妳的人生就已經結束了！」

兩人的對話突然變成激烈的碰撞聲，蓮實急忙把手機收到口袋裡，使盡全力打開拉門。

在裡面扭打的兩人瞬間停下動作。讓蓮實驚訝的是，柴原老師只在轉眼間就把美彌壓在捲起的墊子上。

「你在做什麼？」

蓮實的聲音冷靜，像是被他氣勢震懾住的柴原老師放開美彌。

「我問你在做什麼？」

「咦？是我聽錯了嗎？蓮實老師，你應該這樣對比你資深的老師說話嗎？喏，英文老師的地位難道比體育老師高嗎？」

柴原老師故意一邊挖著耳朵，一邊吐出這些話。

「美彌，過來這邊。」

蓮實招了招手，一臉蒼白的美彌彷彿彈開似地站起身，迅速躲到蓮實背後。

「哼！那傢伙啊，她可是偷了東西、踐踏了我們學校的名譽，我在導正她的行為，你有意見嗎？」

「導正行為？你這個混帳做的事，根本就是性騷擾……不，是傷害未遂。」

「你那張沒禮貌的嘴是怎樣啊！要我幫你改一改你的個性嗎？」

柴原老師倏地拿起竹刀想戳蓮實的胸口，蓮實卻以過人的反射神經抓住竹刀。雖然柴原老師朝竹刀使力，但它被蓮實緊緊抓住，一動也不動。兩人就這樣陷入僵持，互瞪了一段時間。

「哼，好，今天就暫時放過你。」

柴原老師露出令人作嘔的笑容，把手從竹刀上拿開。

「你開什麼玩笑！」

蓮實把竹刀丟到體育備課室的角落，向前朝柴原老師逼近一步。

「喂喂喂，要是事情鬧大了，是誰會倒楣啊？唔，就算我被開除了也沒關係，我可以去向媒體爆料，說妳這傢伙為了不讓我把妳偷竊的事情講出去而獻出自己的身體囉，還會在網路上把妳的真實姓名寫出來，妳這傢伙的爸媽大概會喜極而泣吧？他們八成會說，我們可愛的女兒長大了，居然會擺個這麼厲害的美人局啊！」

品性再卑劣，也該有個限度吧！面對柴原老師，蓮實已經不是吃驚，而是佩服了。這種貨色到底為什麼可以當老師啊？

「怎麼了？嗄？你這個表情是在為可愛的學生煩惱嗎？但其實你也是個狠角色不是嗎？你這個混帳，居然一直裝乖。」

柴原老師壓低了聲音。和蓮實先前接待的清田不同，這傢伙的聲音裡帶有讓人聯想到極惡之徒的陰險。

「那麼，你打算怎麼做？你不要以為我是在威脅你啊，我會看你對應的方式……」

柴原講到一半突然停下來。

感覺到背後有人的蓮實回過頭。

「怎麼了？發生什麼事嗎？」

穿著黑色運動服的園田老師以粗厚的聲音問道，他那背光的站姿散發出宛若金剛力士的震懾力。

「不不不……什麼事都沒有，我跟蓮實老師的教育觀不太一樣，話說得有點太激動了。」

柴原擺出一個迎合園田老師的卑劣笑容，他顯然很怕園田老師。

「應該說，我們已經談完了。嗯，這件事呢，我們決定交給當導師的蓮實老師來處理。」

完全無視柴原老師的園田老師看向蓮實，似乎想問什麼。

「嗯，沒事，今天已經沒事了。」

蓮實吐了一口氣後，如此答道。

蓮實從東側樓梯走上頂樓，從頂樓這一側上了鎖。他四處環視，沒看到任何人。

「我們兩個人獨處，不太好吧？」

美彌撒嬌般地說道。

「這不是重點。」

蓮實神情嚴厲地看著美彌。

「重點是，妳為什麼要瞞著我，一個人去見柴原？」

「因為……」

美彌轉開視線，靠在頂樓欄杆上，注視著外面的景色。

「我不想再給小蓮添麻煩了。」

「麻煩？什麼叫做麻煩？」

蓮實把雙手叉在胸前。

「真正的原因根本就不是這個吧？」

美彌看向蓮實，眼神裡寫著「為什麼你會知道？」，隨即把視線移開。

「嗯，我想讓那傢伙以為他可以得逞，然後好好罵他一頓。」

「笨蛋！妳因為這麼無聊的原因就一個人跟他走嗎？妳知道那種情況有多危險嗎？要是妳處理不好，事情會一發不可收拾，只有這點，那傢伙說得一點都沒錯！」

「嗯。」

「妳嗯什麼嗯啊？妳啊，平常一副囂張樣，等碰到真正的壞人……」

蓮實沒能接下去，因為他看到美彌在哭。

「別哭了，好了。反正妳不准再跟那傢伙單獨見面，除了我，嗯……或園田老師在妳身邊的時候之外，妳要離那傢伙三十公尺遠。」

「小蓮……好恐怖喔！」

美彌突然衝進蓮實懷裡啜泣。

「喂！喂！」

蓮實試著把美彌拉開，但她霸在他身上，不肯鬆手，無可奈何的蓮實只好就這樣等她哭完，胸前的白襯衫被美彌的淚水染成一片溫熱濡濕。剛才跳地板街舞時又弄得肩膀上滿是沙，看來下午上課前他得先換衣服了。

過了一會兒後，美彌的啜泣聲停下，但仍貼在蓮實的懷裡，臉也還埋在他胸口。

「可是，我很高興喔！」

「什麼？」

「因為小蓮來救我了啊！我真的好怕，所以就在心裡大叫：『小蓮救救我！』沒想到你真的來了。」

看來還是別把他觀察了一陣子的事告訴她好了。

「小蓮，你好帥，你是正義的夥伴，是我的英雄喔！」

「是嗎？我知道了啦，妳該放開我了吧？」

「不要。」

「妳在說什麼，午休要結束了喔！」

「我要再這樣一下下。」

看來他選擇到頂樓或許是個錯誤。就在蓮實開始後悔的時候，宣告午休結束的預備鈴響起。

「妳看，該走了吧？」

蓮實握住美彌的雙肩，把她從自己胸前拉開。

「小蓮……」

美彌抬起濕潤的雙眼看向蓮實。

當蓮實回過神來時，美彌已經抓住蓮實的頸子，把自己的唇疊上蓮實的嘴唇。

身為老師，他理應叫美彌住手，但她是因為受了打擊而尋求慰藉，這念頭讓蓮實猶豫了。但話說回來，要是有人目擊了這一幕，他恐怕會丟了這份工作。

蓮實瞬間決定用逆療法對待她。

他用力抱住美彌，改為主動吻她。美彌的身體發出有如被電流穿過的反應，全身從腳開始無力，蓮實把手繞到美彌的腰上撐住她。

看這個模樣，她應該是意外地沒跟幾個男人在一起過吧！

蓮實原本應該就此打住，但由於美彌的唇比想像中還美味，他一不小心就亢奮了起來，本能地將舌尖探入、想在美彌的嘴裡放肆，但總算在千鈞一髮之際找回理性。

「美彌……」

蓮實再次把美彌拉開，她的眼神迷濛盪漾，無法定在一個焦點上。雖然他做了老師不該做的行為，但現在道歉也沒意義，甚至可能造成反效果吧！

「要上課了，走吧！」

美彌胡亂地點了點頭。

就在他們要通過門進到室內時，蓮實聽到上方傳來一個細微的聲音，內心一驚：有人在頂樓的屋頂上。

「妳先走吧，要是我們一起出現，別人會起疑。」

蓮實一邊走進室內，一邊在美彌耳邊低語。她乖乖地點了點頭，下到樓梯平台後回頭向蓮實揮了揮手，然後像個活力十足的孩子一路跑下樓。

蓮實回到頂樓，把門關起，屋頂上沒有傳出任何聲音。

「誰在那裡？」

沒有回答。

「快給我下來！我知道你在那裡。」

蓮實以不容對方拒絕的聲音下達命令後，上面的人終於有了動作。從屋頂探出頭來的人，是蓼沼。

「你在那裡做什麼？」

「沒做什麼……睡午覺啦！」

蓼沼把手上的制服外套翻成反面，從樓梯上跳了下來，雙眼不愉快地瞇起。蓮實看他領帶鬆開了，額頭上也冒著汗，看來他剛剛的確在睡覺……

「你有聽到剛才的事嗎？」

蓮實假裝一臉平靜地問。

「我不知道什麼事啦，只聽到有人在哭而已。」

覺得蓮實很煩的蓼沼把門打開。

「等一下。」

蓼沼用力地拍開蓮實想抓住他肩膀的手，走進屋內。不愧是練過拳擊的人，動作非常敏捷。

蓮實認為蓼沼沒有說謊。如果蓼沼看到蓮實吻美彌、或是感覺到什麼，應該不會是這樣的反應。以他的年齡，蓮實也不認為他可以裝傻裝到那個程度。

但即便如此，蓮實也不能就此罷手。

晚上九點多，蓮實一回到他租的房子裡便先開電腦，再鑽進衣櫃深處，拿出藏在快要剝落的夾板裡的隨身碟，插進鍵盤上的USB連接埠。

蓮實輸入密碼，打開名片格式的檔案，每張名片上都寫著二年四班學生的名字，他憑記憶把今天一天得到的資訊加上去。

自從學校對維護個人資料的規定越來越嚴之後，學生名冊上能記載的只剩下學生的名字、地址、出生年月日和社團，最近甚至還有學校因為不能記錄學生的電話號碼，導致無法製作通訊錄。

然而，蓮實自己做的檔案裡不只有電話號碼，還有學生的手機號碼、家族成員、父親的職業以及各式各樣的個人資料，其中很多是學生提供的。蓮實從他們的小報告、聊天內容裡得到許多訊息，而上課中因為來電鈴響而被沒收的手機也是蓮實重要的資訊來源之一。

前島雅彥的心理測驗結果是最後一片拼圖，一切終於都連起來了。

綜合他從班上親衛隊那邊收集到的八卦、從竊聽器中得到的零碎情報後，就他所知，蓼沼他們從前島那裡勒索的金額就有十幾萬日圓，但蓼沼他們的惡行從高一就開始了，所以恐怕總金額已經累積了數十萬。

蓮實不知道前島是怎麼籌到這些錢的。前島家經營一間小商店，在這所學校裡絕對不算是富裕的那一群。而前島的父母也不像一般做小生意的人那樣對金錢掌管不嚴，前島幾乎沒有辦法偷偷把錢摸出來。根據從高一就跟前島同班的學生說，前島連存壓歲錢的銀行戶頭都是他母親在管理。

另一方面，蓮實實在不認為前島能夠勒索別人。換作是女學生，他會先懷疑她是否在進行名為援助交際的賣春行為，或在色情行業打工，但男學生做這些事的可能性很小。也就是說，前島背後有贊助者的可能性極高。

但這個贊助者究竟是誰？又是為了什麼原因要給前島錢？

這些問題的答案，就在水落聽子告訴他的心理測驗結果中。

線索一是前島雅彥是個gay（同性戀）。這樣的話，他的贊助者想必也是此道中人。

線索二則是不知為何對心理測驗結果有興趣的久米老師。

要是久米老師是個未出櫃的同性戀，那一切就都說得通了。

久米老師的老家是代代相襲的大地主，聽說他父親是經營連鎖居酒屋的企業家，事業做得非常大。久米老師自己也是，雖然通勤時開的是福斯汽車，但蓮實曾聽說他私底下開的是漆黑的保時捷Cayman。在打扮上似乎也花了不少錢的他既然這麼富有，就算無法以畫家為業養活自己，也用不著當老師吧？

蓮實只想到一種可能：久米老師是為了物色和自己有同樣性癖好的少年而擔任教職。如果他的假設正確，那心理測驗便是尋找對象的一個有利工具。蓮實似乎也能理解久米老師一開始去找水落聽子的時候，為什麼會問有關「紫色」的問題；據傳紫色從以前就被當成同性戀者的顏色。

等一下。

恐嚇前島的蓼沼是不是也知道前島有個贊助者？如果不是，蓼沼不會從前島那邊勒索到這麼多錢；或許蓼沼就是因為知道，才開始恐嚇他。

若是沒有把柄在別人手上，前島一定會先來找自己求援，關於這一點，蓮實很有自信。去年一年以來，他解決了好幾個這類問題，所有學生都很清楚。

……如此想來，蓼沼他們之所以叫前島「娘炮」，恐怕也不只是霸凌，而是恐嚇勒索的一環。

蓮實燒開水泡了一杯即溶咖啡，喝了一口什麼都沒加的黑咖啡。

不過，蓼沼他們應該還不知道前島的資助者是誰。如果知道，大可直接勒索久米老師，不需拐個彎來勒索前島。

如此一來，大致的連動關係便清楚了。當然，在目前這個階段，一切都還只是蓮實的臆測，但也只要再向久米老師確認就行了。

現在他該思考的是，如果這一切都是事實，他要採取什麼對策。

他絕不可能放任霸凌在班上發展，霸凌這種事只要出現一次，就會帶壞班上的風氣，誘發下一次霸凌，更何況這場霸凌已經發展成恐嚇，蓼沼遲早有一天會玩過頭。等到事情曝光，沒有拿出任何對策的無能導師一定會被媒體彈劾。

蓮實把隨身碟中的另一個檔案打開。

檔案是二年四班學生的心理距離示意圖。

這個檔案的基礎資訊來自蓮實要學生在新學年第一天所做的問卷。他要所有學生以一百分為滿分，用分數來評價自己和所認識的同學有多親近。如果單看每個人的回答，只能看出誰和誰走得比較近；但當他把所有人的答案相互對照，學生心中的班級形象便鮮明地浮現。

蓮實把親密度換算成距離，根據MDS（多維標度）建立起二次元分析圖。由於原本的資料變數太多，加上不少人是隨便作答，所以他適度地精減資料，再以自己的判斷來修正其後的變化。如此一來，他的圖表便十分貼近實際狀況。

電腦螢幕顯示的圖表裡有四十個學生的名字，蓮實參考社交網路分析及數學圖論的方法，以多種顏色的線條來呈現學生之間的來往狀況。

根據這個圖表，班上很明顯地有五個團體。其中位於班級中心、團結力最強的便是受蓮實影響的ESS成員。再者，和ESS保持微妙距離的蓮實親衛隊擁有第二強的勢力。兩個團體的共同成員只有阿部美咲。

安原美彌看似凶惡，大家似乎都和她保持距離，但其實她並沒有那麼不受歡迎，而她和親衛隊的關係也相對地較親近。她雖然那個樣子，但說不定很注重人際關係。

和女生相比，身為男學生之首的蓼沼將大地位卻有點不尋常。

首先，他定義的「我和對方之間的距離」跟對方定義的距離不時出現很大的差異。大致上相同的就只有他和被當成是他對手的山口卓馬一行人之間的距離，這是很明顯的對立關係。

另一方面，被當作蓼沼手下的加藤拓人和佐佐木涼太心裡並不覺得他們和蓼沼很親近。甚至在所有男生中，覺得和蓼沼親近的只有泉哲也一個人。蓮實原本訝異泉哲也為什麼會這麼想，隨即想起他們合組了一個搖滾樂團。女生裡只有芹澤理沙子和高橋柚香兩個人對蓼沼表示友善，恐怕也是因為練團的關係。

前島雅彥在班上也是被孤立的。不過，他雖然和脇村肇、田尻幸夫，以及被害妄想症很嚴重的清田梨奈一樣，都是被霸凌的一方，但他並沒有特別被人討厭的樣子。這一點從許多女生同情前島這個傾向便可看出。

另一個引起他注意的，應該就是片桐怜花的位置了。大家似乎都不是很喜歡她，但她和小野寺楓子幾位ＥＳＳ成員關係很好，而且也結交了夏越雄一郎等不少男生朋友。

看著班上學生的人際關係示意圖，蓮實開始思考。

一般來說，最妥當的方式就是警告蓼沼，不准他繼續恐嚇前島。別看蓼沼那個樣子，他可不是傻子，只要嚴正告誡他，暗示他被退學的可能性，他就會暫時收手，不會像柴原那樣惱羞成怒。

然而，蓮實總覺得這個方法缺少些什麼。

這次的事件不只是危機，更是個轉機。與其一味地站在原地防守，他或許更應該往前再踏出一步。

他會這麼想的原因有四個。

第一，今天在頂樓，蓮實以為他和美彌獨處時，蓼沼也在現場。蓼沼之後可能會發現哭的人就是美彌，也可能懷疑起蓮實和美彌的關係，這樣就麻煩了，蓼沼很可能會成為威脅者，更何況他現在就已經在恐嚇別人了。

第二，釣井老師也是個問題。雖然釣井老師現在的狀況還算穩定，但要是蓼沼再繼續挑釁，蓮實擔心最後連自己都會遭殃。

對蓮實而言，晨光町田裡絕大多數老師和學生都不過是將棋的棋子罷了。雖然他必須細心思考如何操縱這些棋子，但換個角度，也可以說他能隨心所欲地操縱這些棋子。

唯一的例外就是釣井老師。

也許蓮實不該把釣井老師當成棋子，而該把他當成坐在棋盤對面的對手。而且，不知道為什麼，釣井老師手上還握有一張擁有人事權的絕對王牌：校長。蓮實不知道內情為何，所以在他弄清楚對方的意圖前，他必須避免誓不兩立的狀態。

第三，久米老師和前島雅彥的關係或許能成為利用價值極高的資訊。接下來，蓮實必須好好思考如何活用這則資訊，但無論最後的決定如何，蓼沼都只是個阻礙。

第四，現在正是處分二年四班的不良債權，也就是蓼沼這個人的大好時機。

當蓮實確定成為新學年高二生的導師時，他曾因為這樣能建立起自己的王國，心裡一陣激昂。他會帶這一班到高三結束，也就是說，他能帶同一個班兩年。

有幾個學生是他絕對想要的，那幾個都是他從高一時就看上的女學生們。

他絕對不會放過成績總是保持在學年前十名，才色兼備的去來川舞；溫和婉約的療癒系牛尾圓香可以增添班上的平靜氣氛；小野寺楓子在男生女生間都很受歡迎，在蓮實引導班上學生的時候，他希望她能發揮綿羊群中領頭山羊的本領[2]；還有，他當然不能忘了人稱晨光町田小姐的柏原亞里。她們從高一開始就隸屬於ＥＳＳ，幾乎可以算是蓮實的囊中物。

除了她們之外，蓮實也一直很在意擁有不可思議陰暗面的片桐怜花，以及那倔強卻又露出寂寞表情的安原美彌。

為了把這些學生全部帶進二年四班，他理所當然地必須付出代價。高二從一班到三班是理科，四班到六班是文科，決定分班的會議是一場混仗。學年裡有幾個問題學生，大多是文科生，而五班的導師北畠洋子老師、六班的櫻木正道老師各有理由不願那些問題學生在自己班上。

四十多歲的北畠老師和蓮實一樣是英文科老師。大家都稱讚她教學認真，但她不擅長用嚴厲的態度對待學生。對方是女生還無妨，若是男生和她起了正面衝突，她就會慌得不知所措。

而教日本史的櫻木老師是即將退休的資深老師，他和釣井老師一樣，是最糟糕的「無能庸師」，每天下班時間一到就回家，會議中也絕不發言。一直將「不接受任何多餘工作」奉為金科玉律的他總是以各式各樣的理由逃避接導師班，但酒井副校長最後還是宣告了櫻井老師的死刑。雖然他那張很難看的臉總是裝出一副嚴謹正直的模樣，但大家都說他只疼愛可愛的女生。不過在分班時，他似乎不顧自己色老頭的本性，而以避免麻煩這個大原則為優先。

道高一尺，魔高一丈。

蓮實以巧妙的話術主導了編班會議。他讓北畠老師和櫻木老師覺得蓼沼一定會再引發暴力事端，再強調收拾殘局和指導學生這些事多棘手，讓他們非常害怕。

如此一來，大局根本就掌控在蓮實手裡。一聽到蓮實提議要把還沒真的出問題的學生和蓮實想要接的學生一起接下，兩位老師便二話不說地答應了。

看來，蓼沼是真正的 black sheep[3]。

2 綿羊溫馴，所以牧羊人常用山羊來當領頭羊。

3 黑羊，指群體中最特立獨行的人，也有害群之馬的意思。

蓮實泡了第二杯咖啡。

或許是不良少年的直覺特別敏銳吧，蓼沼雖然表面上沒有跟蓮實作對，但絕不表示改過自新。新學年開始後，蓼沼已經和外校學生起了好幾次暴力衝突，而他勒索別人的事蓮實也已經知道了。

就算解決了這次的問題，蓼沼也很明顯會成為蓮實管理二年四班的阻礙。

深思熟慮後，蓮實決定趁這個機會放逐蓼沼將大。

問題是放逐的方法。在蓮實盯著二年四班的人際關係示意圖時，一個具體的計畫自然地浮現了。

隔天早上，蓮實神清氣爽地醒來。

處決了福金之後，不只霧尼，就連周邊的烏鴉也不再靠近蓮實家，或許是因為蓮實把貓山老師從福金身上拔下來的羽毛插在曬衣架等處的關係吧！無論原因為何，烏鴉們似乎已經知道只要騷擾這家，就會受到死刑的懲罰。

準備慢跑的蓮實走出家門，山崎家的小桃激動地搖著尾巴迎了上來。蓮實把準備好的漢堡排遞給小桃後，牠便大口大口地吃了起來。看著牠那旺盛的食慾，蓮實只能苦笑。

對狗而言，洋蔥裡的有機硫化合物是會破壞紅血球的劇毒。蓮實本以為只要讓小桃吃幾次裡面滿是洋蔥的漢堡排，牠就會因貧血而死。

然而，不知道是狗對洋蔥的抵抗力因為犬種不同而異，還是每隻狗的狀況不同，小桃不僅沒有要死的模樣，還精力十足地跳來跳去。

餵食讓小桃變得非常喜歡蓮實，再也不亂吠。聽起來成效卓著，但對蓮實來說，被他下了毒的狗居然還能高興地搖尾巴，讓他覺得自己做的事完全沒有意義。

蓮實想著這些事時，山崎家的退休老人比平常早出現在門外。蓮實心想真是千鈞一髮，要是他再早一點出現，或許就會看見蓮實餵小桃吃漢堡排。

退休老人十分不解小桃最近早上為什麼沒有食慾，雖然蓮實認為理所當然，但還是陪退休老人聊這個話題。之後，他輕鬆地跑了十公里左右，回家沖澡後便一如往常地開著小貨車去上班。

這個時間，停車場裡照例只有酒井副校長的銀色LEXUS IS。蓮實原本覺得偶爾停到那台車旁邊也滿刺激的，但除了刺激之外實在沒什麼意義，所以把車停在離它最遠的位置。他馬上就知道自己的選擇是正確的，因為酒井副校長不知道從哪裡冒了出來，搞不好一直在等蓮實也說不定。

「蓮實老師，請過來一下。」

酒井副校長朝蓮實招了招手。該不會又有什麼問題了吧……被無力感填滿的蓮實從小貨車下來。

「早安。」

「那件事啊，後來怎麼樣了？」

蓮實的第六感再強，也聽不懂酒井副校長在講什麼，只好控制著自己強而有力的表情肌肉，硬是擠出一個笑容。

「您說的『那件事』是哪件事呢？」

酒井副校長露出一副為什麼你不知道我在說什麼的表情。

「就是作弊的事啊！不是快要期中考了嗎？你已經有對策了嗎？」

啊，是那件事。

「我已經大致掌握了他們作弊的方式，也跟八木澤老師談過了，我認為應該阻止得了。」

「是嗎？那我就可以放心囉？」

「不過，這方法有個問題。」

酒井副校長的表情像隻舔了當藥[4]的貓。他可以把問題丟給別人，但非常討厭別人反過來朝他丟問題。

「什麼問題？」

「好像違法。」

對酒井副校長來說，這是他最不想聽到的答案。

「這是怎麼回事？違法？你到底打算怎麼做？」

此時，數學科教務主任兼教務部長的大隅康文主任出現了，他每天早上都坐第一班公車來學校。

「兩位早，發生了什麼事嗎？」

大隅主任對兩人問道，那雙藏在Rodenstock眼鏡後方的溫和雙眼眨了一眨。他的個性溫厚誠懇，深得老師們的信賴，沒有人看過他情緒失控。

「嗯，這個呢，我看我們也請大隅主任一起來討論好了。我們換個地方吧？」

三人進入校舍，來到會議室。定期考試是教務部職掌之一，所以大隅主任的確算是負責人。不過酒井副校長之所以刻意要讓大隅主任知道這件事，恐怕是基於明哲保身的本能吧！碰到棘手事件時，酒井副校長會找人來分擔責任（應該說是強迫對方分擔責任）。

「聽說有一部分學生會在期中考cheating……」

三人一坐下，蓮實便開始解釋。

「沒關係，你就用作弊這兩個字吧！」

酒井副校長鼻音很重的聲音打斷蓮實。

「好。我認為作弊的傳言是真的，高一第三學期期中考及期末考分數的分布非常不正常，而且……」

「這些我已經知道了，重點是，這次期中考他們打算怎麼作弊？」

酒井副校長煩躁地說。

「是，我認為這次作弊不只是一兩人，而會有相當多學生參與，他們的方式恐怕也不是用小抄這種可愛的東西。」

之前只要說到作弊，大家都會先防範小抄。大多數學校至今仍禁止學生使用自動鉛筆，真正的原因就是因為鉛筆裡無法塞小抄。

「我認為，他們這次的計畫會和上次一樣，由成績好的學生把正確答案告訴其他大多數學生。從去年第三學期期末考開始，教務部和生活輔導組已經擬定了幾項對策。考試時把掛在教室前面的時鐘拿下來也是對策之一，這是為了防止學生看著時鐘秒針所指的數字，以聲音或其他方式來傳遞答案。」

「要是學生們事先約好，將手錶的秒針都調一致呢？」

大隅主任審慎地說。

「的確無法提防到那個程度，因為我們不能在考試時沒收學生的手錶。」

蓮實舉起白旗。

「所以你要放棄嗎？」

酒井副校長很不高興地哼了一聲。

「但我們可以盯住在考試時發出奇特聲響、或是以手勢比答案的學生，這次會請監考老師們徹底執行這一點。」

「這樣啊，可是你上次不也這麼做了嗎，他們還是作弊成功了啊！」

「真的非常抱歉。」

「除此之外，還有什麼作弊方式呢？」

「去年有個學生用 iPod 作弊，它不只可以儲存音樂，還可以儲存各式各樣的資訊。只要把它藏在衣服下面、再把耳機穿過袖口拉出來，他只要擺個用手托腮的姿勢便可以聽錄音檔案。針對這一點，我認為我們應該徹底禁止學生用手托腮。不過，最嚴重的應該還是手機作弊。」

「你的意思是他們靠傳簡訊作弊嗎？」

酒井副校長探出身子。

「是的。如果是作弊的人熟悉盲打，要在桌面下打字傳簡訊簡直易如反掌。」

「這樣說來，我們只能完全禁止學生帶手機進試場了。」

蓮實對大隅主任說的話搖了搖頭。

「當然，我們可以禁止學生帶手機，但是不能對所有學生一一搜身，也不能檢查每個人的桌子。我不認為學校大張旗鼓地讓知道自己被學校懷疑是好的，也能想見這樣會招致家長的反感。」

「那我們該怎麼做？」

酒井副校長把眉頭鎖得緊緊的。

「我在物理科八木澤老師的協助下，想到了一個徹底的因應方式。事實上，這個方式也有前例可循。」

蓮實詳細解釋電子式防止作弊的方法。

「如果用這個方法，我們幾乎可以遏止所有透過手機進行的作弊。」

「原來如此，那豈不是個劃時代的方法嗎？有什麼問題呢？」

「因為可能會違反日本的電波法。」

蓮實的說明讓酒井副校長的表情瞬間暗下。

「是喔……這的確是個問題，那不就不能這麼做了嗎？」

「但我們也不能忽視這方法的優點。」

酒井副校長的反應在蓮實的預料之內，蓮實開始反駁。

「這次如果成功，入學考試時就能比照辦理。而且，雖然形式上違反了電波法，但實質上並不會造成任何損害。」

「是嗎？」

「其實，大家不也說市面上賣的機器根本就已經違反電波法了嗎，這是灰色地帶，我們需要使用這方法的時間，不過是四十五分鐘乘以有作弊可能的科別數。它還可以調整頻率，不至於影響學校以外的地方，所以不會被外人發現，而且……」

要是校方現在要他另想一個方法，他可就麻煩了，所以蓮實拚命說服他們。

「不，我覺得這個方法不好，不是沒有人發現就沒關係吧？」

大隅主任沉重地搖了搖頭。

「為了防止作弊而觸犯法律是本末倒置的行為，還是想別的方法吧！」

酒井副校長雖然開口了，但他說了等於沒說。

如果大隅主任不在，蓮實很可能已經說服了酒井副校長。他覺得非常可惜，但也沒辦法，只能嚴辭要求那些沒幹勁的監考老師打起精神來監督學生考試了。

「地下網站？」

美彌目瞪口呆。

「這種網站很多啊，為什麼這麼問？」
「副校長叫我去看啊！」
蓮實做出非常困擾的表情。
「地下網站最近不是出了很多問題嗎？聽說公立學校已經展開大規模調查，我們最好也先瞭解一下。他要我看看這些網站有沒有成為孕育霸凌的溫床，或跟交友網站掛勾之類的。」
「地下網站雖然叫地下，但不代表我們在做壞事啊！那些網站只是和官方網站不同，是由學生經營。」
「我知道啊，可是校長跟副校長都沒實際看過網站對吧？他們只是被沸沸揚揚的傳言弄得很擔心而已。」
「嗯……我知道了。」
美彌露出白皙的牙齒。
「我會做一份名單給你。」
「另外，有些網站還需要帳號跟密碼對吧？」
美彌想了想。
「沒有很多啦，大概就沙織的ＢＢＳ板吧！」
橫田沙織在班上並不起眼，和親衛隊的關係相對親近。
「如果妳知道的話，也告訴我吧！」

「用我的可以嗎？」

蓮實稍稍思考了一下。

「呃……如果可以的話，我想要橫田本人的。」

「是嗎？好，我知道了。」

「我不會管東管西或禁止他們做什麼，我只想巡過一次，再跟學校回報沒有問題而已。」

「是喔，小蓮好辛苦吶！」

美彌點了點頭。

「還有，這件事妳務必要保密。有些人光聽到老師在巡地下網站，就會出來反抗。」

「我知道啦，不過，你會拜託我是不是表示我值得你信賴呢？」

美彌有些得意地看向走在走廊上的學生們。他們兩個站在教職員辦公室附近說話，四周沒有學生聚集，也沒有女生敢在美彌跟蓮實說話時靠近，大概是怕美彌之後會對她們怎樣吧！

「是啊，這種事情還是要靠美彌啊！」

蓮實把美彌的頭髮揉亂。

「喂，不要這樣啦……不過，什麼叫『這種事情』啊？」

美彌嘴上抱怨，但聽起來似乎有些高興。

「祕密的事情啊、犯罪之類的，啊，大部分都是與我們學校黑暗面有關的事吧！」

美彌一記正拳打上蓮實的胸口，她的拳頭還挺有力的。

「蓮實老師！要說犯罪，應該是指老師在屋頂上吻學生這一類的吧？」

蓮實那慌張的模樣並非演技。

「笨蛋，住嘴！不要說得那麼大聲……」

美彌愉快地笑了。

要搜集地下網站的情報，動用親衛隊成員是最有效的做法。但如此一來，最少會有三個，甚至最後會有十個學生知道這件事。為了保密，蓮實認為拜託美彌是最好的方法。

「嗯？是誰？」

蓮實放在胸口口袋裡的手機振動，他看了一下來電顯示，是酒井副校長。美彌也從旁邊探頭窺視手機螢幕。

「為什麼要在學校打電話？」

「這個嘛……」

蓮實按下通話鍵。

「您好，我是蓮實。」

「蓮實老師，你現在可以說話嗎？」

不知道為什麼，酒井副校長壓低了聲音在說話。

「沒問題，有什麼事嗎？」

「關於今天早上那件事，我認為無論如何都必須阻止學生作弊。剛才和理事長談過，他下達了這道很嚴厲的命令。如果這次讓他們作弊成功，恐怕會有有損名譽的傳言透過網路之類瞬間散播出去。」

蓮實把整個身體貼上來的美彌推開，仔細聽酒井副校長說話。

「是嗎？那是要用那個方法嗎？」

「不，這就是問題所在啊！就我的立場而言，我不可能容許違反法律的事情發生。但另一方面，我也不能放任學生作弊。而且，與其舉發學生作弊後再懲罰他們，我認為從一開始就讓他們無法作弊才是上策。」

「啊……」

「我在想到底該怎麼辦才好，所以，我問這個只是想參考，如果要用那個方法，需要編新的預算嗎？譬如說……買機器之類的。」

「不，我想應該一毛錢都不用花。八木澤老師說過，這個方法所需要的設備，他們社團都有。」

八木澤克也老師是現在已經被當作老古董的業餘無線電社團顧問。

「是嗎……原來如此。」

酒井副校長的聲音聽起來非常滿足。

「副校長，這件事能不能全權交給我處理呢？」

蓮實說出酒井副校長最想聽的一句話。簡單來說，酒井副校長雖然希望蓮實能用那個方法阻止學生作弊，但更希望自己可以完全置身事外。

「全權處理嗎？哎，既然蓮實老師這麼說，我當然很樂意把這件事交給你啊！」

「我會在全盤考量後採取必要的措施，當然，副校長很清楚地指示了要遵守法令，我會依照這個原則對實際狀況做出最後的判斷。」

「原來如此，原來如此，好，好。嗯，那就拜託你了，事情就交給你朝那個方向去處理吧！」

酒井副校長以滿足至極的聲音說完後，掛掉電話。

「什麼？你們到底在說什麼？」

美彌以猜疑的眼神看著蓮實問道。

「剛才我跟妳說的事啊！他催我要趕快進行地下網站的調查。」

「可是，八木澤的社團是無線電社吧？」

「是八木澤老師吧？因為八木澤老師是最熟網路的人啊！」

「喔……」

美彌看起來一頭霧水。

這個時候，位於教職員辦公室後方的副校長室門打開了，酒井副校長探出頭來。心情很好的他一副就要哼起歌來的樣子，但一看到蓮實的臉，便急急忙忙地用力把門關上。

「他從那裡打電話給你啊！」

美彌一邊忍著笑，一邊小聲地說道。

「你們到底在幹嘛啊？好白癡的樣子。」

「根本就不需要這樣躲躲藏藏的啊！」

蓮實嘆了一口氣，低聲說道。

ＳＨＲ結束後，蓮實甩開那些一直聚過來、要引他注意的學生們，離開教室。今天聽說是久米老師指導美術社繪畫技巧的日子，這是逮到他的絕佳機會。

然而，在走廊前方蓮實看見一個穿著咖啡色西裝外套的背影，是釣井老師。

釣井老師一如往常，把頭向前伸出，像烏龜一樣緩步行走。

在他身後，有個學生高高舉起拿著紙球的手，想要瞄準釣井老師丟過去。那個人是五班一個叫東出的調皮傢伙。

蓮實立刻追上東出，打了他的頭一下，嚇了一跳的東出轉過頭。

「啊……糟了！」

「你在幹嘛啊？你這個笨蛋。」

蓮實彎著食指，用第二關節戳著東出的太陽穴，用力地轉了轉。東出一邊道歉，一邊逃進教室裡。

蓮實轉向前方，發現釣井老師停在走廊上，正盯著自己看。

「釣井老師。」

蓮實立刻擺出笑臉。

「我們班好像一直很吵，抱歉給您添麻煩了。」

釣井老師什麼話也沒說，但蓮實卻感到背脊發涼。這股讓人呼吸困難、從其他老師身上感受不到的壓迫感是怎麼一回事？

「我已經跟他們說過好多次了，要是他們還吵的話，請隨時告訴我。」

釣井老師那雙在鐵框眼鏡後的雙眼有如變色龍般緩緩動了動。

「是嗎？那──就麻──煩你了啊──」

他的聲音非常沙啞，字句拉得很長，口音是關西腔，但蓮實還沒見過個性如此抑鬱的關西人。

「今天也有上四班的課對吧？還好嗎？」

「嗯……那個學生吧……那個啦……」

釣井老師閉上雙眼，試著回想起什麼。

「是蓼沼嗎？」

蓮實小心翼翼地問道，釣井老師緩緩地點了點頭。

「是，就是他。拜託，就那個學生，可以幫我說說他嗎？」

「好，我會好好說說他。」

「謝謝。」

釣井老師轉向前方，再次邁開他緩慢的步伐。這樣的態度應該表示他們的話說完了，所以蓮實也以相同的步調，一步步地走在後面，直到釣井老師走下樓梯為止。也因為這樣，他被從四班教室出來的學生追上。

「小蓮，你在幹嘛？我們趕快去ＥＳＳ吧！」

「今天不是要決定英文話劇的角色分配嗎？」

去來川舞和柏原亞里分別拉著蓮實的兩隻手，你一言我一語地說。

「嗯，妳們先去吧，我馬上就來。」

「什麼？」

「我很快就到，真的，現在有要緊事得處理。」

跟現在的孩子們說「要緊事」，他們真聽得懂嗎？蓮實一邊想著這個，一邊以輕快的腳步衝下樓梯，走向北校舍。

大多數社團都有社辦，但美術社的社辦就是美術教室。蓮實悄悄地打開門。

十四、五個學生認真地盯著畫布。大部分是女生，男生只有三位，其中一個便是前島雅彥。

而站在前島背後看他畫畫的人就是久米剛毅老師，他們兩人的距離近到快靠在一起。

看見蓮實的久米老師抬起眉角，像是在問蓮實找他什麼事。蓮實用身體做了個到外面談的姿勢，皺起眉頭的久米老師走了過來。其他學生也看到了蓮實，不過隨即把注意力轉回畫上。唯一的例外就是前島，他憂心忡忡地看向兩位老師。

「有什麼事嗎？」

兩人來到走廊上，穿著一件如罩衫般寬鬆衣服的久米老師把手扠在腰上，一臉困惑地回道。久米老師的身高比蓮實高，但身材修長，體重恐怕比蓮實還輕。那張與其說是秀氣，應該說是神經質的臉配上兩側剃光的髮型，讓人聯想到過去的搖滾明星，古龍水的淡淡香味衝進蓮實的鼻腔。

「有件事想跟你討論一下。」

「討論……討論什麼呢？」

或許是蓮實先入為主的成見作祟，他總覺得久米老師的語氣和行為舉止有些女性化。

「是有關指導學生的事。可能的話，最好不要被美術社的孩子們聽到，我們可以去別的教室談嗎？」

「別的教室？但我現正在教他們畫畫耶！我不知道你想談什麼，但不能在這裡簡單地說一下嗎？」

久米老師煩躁地說。不過，在蓮實聽來，感覺得出聲音背後隱藏著些許恐懼。

「我想談的，是跟我們班學生前島雅彥有關的事——我應該只要說到這裡，你就懂了吧？」

「前島同學？不，我完全不懂你想說什麼。」

「如果你想裝傻也無妨。不過，我除了是他的導師，同時也是他的輔導老師。如果我們不能談出個結果，我就必須向學校報告所有事情。」

「咦？那個、你到底、是在說什麼？我真的、完全、不知道……」

久米老師的臉色蒼白到旁人一眼就可以看穿。

「如此一來，事情也會傳到久米老師父親的耳裡。這不是我希望的，但若你繼續這種態度，那我也不得不這麼做。」

「蓮實老師請、請等一下，能不能請你說清楚，讓我明白是什麼事情呢？」

久米老師雖然嘴上抗議，但態度明顯軟化。

「那麼，請跟我過來。」

蓮實轉過身，招手請久米老師移駕到美術教室旁的美術備課室，久米老師跟上蓮實的腳步明顯沉重。

進到美術備課室後，蓮實先請久米老師坐在椅子上，再輕輕地把門關上。

「我必須先聲明，我不會四處宣傳有損學校名譽的事，我沒有那個意思。不過，如果演變成刑事案件，那便不容我有斟酌的餘地。雖然我先前說的是向學校報告，但事態若嚴重至此，我就必須直接向警察報案，這點請見諒。」

站在久米老師眼前的蓮實冷冷地向他宣告。

「刑、刑事案件？那個……一定是哪裡搞錯了，我怎麼可能會……」

久米老師就像一隻見到貓的耗子，嚇得不能動彈。蓮實沒給他回神的時間，繼續追擊。

「你不需要辯解，只要回答yes或no就好。你和前島雅彥有性關係吧？」

雙唇顫抖的久米老師做出回答。

「No, no! 你怎麼可以這樣指控我?! 我發誓，我絕對沒有，這種事……」

蓮實覺得他在說謊。話怎麼說都可以，關鍵是聲音裡透露出的壓力，以及下意識的肢體語言——為了保護身體而交錯的雙手、纏繞的雙腳，久米老師所有的動作都等於在大聲宣告yes。

「是嗎？到了這個地步你還要說謊，真是太遺憾了，看來只能靠司法來判明真相了。」

「怎麼可以……為什麼不相信我？這根本就是——一口咬定我跟他有性關係，不是嗎？」

「久米老師。」

蓮實深深地嘆了一口氣後屈身向前，把臉靠到久米老師眼前。在蓮實的眼神壓迫下，久米老師轉開視線。

「我一開始不就跟你說過了嗎？重點是這件事會不會演變成刑事案件啊！請你聽好喔，如果你和前島雅彥是在雙方同意的前提下有了性關係，就屬於自由戀愛的範圍。」

「什麼？不，應該不會吧？前島同學他還沒有成年，應該受什麼最低合法性交年齡，或是兒童福利法之類的保護……不，呃，我沒有做過那種事就是了……」

很明顯，久米老師感到混亂。

「當然，和學生發生性關係是不被允許的。然而，強迫發生性行為和在雙方同意之下所進行的性行為卻是天差地別；加上被害者是個男孩子，要做到什麼程度才叫犯法呢？這是非常模糊的。」

久米老師的表情看起來像是被逼到絕境，大概是絞盡了腦汁在思考如何脫離這個苦海吧！

「我換個問法好了。你是以教師的身分，用權力或暴力強迫前島雅彥跟你發生關係的嗎？」

「胡說八道！我絕對不可能做這種事！」

久米老師瞪大了雙眼叫道。

「那麼，打從一開始，就是在雙方同意下發生性行為的嗎？」

久米老師垂下視線，舔了舔嘴唇。

「這、這個嘛……」

「是強迫還是雙方同意呢？」

蓮實用強而有力的聲音問道。

「如果是你強迫他，或是到了這時候你還否認、不回答這個問題，我只能立刻向警察報案。這樣的話，我們就不能和平地解決這個問題了，請你好好想想再回答我。」

泰國有一句諺語：「毒蛇不會急」。事實上，據說許多毒性猛烈的蛇在將毒液注進獵物體內後會暫時離開，等獵物吸收毒性後再一口吞下牠。這樣的方法雖然花時間，但可以避免獵物垂死掙扎時反擊傷到自己。

蓮實以含毒的話語浸透久米老師的意識，等待他的腦髓麻痺。這隻獵物已經逃不了了。

此時，美術備課室的門被打開，嚇了一跳的久米老師抬起頭。

站在門口的人，正是前島雅彥。

「老師。」

「前島同學……你快回去！」

久米老師茫然地叫道。

前島轉看向蓮實。

「老師他……他沒有強迫我！請相信我！」

真是個好孩子，蓮實大大地點了點頭。多虧了前島，讓他省了很多麻煩。

「好，我相信你。」

聽到蓮實這麼說，久米老師無力地垂下頭。

「久米老師，一切都是在雙方同意之下進行的對吧？」

蓮實把手放到久米老師的肩膀上，久米老師抬起他虛無的雙眼，緩緩地點了點頭。

「我明白了。這樣的話，我會盡力在檯面下把事情解決。」

「蓮實老師，一切拜託你了。」

坐在椅子上的久米老師深深地低頭行了一禮。

「我……會被退學嗎？」

快要哭出來的前島這麼說。

「不，你應該不會有事。而且，我會想一個讓久米老師也不需要辭職的方法。」

「真的嗎？」

「不過，為了達成這個目的，你們必須把一切誠實地告訴我，兩位都願意幫我的忙吧？」

他們兩個對看了一眼後，放棄掙扎似地乖乖點頭。蓮實打開裝上課用白板筆的鉛筆盒，拿出舊式卡帶錄音機。

「蓮實老師！請您立刻過來！」

這是三天後的午休時間，四班的塚原悠希衝進教職員辦公室，似乎是跑著過來的她不停喘氣。她是班上最胖的女生，臉上和手上都滲著汗水。

「發生什麼事了？」

蓮實一邊起身，一邊問道。

「蓼沼同學和山口同學在教室打架！」

蓮實衝出起了一陣騷動的教職員辦公室。

他兩階併作一階地奔上樓梯，四周的學生都以驚訝的眼神看著他。

許多人聚集在二年四班前，教室裡傳出怒吼聲和強烈的東西碰撞聲。

「走開！讓路！」

蓮實抓起擋在他面前的學生領口，將他們一一排開後，衝進教室。

桌椅倒下，教科書和文具四處散亂。教室中央，兩個大口喘氣的男生正互瞪著對方；看來他們這場架正好打到一個段落。

身高比較高的那個人是山口卓馬，他從高一開始就擔任橄欖球隊的錨鎖[5]，和蓼沼同是班上老大級的角色。不過他今天選錯了打架的對象，他流了鼻血，左眼下方也腫成一片紅紫色。

蓼沼擺出拳擊姿勢，光看他的臉，似乎沒有受傷的樣子，他用氣勢壓過比他高了十五公分的對手。如果是拳擊評論家小泉喬來打分數，會是第一回合10：9，由蓼沼勝出。

「住手！你們在幹什麼？」

蓮實像裁判一樣衝進兩人之間。當然，他不能鬆懈。要是兩個人正在氣頭上，就算對方是老師，也會不分青紅皂白地揍上來。

不過，這兩個人似乎沒有氣昏頭。山口看起來已不太想戀戰，蓮實的介入似乎讓他鬆了一口氣。

蓼沼最出名的就是打架時總是冷靜得讓人發毛，不太可能打到忘我，但他今天卻憤怒到眼裡滿是血絲，直直地瞪著山口。

「為什麼打架？」

對蓮實的問題，蓼沼不發一語，山口則一邊拿出手帕擦鼻血，一邊往蓼沼的方向狠狠一指。

「這個白癡突然就撲上來揍我啊！」

蓼沼一副要朝山口衝過去的樣子，蓮實伸出雙手壓住他。

「就算是突然，也一定有原因吧？」

「我怎麼知道！我什麼都沒做啊！」

山口看到手帕上的血量，憤怒似乎再次燃上心頭，氣憤地大吼。蓼沼仍然保持沉默。

「好了，你們兩個都到輔導室來。」

蓮實一邊拉開蓼沼和山口之間的距離，一邊想把他們兩個帶走。

「各位，不好意思，把教室收拾一下。」

聽到蓮實的話，學生們開始把倒下的桌子扶起。

「你們在幹啥啊？喂，閃開！」

5 橄欖球隊中在前排中間的球員叫鉤球員（hooker），鉤球員兩邊的球員叫支柱（prop），在第二排推頂鉤球員及支柱的成員叫鎖鎖（lock）。

難聽的罵聲從教室門口傳來。「這傢伙來幹嘛啊？」蓮實帶著厭煩的心情看著柴原老師。但在學生面前，他不能讓大家看到同為生活輔導組的兩位老師反目的樣子。

「柴原老師，抱歉讓你白跑一趟，這裡沒事，已經結束了。」

「就是你們兩個把教室搞得一團亂的吧？啊？」

柴原老師想拿竹刀戳蓼沼和山口。蓼沼敏捷地閃開，但側腹被刺中的山口一臉憤怒地瞪著柴原老師。

「你那兩隻眼睛是怎樣？」

柴原老師露出牙齒恐嚇別人的臉與其說像日本猿猴，更像隻非洲原生的狒狒。四班的所有學生也一同露出厭惡的表情。

「我要把這些傢伙帶到輔導室去。」

蓮實說完後，便想壓著山口的背把他帶走，但柴原老師的態度卻突然出現一百八十度的轉變。

「蓮實老師，我來幫你！」

「咦？」

蓮實呆住。

「你要一個人帶這兩個傢伙去輔導室也很辛苦，怎麼這麼見外呢？我好歹也是跟你站在同一陣線的輔導老師嘛，要是有我可以幫忙的地方，請隨時跟我說。」

同學似乎都覺得柴原老師那露骨的討好笑容和諂媚態度很奇怪，議論紛紛了起來。

什麼叫同一陣線啊？蓮實覺得胸口非常不舒服。柴原老師大概是因為美彌那件事怕到了，覺得靠到蓮實這邊才是上策。不過蓮實不想引起注目，與其在這裡跟柴原你來我往，不如答應他。

「好，那就麻煩你。」

柴原老師用力地把蓼沼趕出教室。美彌向前站了一步，以不放過柴原的眼神盯著他，但柴原老師裝出若無其事的模樣移開視線。

蓮實、蓼沼及山口三個人都沉默著，而柴原則一邊揮舞著竹刀，一邊一頭熱地開路。

終於來到輔導室後，柴原老師便以一副完成重大任務的神情離開。蓮實決定一個一個詢問事情經過，但山口只說他什麼也沒做，蓼沼更是一句話也不說。問來問去午休時間轉眼快結束，蓮實決定先讓兩個人離開，暫時不處分。

蓮實走出輔導室時，看見美彌靠在牆上等他。

「什麼事？已經開始上課了喔！」

「喂，小蓮，蓼哥之所以會翻臉，是有原因的。」

「什麼原因？妳知道些什麼嗎？」

美彌神情複雜地看向蓮實。

「是地下網站。」

「地下網站？」

「你沒看沙織的ＢＢＳ板嗎？我不是把帳號跟密碼都告訴你了？」

「啊……我最近很忙，還沒時間看。」

「是喔，昨天開始她的ＢＢＳ板上就出現了很多誹謗蓼哥、中傷蓼哥的文章。」

「喔！」

「通常要寫的話，都是寫『煩死了』或『去死吧』之類，可是這次卻有人把蓼哥很多個人資料上傳到ＢＢＳ板上，你也知道蓼哥他家關係很複雜啊！」

「那他為什麼要揍山口？」

「蓼哥懷疑這些文章是山口貼的。那兩個人雖然交惡，不過他們已經認識很久了，而ＢＢＳ板上貼的那些事情大概也只有山口和另外兩三個人知道。」

「是這樣嗎？」

「可是，我不覺得山口是會做這種事的人。那傢伙很討厭別人耍小人，而且他其實人很好。」

「是嗎……我知道了。」

蓮實拍了拍美彌的肩膀。

「不管怎樣，我會先去看看那個ＢＢＳ板。不過，真叫人驚訝啊！校長和副校長擔心的事居然真的發生了。」

「現在你用那個帳號密碼進不去喔！」

「為什麼？」

「我給你的是沙織的帳號跟密碼，有管理員權限。可是那個帳號好像被駭了，現在變成別的帳號密碼了。」
「那現在誰都上不了那個ＢＢＳ板嗎？」
美彌搖了搖頭。
「大家的帳號密碼都還可以用啊，可是接管了ＢＢＳ板的傢伙卻把沙織的帳號和密碼改了，還用管理員權限新增了很多帳號和密碼。那些誹謗蓼哥的文章啊，幾乎都是用新帳號貼的。」
「所以現在那個ＢＢＳ板，是有人胡作非為為囉？」
「是啊！」
「真糟糕，應該趕快把那個ＢＢＳ板關了比較好吧？」
「嗯，我也這麼覺得，可是我想沙織大概不會聽我的話。」
「為什麼？妳們不是好朋友嗎？」
與其說是好朋友，橫田沙織比較像是美彌的手下。
「是這樣沒錯……但我問了沙織的帳號密碼後，就立刻發生這樣的事。啊，我沒有跟沙織說是小蓮問我的喔！雖然不覺得沙織懷疑我，但她好像覺得她的帳號密碼是我不小心洩漏出去的。」
「原來是這樣，那真的很對不起。雖然只是碰巧，不過我不該在這個時間點上問妳的。」
「這又不是小蓮的錯……」
美彌說到一半，停了下來。
「喏，不是你吧？」

「嗯？什麼？」

美彌露出笑容，搖了搖頭。

「嗯，沒事。」

第三章

火焰的顏色是如此令人愉悅。

「好，開始。」

在大隅老師的指示下，學生們一起翻開答案紙。

早水圭介暗自竊笑。日本史是他的拿手科目，九成題目都被他猜中，簡直是輕而易舉。他一邊迅速填答案，一邊等待大隅老師轉開視線。

假裝在思考的他把右手伸進桌子下的抽屜裡，摸索著他的手機。找到手機後，用盲打方式將各題答案輸進他事先打好的簡訊裡。當大隅老師的視線轉過來時，他立刻抽出右手，擺出專心作答的樣子。他看準時機，把一封簡訊分好幾次打完後傳給會員們，最後再刪掉已經送出的簡訊，關上電源。一連串動作流暢俐落，大隅老師似乎完全沒有注意到。收到簡訊的會員們應該也不會笨到讓監考老師抓到把柄吧！圭介在食指上轉著鉛筆，心中確信新學年第一次集體作弊一定會成功。

「沒有訊號？」

「啊！難怪我什麼都沒收到。」

圭介愕然。

二班的吉岡舉起雙手表示自己完蛋了。

「怎麼可能！為什麼學校裡會突然收不到訊號？」

「你問我，我問誰啊！考完試後我去廁所看手機，是滿格啊！」

吉岡嘟起嘴，四班的伊佐田也一臉不高興地點了點頭。

「你有收到我的簡訊嗎？」

圭介壓低了聲音問。

「沒有，應該根本發不出去吧？」

伊佐田說。

可惡！圭介咬住下唇。他在桌子下面打字和傳簡訊的時候根本沒看螢幕，手機的按鍵聲和錯誤訊息聲當然早就被他關掉，所以不知道簡訊沒傳成。事實上，他完全沒想過手機會突然收不到訊號。

被設計了！一定是學校發現他們用手機作弊，所以想辦法讓手機在考試時間內收不到訊號。看樣子，接下來的考試想必也會遇到同樣的狀況。

難不成學校發出強力干擾電波，阻斷了通訊網路嗎？果真如此，學校附近的手機都將因為無法使用而引發一場大風波，學校會因為違反電波法而遭到強制搜查。

不，不對，一定是有人發送手機和基地台之間確認位置用的微弱電波，干擾手機的收訊。這和市售的手機電波干擾器原理相同，能限制干擾電波影響的範圍。不過，一般的市售機器不可能輸出這麼大的干擾電波，讓一整個班級，不，讓校舍中一整層樓的人手機都收不到訊號。

這件事八成跟八木澤有關，圭介這麼想。畢竟他是物理老師，又是業餘無線電社的顧問老師，只要他有心，做這種事易如反掌。一旦準備好必要的機器，搞不好圭介自己都辦得到。

但這樣一來，學校還是違反了電波法吧？圭介動過向關東綜合電信局檢舉學校的念頭，但不管怎麼盤算，都不太可行。

首先，做這件事的人應該已經把電波調整為不影響到校外地區，所以，如果要舉證學校違反電波法，他就必須說出考試時手機收不到訊號，這麼一來，就等於親口承認自己作弊。不顧自己犯的錯而去舉發學校，可能導致他被退學；匿名檢舉的話，恐怕只會被當成惡作劇。

圭介原本以為八木澤只是個電波宅男，沒想到他居然會做出這麼無恥的事。

等一下！怎麼看八木澤都不可能是幕後黑手，他背後一定另外有人利用他的專業知識。是酒井副校長嗎？

不，也不是，圭介認為酒井副校長不可能想得出這個方法，在幕後策畫的另有其人。學校若要拿出遏止作弊的辦法，生活輔導組一定是整件事的領導中心。

蓮實……絕對是他，除了那傢伙，不會是別人。

沒關係，這一局蓮實贏了，不過，他會搶回下一局的。

圭介心頭默默燃起鬥志，開始在腦子裡模擬反擊的方法。

「那麼，結果如何呢？」

酒井副校長以鼻音很重的聲音問道。

「沒有任何異常，我們採行的做法應該完全壓制住他們的作弊計畫了。」

蓮實簡單地做了報告。表面上，酒井副校長不知道干擾手機電波的事，所以他必須繞著圈子講話。

「是嗎？也就是說，考試時蓮實老師一直在校內四處巡邏囉？」

酒井副校長避開所有跟電波有關的字眼。

「是，我請園田老師幫我去四班監考，校內沒有人能和外部取得聯絡。」

考日本史時，蓮實在校內四處巡邏、確認電波狀況，手機完全收不到訊號。

「原來如此，原來如此。然後呢？其他地方如何呢？」

「你這隻死狸貓，夠了沒！」蓮實心裡這麼想，但還是陪他演完這齣謬劇。

「是，為了安全起見，我還去操場那一帶確認，而那邊一如平常，沒有任何不同。」

簡單來說，只要到離校舍稍遠的地方，手機就能收訊，所以他們並未給附近鄰居添麻煩。

「是嗎？唉呀呀，真是辛苦你了，接下來的考試也請比照處理囉！」

酒井副校長滿足地哼了一聲之後離開了。

蓮實必須監考下一堂的英文考試，但他決定在監考前先去一趟位於北校舍二樓的業餘無線電社。

「八木澤老師，謝謝你的幫忙。」

穿著白袍的八木澤老師一臉藏不住困惑的神態，不時用手推推黑框眼鏡，或摸著他那刮完鬍子後留下的鬍青。

「蓮實老師，這個還要繼續用嗎？」

八木澤克也是四十多歲的資深老師。他從學生時代就是個電波御宅族，每年都會參加國外舉辦的ＥＭＥ（月面反射通信）比賽，還因為央請家附近的商店街，讓他在騎樓上架設一個長達一百六十公尺的天線而出名。

「那是當然，酒井副校長也拜託我繼續。」

「可是，這個……基本上是違法的耶！」

八木澤老師嘴角帶著笑，但眼裡卻含著擔憂。

「我很清楚這一點。但考慮到學生的將來，與其抓他們作弊、一味地處分，你不覺得防範未然是個比較好的方法嗎？」

八木澤老師歪過頭。

「嗯，也是啦，我能理解你這麼做的用意……」

他的意思是，萬一出了什麼問題，他可負不起這個責任。

連接到高功率線性放大器的業餘無線電機和市售的手機干擾器，整齊地放在八木澤老師前方的桌子上。被放大到高於市售干擾裝置數十倍的干擾電波，覆蓋了各業者手機往來基地台的周波數頻率，而這道電波透過校內廣播的電線，傳送到設置在本館頂樓及各教室不顯眼處的天線後向外發送，讓整座校舍都收不到訊號。

「那，接下來也拜託了。這件事我只在這裡說，副校長對你這次的協助非常感激，表示明年編預算時，會特別關照你的社團。」

反過來說，要是八木澤不配合，業餘無線電社的預算就可能被大幅削減。蓮實不讓八木澤有機會討價還價，逕自離開了社辦。

「潤子老師，在嗎？」

圭介打開保健室的門。

「唉呀，圭介同學你怎麼了？」

「我考試的時候覺得頭好痛，讓我休息一下吧！」

進入保健室的圭介擅自把拉簾拉開，鞋子也沒脫就躺到床上。

「真是的，只有你會在考試的時候來保健室吧！」

露出苦笑的田浦老師站起身，關上保健室的門，來到圭介的床邊。

「你該不會感冒了吧？」

她把柔軟的手放在圭介的額頭上。

「什麼叫『該不會』啊？不是啦，是考試啦，考試。」

躺在床上的圭介繃著一張臉說。

「嗯？平常很會念書的你這次猜錯題了嗎？」

「沒有猜錯題，但我似乎錯判了情勢……」

圭介怎麼想也想不明白。

他的計畫被學校的ＥＣＭ（電子干擾裝置）完全粉碎。

可是，敵人怎麼會鎖定手機這個作弊方法呢？

手機的確可以用來作弊，但要讓好幾間教室裡的手機都收不到訊號，也一定需要相當的準備。學校會因為只是有這個可能，就做到這種程度嗎？

校方應該是掌握了什麼確切的證據，就算沒有真憑實據也有心證，或者說他們確信學生會用手機作弊。

田浦老師的手在圭介額頭上放了一會兒後，靜靜地撫過他的臉頰，然後鬆開他的領帶、解開鈕釦、拉開他胸前的襯衫。

「沒事吧？呼吸有沒有輕鬆一點？」

「嗯，老師呢？」

「咦？我嗎？為什麼？我沒事啊！」

田浦老師露出一個誘人的微笑，圭介吞了口口水。

「妳別逞強了，我總覺得這個房間讓人呼吸困難。老師，這裡也解開比較好吧？」

圭介坐起身，撥開田浦老師白袍下的上衣領口。

「不可以啦……」

田浦老師嘴上這麼說，卻完全沒有反抗的意思。圭介的右手食髓知味地鑽進她的內衣裡，肆無忌憚地撫弄著乳房。

「你真是個壞孩子呢，學生怎麼可以這樣對老師！」

「我只是看老師呼吸很困難啊，這應該算做志工，拯救生命吧！」

圭介沒有停手。

「我都說了不行啊！真是的……」

講是這麼講，田浦老師依舊任圭介為所欲為。

「果然呼吸很困難吧？潤子老師，妳開始喘氣了喔！」

「怎麼這樣……」

田浦老師口中吐出溫熱的氣息，垂落在鬢邊的頭髮無可言喻地豔麗。圭介覺得她果然和同年齡的女生不同。

「嗯，看來妳需要人工呼吸啊！」

圭介坐直，把田浦老師抱了過來。對於圭介這個舉動，田浦老師一開始有些抵抗，但也只維持了一下，被圭介緊緊一抱，她的身體便如融化般虛脫無力，圭介順勢吻住田浦老師。

田浦老師雖然喜歡被學生強吻，但在圭介的唇稍稍離開的瞬間，她仍調皮地責備圭介：「不可以……有人會進來啦！」

「有什麼關係，管他誰來。」

「嘻嘻……不可以啦！」

話雖如此，事實上田浦老師很享受這種刺激。

圭介開始無法克制。他今天原沒打算做到那個程度，但現在想發洩積在心裡的憤怒。

圭介抱起田浦老師，準備把她放到床上。

「等等，在那之前……」

田浦老師從床上滑下，跪在圭介面前。

「等、等一下？」

「你是因為這邊難過才來保健室的吧？沒事，我來讓你舒服一點。」

田浦老師抬頭看向圭介，露出一個微笑後便低下頭。

蓮實看向考完試準備回家的蓼沼將大。雖然他一如往常毫無表情，但今天看起來特別不高興。不知道為什麼，應該是他手下的加藤拓人和佐佐木涼太也不太願意靠近他。

「蓼沼，可以過來一下嗎？」

蓮實在蓼沼即將走出教室的前一刻叫住他。

「幹嘛啦？」

蓼沼目光銳利地看了看蓮實，他的三白眼投射出不像高中生的暴戾神色。

「我有事跟你說，可以到輔導室來嗎？」

「我做了什麼嗎？」

「我不是那個意思。導師的工作就是即使沒發生什麼事，也要好好輔導學生。」

如果是那種愛爭辯的學生，這時候一定會反問蓮實為什麼沒事還要輔導，但蓼沼不屬於這一類，他默默地邁開步伐。

蓮實推著蓼沼的背走出教室時，偷偷回頭看了一下班上的學生。

親衛隊和ＥＳＳ成員有些擔憂地看著他們，其他學生則大多冷眼望著蓼沼的背影消失。
兩人在生活輔導組面對面地坐下來後，蓮實故意停頓了一段很長的時間觀察蓼沼。
蓮實把準備好的一疊紙放在桌上，蓼沼的視線跟著看了過去。在這種狀況下還能保持沉默，大概是因為已經習慣了被老師單獨約談吧！他表面上一臉平靜，但微微抖動的腳卻洩露了他心裡的不安。
「抱歉，你想早點回家準備明天的考試吧？」
蓮實從容不迫地說。蓼沼的眉頭越皺越緊，但雙唇還是抿成一直線。
「其實，最近有幾個學生找我談蓼沼同學的事，所以我想應該跟你好好談一談。」
面對學生的時候，蓮實通常直呼對方的名字，很少會在對方的姓氏後面加上「同學」兩個字。
「我的事是指？」
蓼沼對蓮實投以鋒利的眼神。
「嗯……該怎麼說好呢？」
蓮實讓對方心癢難耐後，再別有深意地看向那疊紙，蓼沼也跟著看了過去。
「之前不是有很多人在傳校內地下網站的事嗎？最近好像比較平靜了。然後，副校長要我查查我們學校的情況。」
蓮實唐突地換了個話題，蓼沼的眼角邊似乎泛紅了。
「於是，我發現你的名字出現得很頻繁。對啦，在那類ＢＢＳ板上，被罵到臭頭也不是什麼稀奇的事，不過我覺得滿過分的。」

「跟你沒關係吧？」

蓼沼發出駭人的聲音。

「怎麼會沒關係？你是我導師班的學生，我不能坐視霸凌不管。」

一如蓮實預期，蓼沼露出自尊嚴重受損的表情。

「霸凌？」

「嗯，霸凌不僅限於直接對別人動粗，網路霸凌其實是種不正大光明的霸凌喔！」

蓮實用溫柔的眼神看著蓼沼的臉，蓼沼把臉別開。

自從蓮實拿到橫田沙織ＢＢＳ板的管理員帳號密碼後，就大肆洗板，一天之內貼了幾十篇誹謗、中傷蓼沼的文章。

這個ＢＢＳ板從電腦或手機都可以操作，所以，有一半的發文他是在町田的網咖上傳，另一半則是經由學生的手機。

蓮實是生活輔導組真正的負責人，他每天都沒收許多學生的手機，放學時再還給他們。用這些手機上ＢＢＳ板貼他事先寫好的文章，貼一篇頂多只花一分鐘。

攻擊蓼沼的言論頻頻出現後，跟著起鬨的人也一一出現。除了那些在學校跟蓼沼有過節的人外，單純覺得有趣就轉貼的人也接二連三，火苗很快就延伸到其他ＢＢＳ板。

被這情況氣昏頭的蓼沼上去貼了語帶威脅的話，但這樣做只讓情況越來越亂。蓮實不只用暫時沒收的手機貼咒罵蓼沼的文字，還以蓼沼的名義貼反駁咒罵的言論。不久之後，更在網路上向全班徵求希望制裁蓼沼的「志願者」，相當多學生表態參加。蓮實煽起的火苗早已成為一場無法收拾的燎原大火。

氣到失去理智的蓼沼把他認為的貼文嫌疑人一個接一個找來算帳，情況因而更加惡化。被蓼沼冤枉的學生遭到暴力相向後，怨念不斷累積，兩方之間的對立越來越勢同水火。

「我知道你覺得受傷，覺得生氣。寫那些文字說你壞話的人是不對的，他們不應該把你私人的事、甚至家庭問題都在那種地方公開。但是，你憤怒動手是不能解決問題的。復仇只會帶來復仇，你們之間的關係也只會越來越僵，沒錯吧？」

蓮實說著空洞的道理。

「不是只有你生氣，班上的同學也跟你一樣，態度越來越激烈。」

蓮實把那疊紙拿起，裝做在看內容的樣子。

「說真的，班上有幾個人要求我讓你退學或轉班。」

聽到蓮實這句話，即使是向來不動如山的蓼沼也忍不住震驚。

「當然，我跟他們說了我辦不到，還說你們應該要好好談一談，該道歉的就道歉。但都沒用，他們似乎聽不進去。」

「為什麼啊？為什麼是我該道歉？」

蓼沼的聲音裡暗藏著一股不安定的情緒。

「嗯，那些輕率的貼文的確是這件事的源頭。不過，你的應對也不好。在ＢＢＳ板上碰到那種侮蔑性的言辭時，視若無睹是最好的方法。如果你一一反駁、一一威脅，那就不難想見事情會演變成現在這樣。」

「開什麼玩笑！那些東西根本就不是我寫的！」

「不只這個，你的確動手打了班上同學不是嗎？在現代社會中，不管發生了什麼事，以暴力來貫徹自己想法的行為是不被容許的。」

蓮實刻意無視言語暴力，明白地展現出自己只關心肢體暴力的態度。

「於是，我要那些對你不滿的學生把他們的想法寫下來，結果收到這麼多回應。」

蓮實把整疊紙高高舉起，秀給蓼沼看；那疊紙怎麼看都有一個班的量。

「很抱歉，我不能讓你看他們寫了什麼……」

「要是他們有意見，你就光明正大地讓我看啊！」

「不，我不能這麼做。從保護隱私的角度來看，沒有取得當事人的許可，我不能擅自讓第三者看他們寫的內容，我必須顧及個人資料不外洩。」

被蓮實用這意義不明的理由敷衍過去，蓼沼陷入沉默。

「而且，我認為你看了內容後會非常震驚。所以我只希望你明白，現在已經出現這個問題了。」

此時，有一張紙從蓮實手裡滑落桌面。

「喂，不准看。」

蓮實慌張地撿起那張紙，但蓼沼的雙眼卻緊緊盯住。

Ａ４大小的再生紙上寫滿了細小的文字。「蓼沼」、「班上的毒瘤」和「請讓他被退學！」這幾個字寫得特別大、特別粗，下面還畫了兩條底線。蓼沼應該看得到這些字吧！

「那是誰寫的？」

蓼沼的聲音因憤怒而顫抖。

「我不會告訴你的。」

「哼，少瞧不起人了。」

雖然蓼沼面無表情，但蓮實可以從聲音聽出他即將爆發。

「哎，反正你應該明白我想說的事了吧？你再怎麼強悍，也不可能一個人去向全班宣戰吧？如果你想待在這所學校，就只能和班上同學好好相處。」

蓼沼站了起來。

「喂，我的話還沒……」

「那種沒用的東西再多來幾個也沒差，而且，這種學校我隨時都可以離開！」

「你等一下！」

蓼沼趾高氣昂地走出生活輔導組。蓮實拿著那疊紙回到教職員辦公室，其中大部分都是以「高中生活的理想與現實」為題的作文。蓮實把那些作文恢復成原來的裝訂方式，再把捏造學生筆跡所寫的那張紙送進碎紙機裡。

「蓮實老師，期中考好像能順利結束呢！」

高塚老師一邊舔著一支巨大的棒棒糖，一邊朝蓮實靠近。熱愛甜食的高塚老師雖然是個代謝症候群患者，但他還是用「糖分可以促進腦部活化」這種藉口繼續吃著他的點心。

「都是託大家的福，我們才能讓作弊計畫胎死腹中。」

講到後半句，蓮實壓低了聲音，神神祕祕的。

「是嗎？真是的，我們學校根本就是靠蓮實老師在運轉的嘛！」

高塚老師感觸很深地說。不過他一邊舔棒棒糖一邊講，聽起來完全沒有真實感。看他每天這樣吃，蓮實很意外他居然沒有得糖尿病。

「啊，對了，剛剛久米老師在找你喔！」

「是嗎？不好意思。」

高塚老師的大臉和漩渦棒棒糖靠了上來。

「那個人居然會找蓮實老師，真難得啊！發生了什麼事嗎？」

「呃，他跟我說，我們班上的學生啊，好像有精神方面的問題。」

蓮實隨便編了一個藉口。

「為什麼美術老師會知道這種事呢？」

高塚老師一臉不解。

「不知道為什麼，久米老師好像對心理學很有興趣，所以輔導室的水落老師幫他上過繪畫精神分析的課。」

「喔，但我還是不覺得那個人會關心學生耶！還有，那傢伙不是兼任老師，而是專任講師這一點也讓我覺得不可思議。」

高塚老師似乎不是很喜歡久米老師。

「因為久米老師家很有錢的關係嗎？」

「不是嗎？他們家從以前就是大地主，現在還是那個醉象亭連鎖居酒屋的經營者呢！聽說他私底下開的車是黑色保時捷，放假的時候會去玩飛靶射擊。把老師這份工作當嗜好的人還真是優雅啊！」

「是喔，真羨慕啊！」

蓮實打算不久後也要和他一樣。

「而且我還聽說，只是為了晚下班要找地方住、或需要地方放畫，他在很多地方都買了房子耶！我呀，光是一間狹小的新成屋，貸款就壓得我喘不過氣來了。」

表情憤慨不已的高塚老師甩著他那沾滿口水的棒棒糖。

「蓮實老師。」

把頭探進教職員辦公室的女老師出聲叫他。

「北畠老師有什麼事嗎？」

北畠洋子老師是五班的導師，和蓮實同為英文老師。她做事認真、在學生之間也滿受歡迎，但缺點是膽小、不敢叱責學生，因此蓮實不時會協助她。

「清田梨奈同學的父親來了，他說想見蓮實老師……」

又來了！蓮實覺得很煩。比起時下常見的怪獸家長，他根本只能算是個愛抱怨的「拗客」。蓮實完全沒想到他居然會在期中考時來學校。

蓮實來到接待室，不出所料，房間裡滿是煙霧。到底得說幾次「這裡禁菸」，清田才聽得懂呢？

「你啊……之前不是自信滿滿地說你班上沒有霸凌這種事嗎？」

以食指和中指夾著菸的清田勝史，用拿菸的手抓了抓他那油膩膩的頭。

蓮實的印象中自己不是這樣說的，但又不好貿然反駁。

「我之前跟您報告的是，沒有任何跡象顯示梨奈同學遭到霸凌，意思不是我不確定有沒有霸凌事件，而是確實沒有這樣的事。」

蓮實慎重地斟酌言辭，試圖修正論點。

「你少唬爛了！我問的是，班上有沒有發生霸凌事件，當時你可是信心十足地擔保你班上沒有喔！」

雖然可以堅稱他沒說過那些話，但蓮實刻意保持沉默。因為清田可能會回問他「你明知有霸凌，為什麼置之不理？」

「這是啥？啊？根本就是霸凌吧？」

清田從包包裡拿出一疊紙，得意地把它們摔到桌上。蓮實拿起那疊紙，紙上印了橫田沙織ＢＢＳ板的內容，帳號和密碼大概是梨奈的吧！

蓮實內心不禁苦笑。雖然是他種的因，卻完全沒料到自己會這樣被回馬槍打中。

「這上面寫的蓼沼是梨奈的同學對吧？怎麼看都是霸凌，不是嗎？」

清田誇耀的表情讓蓮實作嘔。

「這件事，我正在輔導。的確，高中生在網路上發言有時會失了分寸，講話會過了頭。不過，我們不認為這是霸凌。

「不是霸凌？」

清田那小小的眼睛成了三角形。

「光看這些發言，一般人會覺得這個學生單方面地被辱罵，但他以前曾貼過很過分的誹謗文字，在教室裡也會以威脅的言語、態度壓制其他同學。把這想成他們在網路上爭吵，應該比較接近實情吧！」

「你、你開什麼玩笑！」

清田拿出攜帶式的菸灰缸，把菸揉掉。他和蓮實的對話進行得不如意，希望落空的憤怒讓他全身顫抖。蓮實猜他大概是想把根本沒發生過的霸凌當作發生過，再把梨奈被霸凌的事拿出來舊瓶裝新酒。

「就是因為當老師的這個樣子，所以霸凌這種事永遠不會消失！你們這些人的心是不是肉做的啊？要是你們真的有替被欺侮的孩子設想過，這種藉口哪還說得出來呢？不是嗎？」

光聽清田這段話，他說的並沒有錯。

「總之，我已經就這件事進行了適切的輔導，遺憾的是無法向您說明詳細的情形。」

「為什麼不能說明？」

「因為清田先生不是當事者，而這件事涉及這位學生的隱私。」

接下來的三十分鐘，清田想盡辦法找蓮實的麻煩。終於意識到事情不會有結果後，他一如往常地看看手錶，說了一句「我可沒時間陪你耗！」便站起身。蓮實原以為他會就這麼離開，沒想到他突然在門前回過頭。

「蓮實老師啊，我呢……也忍到極限了。」

清田以不同於以往的平靜語調說道。

「我來了這麼多次，你卻拿不出半點好好處理的誠意，就一張嘴厲害而已！你以為隨便說說混過去就能敷衍我，這是大錯特錯！」

在極近距離瞪著蓮實的清田看到他不為所動的模樣，憤怒的火焰似乎越燒越烈。

「既然如此，我就徹底給你好看！我是個固執的人，絕對不會讓步，你最好記住！」

清田拋下最後一句狠話後，轉身離開。

這個人真麻煩。看清田那個樣子，今後恐怕會來得更頻繁。既然他有可能妨礙自己的工作，那就必須想個辦法徹底處理。

回到教職員辦公室後，蓮實發現桌上貼了一張便利貼。久米老師以秀逸的字跡寫著他在美術教室。

由於目前還在考試期間，寬敞的美術教室裡只有久米老師一個人。穿著罩衫的他面對畫架，正在畫油畫。他聚精會神於筆尖，但表情肌卻像痙攣般不時抽動，表示他正處於表面上看不出來的極度緊張中。

蓮實走到他背後，探頭看向他的畫。藍色的線在塗成一片紅的背景上環繞，蓮實完全看不懂他在畫什麼。

「畫得真好，這是印象派畫風嗎？」

身材修身的久米老師拿著畫筆，轉向蓮實。

「如果你對繪畫完全沒有興趣，我希望你不要隨便亂開口。」

看來蓮實似乎選錯了關鍵字。

「我弄錯了，是野獸派嗎……不，是超現實主義嗎？」

久米老師太陽穴邊的青筋突起。

「不用廢話了，與其說這個，不如進入正題吧？」

「贊成。」

久米老師做了一個大大的深呼吸。

「我不是很理解昨天你在電話裡說的事。」

「你的意思是？」

蓮實讓對方說話。

「我的意思是，那件事不是已經解決了嗎？那時我承認我做錯了，也把所有經過都告訴你了。更何況，那天之後我就再也沒有見過前島同學；不……我的意思是，沒有在學校以外的地方和他見面。」

「為什麼不和他見面？」

「什麼為什麼？」

久米老師茫然地張著嘴。

「啊，那是因為，那個，老師和學生有不適當的關係……」

「噢，如果久米老師這麼認為，那也無妨，對我來說怎麼樣都好。」

久米老師想說些什麼，但克制住。

「而且蓮實老師也答應過，會幫我想一個不用辭職就可以解決的方法，不是嗎？」

「沒錯。」

蓮實重重地點了點頭。

「那麼，請履行你的承諾。」

久米老師把視線集中在蓮實身上，握緊了畫筆說道。這或許是他最強硬的態度了吧！

蓮實不發一語地以沉靜的眼神回看對方。過了一會兒，久米老師再也無法冷靜，改以安撫蓮實的聲音說道。

「那個……我有按照蓮實老師的要求，把一切都告訴了你，沒有任何隱藏，不是嗎？」

「是啊！」

蓮實把久米老師所說的話都用舊式卡帶錄音機錄了下來。他之所以沒用ＩＣ式錄音機，是因為數位資料很容易竄改，所以它的證據力有時會被質疑。

「而且……對了，一切都是基於雙方同意的，我沒有強迫他。前島同學不也這麼說了嗎？」

蓮實很佩服這個男人，居然能脫離現實到這種程度。和未成年者發生性行為，雙方同意與否根本不具任何意義。這不過是蓮實為了讓久米老師坦白招供的權宜之計，沒想到久米老師居然相信。他已經不是沒大腦，根本是個超現實主義者了。

「久米老師，看來你對社會科不是很拿手的樣子呢！」

「你在說什麼？」

「在資本主義社會中，如果希望得到你期待的結果，就必須付出代價。你身為教育者，卻犯下姦淫之罪，如果你希望像什麼事都沒發生過，當然得付出相對的代價。」

久米老師目瞪口呆了一會兒後，改用銳利的眼神瞪著蓮實，激動過頭的他連聲音都變尖了。

「蓮實老師……你這是在威脅我嗎？」

他總算搞懂了，蓮實覺得自己像在幫跟不上進度的學生補習一樣。

「嗯，換個角度也可以這麼說。」

「開什麼玩笑！我錯看你了，我還以為你是個熱愛工作的好老師呢！」

久米老師用拿著畫筆的右手一把抓住自己的左胸，閉上雙眼。他心臟有毛病嗎？是拚了命克制自己的激動情緒吧！

「這樣的話，我們就沒什麼好說了。我不會為了留在這所學校而受要脅，我會乾脆地辭掉這份工作。」

蓮實嘆了一口氣。看來，話不說破是不行的了？

「久米老師，現在的狀況已經不是你辭職就沒事的。你和前島同學的自白都已錄在錄音帶裡，我隨時都可以對你提出刑事告訴。即使你獲判不起訴，我還是可以把拷貝的帶子提供給各家媒體，應該會鬧成不小的醜聞吧?!」

「怎麼這樣……你要是這麼做，我就告你恐嚇！」

「請便。你沒有任何證據，大眾只會覺得這是性癖扭曲的美術老師被爆料後發瘋亂說話吧？這種時候能發揮效果的，就是大家平常對你的評價。你要賭一下我們兩個在這所學校裡，誰會得到較多支持嗎？」

久米老師無話可說。

「請你聽好了，想一想談判破裂和妥協這兩種不同結果裡，你會失去什麼？得到什麼？如果你父親知道了這件事，情況會變得如何？相形之下，我相信你所支付的少許代價一定會非常划算。」

「爸爸他……他一定會站在我這邊的！」

蓮實看穿他在虛張聲勢。

「是這樣嗎?若真如此，你又為什麼要一直隱藏自己的性傾向呢？我聽說你父親似乎是個相當保守的人，要他觀念開放到可以接受同性戀，我個人是覺得滿困難的。」

久米老師一臉蒼白，唇瓣顫抖。看來蓮實說中了。

「好了，冷靜一點。我認為你用不著把事情看得這麼嚴重，要論得失的話，你也會有所得呀！」

「什麼意思？」

蓮實放下一條細細的救贖之繩，被逼到絕境的美術老師立刻敏感地察覺到它的存在，把頭抬了起來。

「只要我們之間有了共識，我就站在久米老師這一邊。說真的，兩位之前幾乎算是毫無防備，所以前島同學才會被人恐嚇，情況才會這麼危險。」

久米老師露出「你連這件事都知道」的表情，敗陣的無力感輕易地轉為放棄。

「你的意思是，也會幫我處理那件事嗎？」

久米老師疑惑地問。

「我會負責把那件事處理好的，請放心。這種問題我已經處理得很順手了。」

蓮實露出一個幫他打氣的笑容。

「每件事都只看你怎麼想。怎麼樣？要不要當作雇用我呢？只要讓我得到少許的報償，我就會改站在兩位這邊。」

「可是……這個……」

久米老師嘴裡咕噥著什麼，但即使想反駁，也想不出該如何反駁。

「而最大的好處，就是兩位可以和之前一樣繼續交往。離前島同學畢業還有將近兩年的時間，玫瑰色般的日子在等著兩位喔！」

蓮實就像一隻正在綑綁網中獵物的蜘蛛，用甜言蜜語的蜘蛛絲把久米老師五花大綁。

「這才是你期望的結果，不是嗎？請仔細想清楚，因為你已經沒有其他選擇了。」

久米老師苦惱地用手抵住頭，他唯一該說的只剩下一句。

「我該付多少錢？」

清田梨奈的家位於町田市西部，離八王子市市界很近。

蓮實開著小貨車，穿過住宅區內迷路般的狹窄道路。連傍晚行人都這麼少的話，正午時分應該沒有半個人吧？偶爾走過的路人看也不看他一眼，沒有人會注意到這台骯髒的小貨車。

即使沒有導航系統，蓮實的方向感對於第一次去的地方也很有用，他立刻就找到那棟房子了。

四周矗立的房子都是知名業者蓋的，屋頂的材質是石板，外牆貼了防火面板。位於其中的清田家是看似已屹立了三十多年的木造房屋，剛蓋好時或許還算是棟不錯的房子，但現在灰泥外牆有些骯髒，四處都是裂縫，看起來十分破爛。

玄關處有個寫著家族成員三人名字的門牌。由於房子的建地狹小，所以除了有頂的車棚外，幾乎沒有院子可言。

特別引人注目的，是擺放在建築物四周的二、三十個裝水寶特瓶；看來他們深受貓糞所擾。事實上，寶特瓶幾乎沒有任何防貓的作用，蓮實很訝異現在居然還有人會這麼做。更糟糕的是讓寶特瓶成為折射太陽光的鏡片，引發聚光火災。

蓮實拿出數位相機，拍了幾張房子的照片。

逗留太久的話，車牌號碼就可能被附近居民記住，引來很多麻煩。蓮實發動小貨車。

他重新思考該怎麼做，想出了幾個對付清田勝史這個怪獸家長的方法，從強硬到溫和的都有。最強硬的方式就是殺了他。不過在這樣的情勢下，殺了他並不是個好方法；風險太高，而且好處太少。

反之，最溫和的方式是向副校長報告，用學校的力量來處理這件事；但他完全不想這麼做。無法解決自己班上的問題，還去找別人幫忙，這會損及他至今建立起的深厚可信賴感。

他也可以更嚴厲地面對清田，拒絕他的所有要求。但如此一來，對方可能會一狀告上學校高層。學校當然會站在蓮實這邊，但同時也可能會覺得蓮實處理問題的能力不足。如此一來，他之前在酒井副校長命令下四處奔走的努力便全都白費了。

那麼，該怎麼做呢？

一開始的想法是從其他方面打擊清田，只要讓他疲於奔命，他就不會三天兩頭跑到學校來。

蓮實已經和清田工作的超市確認過了，只要給超市製造麻煩，所有問題都會推到負責處理客訴的清田身上，要他解決。

譬如，在那家超市買了東西後故意讓它腐爛，再換上新的商品包裝，放回陳列架上。每間超市都嚴防扒手，卻沒有人會注意誰把東西放上陳列架。也因此，食品裡混入針這種事件才會一直發生。

但仔細想過之後，蓮實覺得這個方法太迂迴。要是一擊不中，清田可能會為了發洩壓力，更頻繁地到學校來。

看到清田家時，蓮實想到一個更好的妙計。

他凝視著的，是那一排反射夕陽的寶特瓶，就利用那個吧！好比說，就算把寶特瓶掉包，應該也不會有人發現。

蓮實一邊開車，一邊擬定計畫。

總之，他先做好準備，接下來就只要期待事情水到渠成；也就是所謂的或然性犯罪。

打定主意後，蓮實自然而然地吹起口哨，旋律是《三便士歌劇》的主題曲〈謀殺〉。

回家之後就趕快開始準備吧！

「不管怎麼想，都很奇怪吧？」

圭介從剛才就一直重複同一句話。他手上的玻璃杯看似裝了可樂，其實混了很多他帶來的威士忌。

「沒錯、沒錯；很奇怪，很奇怪。」

怜花喝著沒有混酒的可樂說道。

「你們兩個都不唱歌嗎？」

雄一郎把麥克風指向兩人，怜花搖了搖頭。

「那我就繼續唱囉！」

雄一郎選了另一首歌。

「他們絕對不可能知道，這次期中考我們打算用手機作弊的事啊！上次，就是高一下的期末考我用的是別的方法，而且學校也從來沒有讓手機收不到訊號過。」

「誰曉得，也許學校上次也做了一樣的事，只是你沒有注意到而已。」

「不，不可能。」

圭介搖了搖頭。

「你怎麼知道？」

「妳不記得嗎？考試時，有人的手機響了啊！不過我忘了是誰的。」

「啊……對喔！」

怜花想起來了，那是鳴瀨修平的手機。由於考試時禁用手機，怜花還記得那時候監考老師狠狠地把鳴瀨罵了一頓。

「是因為這樣，學校這次才讓手機不會響嗎？」

「光是這樣的話，還不會馬上就犯法唷，因為是所有班級的手機都收不到訊號。」

圭介看似醉眼朦朧，但腦袋卻十分清醒。

旋律粗俗的演歌風前奏配合太鼓節奏響起。

～男人和大地之花一同盛開。棒球是戲、是人生～

雄一郎開始唱歌。圭介看向螢幕，上面顯示〈新・奮起的養樂多燕子隊〉。意外地，雄一郎唱得很好聽，讓圭介覺得有點起雞皮疙瘩。

看見圭介伸手去拿自己的麥克風，雄一郎便把下一小節讓給他唱。歌詞顯示在螢幕上：

「活捉老虎，打倒橫濱海灣之星，一口吞龍，一手釣鯉」

圭介用走調的假音這麼唱。

～被老虎咬，被海星吃，被龍生吞，被鯉活剝～

臉看起來這麼成熟，骨子裡卻是個小學生。怜花感到不可思議。她知道圭介是町田澤維亞足球隊的粉絲，對棒球應該沒有興趣才對。他之所以會拿雄一郎這個養樂多燕子隊的瘋狂粉絲來開玩笑，大概是因為雄一郎的反應夠有趣吧！

雄一郎氣憤地重新拿起麥克風，用更大的音量接著唱下去。

～打倒～巨人之星～

「反正呢，做壞事的人是你，對吧？你就忘了吧！」

「不，對方或許也做了壞事。」

圭介放下麥克風，沉思著說。

「電波法？這種事根本……」

「我不是在說這個。」

圭介不懷好意地一笑後，灌了一口威士忌可樂。

「我想了很多種可能，但蓮實能掌握我們計畫的方法只有一個。」

「怎麼做？」

「他竊聽了某個會員的對話。」

怜花說不出話。她原本要說不可能，但如果是蓮實，一切就有可能了。

「但……說不定是誰走漏了風聲啊？」

「如果是這樣，我們應該早就被叫去問話了吧？妳看，對方雖然知道作弊的方式，但不知道誰是主謀。除了竊聽以外，沒有其他可能的解釋了。」

雖然匿名檢舉也說得通，但怜花越想越覺得圭介的推理是對的。

……可是，再怎麼樣，老師真的會在學校裡竊聽嗎？

「要不要唱下一首？」

雄一郎向兩人問道，他們都搖頭。

「難得來KTV耶！話說回來，會在考試第一天辦慶功宴的，大概就只有我們幾個了吧，真是悠哉啊！」

雄一郎朝麥克風自言自語了幾句話後，便點了下一首歌。帶著哀愁的過時旋律流洩而出，螢幕上顯示出歌名〈橘中佐〉。

～屍積成山，血流成河，修羅之巷的向陽寺，藍色月光穿出雲間～

蓮實把養樂多燕子隊的帽子壓低，用戴著手套的手發動小貨車引擎。他看看手錶，時間是凌晨四點整。根據《理科年表》[1]，離日出應該還有四十五分鐘。

1 國立天文台編纂的科學數據刊物，其中「曆部」記有各地日出日落的時間。

蓮實慎重地開車下坡，要是被警察攔下來臨檢，車上載的東西會給他帶來麻煩，所以他必須比平常還小心才行。

白天不起眼的小貨車在黎明前也不會啟人疑竇，因為回收破銅爛鐵的小貨車大多在這個時候出來活動。

即便是交通狀況不好的町田，這個時間路上也很空，從七國山的家慢慢開到清田家也用不了三十分鐘。

蓮實把小貨車停在稍遠的地方，並用泥巴塗滿車牌。這樣做，即便附近的人剛好從窗口看見他的車，也不用擔心車牌號碼會被記下來。

蓮實以低速通過清田家前，裡面沒有燈光，也沒有人醒著。四周民宅裡的人似乎都睡得很熟。蓮實原本打算只要有一點點危險徵兆就撤退，現在看來可以執行計畫了。

他倒車，把小貨車緩緩倒回清田家前。這個時間，引擎的聲音聽起來特別吵，這是以前不曾察覺過的。他原本打算停車後先熄火，但想到再次發動引擎時會發出的聲音，便決定讓引擎保持怠速狀態。

他沉穩地下車，繞到載貨台邊把藍色防水布拉開，裡面是二十個裝在紙箱裡的保特瓶。這些保特瓶的容量和清田家的保特瓶同為兩公升，所以總重量差不多有四十公斤。

蓮實輕鬆地抱起那個紙箱，走進清田家的腹地。多虧平常有鍛鍊身體，現在不至於喘不過氣來，一邊留心著不讓紙箱底部破掉。他越來越覺得附近沒狗是件幸運的事。

蓮實把紙箱放在地上，再把裡面的寶特瓶排在建築物四周，並把原本佔據了那些位置的寶特瓶回收到箱子裡。建築物四周原本有二十六個寶特瓶，所以仍有六個寶特瓶裡裝著水，不過這當然絲毫不影響計畫的進行。

蓮實將放了二十個寶特瓶的紙箱拿到載貨台上，用藍色防水布蓋著，再靜靜地發動小貨車。整個過程花不到三分鐘，應該算完美吧！他朝著與回程相反的方向開了一小段路後，停下小貨車，用抹布把被泥巴弄髒的車牌擦乾淨。

重新發動引擎後，蓮實特地繞了一大圈，經由另一條路回家。路上經過一個毫無人煙的地方，他再次停車，把寶特瓶裡的水倒進路邊水溝，再把空瓶放進數個町田市指定的垃圾袋，丟進經過的資源回收站。

他本來應該把瓶蓋拿掉、把寶特瓶踩扁之後再丟進資源回收站的，不過今天就饒了他吧！

前方的東方天空已慢慢露出白光。

這次他費了很多功夫收集寶特瓶，但最讓他不高興的是花費過高這一點。畢竟單單四十公升的燈油，就花了他超過五千日圓。幸好他為了節省油錢，已儲備大量燈油來混搭汽油，所以實際的花費比他計算的便宜。不過他接下來還是得把用掉的份買回來，所以實際的開銷還是一樣。

不，他最近還是別輕率地去買燈油。

蓮實告誡自己。

要是被別人當成最近出沒在調布、町田及八王子的縱火狂，那才真的是白忙一場，不知所為何來。

期中考順利結束，校內恢復一如既往的常態。
蓮實一邊上四班的英文課，一邊觀察班上情況。新學年已經開始約一個月，最初的緊張感也有些疲乏，學生們逐漸鬆懈下來，看來這時候應該管他們緊一點才是。
「All right, everybody! 那麼，請問『lotus eater』的 expression 是什麼？有誰知道意思嗎？」
渡會健吾舉手，他從高一開始就穩坐學年第一名。
「Mr. Watarai!」
「我認為它的意思是『貪圖安逸的人』。」
無框眼鏡後那雙細細的眼睛毫無表情，即便本人沒有那個意思，別人也會覺得他那雙眼睛總是瞧不起其他人。他的皮膚白皙、身材豐腴，所以蓮實總會聯想到三隻小豬裡排行最小的弟弟。
「Good! Good! 你說的完全沒錯。這原本是緣自希臘神話的 expression，不過我沒有時間介紹那個 episode，有興趣的人請自己去看書。所謂的 lotus 是一種有致幻作用的食物，吃了之後可以忘記俗世的憂悶。Lotus 譯成日文是蓮之實，也就是蓮實；我也是按表操課，日日貪圖安逸。」
也許是因為他岔題的方式太奇怪，班上響起的笑聲比他預期的還大。
蓮實環視全班，正如他所料，只有蓼沼將大沒有反應。
雖然蓮實的看法和一般導師不同，不過他還是很擔心蓼沼。
蓼沼早就該爆發了，但他還是一貫維持沉默，這讓蓮實覺得很不尋常。蓼沼在班上已經算完全孤立，只是班上每個人都很清楚他打起架來多凶猛，所以沒有任何人敢站出來多話。因此，蓼沼身邊一直呈現一觸即發的緊張氣氛。

蓮實回想起昨天的事。他用公用電話打了一通匿名電話到蓼沼的手機，把他認為最能刺激蓼沼痛處的地方徹底辱罵了一頓。講電話時，他不但用變聲器改變聲音，還把在教室裡錄好的學生聲音當成背景雜音來播放，目的就是為了讓蓼沼覺得班上大多數同學都討厭他。

蓮實原本期待今天一早就會下一場血雨，但事與願違，什麼事情都沒發生。

「看噢，pin-point，這裡是大考的必考題！」

為了不讓現在的孩子們覺得無聊，蓮實常使用廣告標語般的簡短字句，讓學生容易記憶。除此之外，他的課還像綜藝節目一樣有很多迷你單元，豐富多變的內容讓學生想不專心都不行。

當學生注意力渙散時，蓮實會用「大考的必考題」這個單元將他們的注意力一口氣提振起來。不管怎麼說，晨光町田的升學率畢竟逼近百分之百，應該不會有學生不關心大考。

「今天要給大家考試祕笈，只要擁有這個祕笈，長篇閱讀測驗就不恐怖了。我要把這個必勝法則告訴大家！一目瞭然，crystal-clear! 請看這個句子，主詞是……」

此時，刺耳的警鈴聲從校內廣播的擴音器中傳出，學生之間起了騷動。

真是個爛時間點，蓮實很想「嘖」一聲，明明好戲才剛要登場啊！

「OK, everybody! 現在要進行避難演習，請大家在演習時遵守秩序，保持安靜。」

蓮實把學生們趕出教室。

四班的學生們也全沒了上課的心思，他們散漫地一邊聊天，一邊列隊走出教室。

從天花板上降下的防火捲門和防火門把長長的走廊兩端封起。防火門平時緊貼著牆壁，緊急時會像門一樣闔上，把半邊走廊封起來。一班到三班走東側樓梯，四班到六班走西側樓梯，穿過防火門的邊門避難。

「喂！你們這些傢伙，別打混摸魚啊！」

竹刀敲地的聲音和低俗至極的怒罵聲從關上了的防火門另一端傳來，是柴原。蓮實皺起眉頭，不知道為什麼，每到這種時候，那隻猴子總是會異常拚命。

「請各位稍候，下樓梯前請先看這個。」

五班的導師北畠老師試著說明窗邊的避難用具，沒注意到她的學生們卻差點就要走過去。蓮實拍了拍手，把學生叫住。

「來！看這邊！我們要說明避難用救助袋的用法……喂，那邊的同學，這個考大學的時候會考喔！」

學生們一邊嘟噥著「最好是會考啦」，一邊聚集到蓮實身邊。

鬆了一口氣的北畠老師把棒子交給蓮實。

「火災的時候，防火門會關上，所以避難通路只剩下西側樓梯。萬一樓梯不能走，二樓到四樓都設有這個救助袋，讓大家可以從窗戶逃出去。使用時先把窗子打開，然後像這樣打開盒子。」

蓮實打開窗旁大箱子的蓋子，拿開前板，經過特殊加工的帆布救助袋被捲成好幾捲放在裡面。

「接著，請解開綁住救助袋的帶子，確認下面沒人後，把附在誘導繩尾端的黃色砂袋丟下去。然後，請從前端慢慢地把救助袋放下去。」

學生們擠在窗邊，看著蓮實的動作。

「在確認救助袋完全落下後，請把這個最尾端的部分翻過來。」

救助袋的尾端被鉸鏈固定在箱子上，蓮實把這裡翻過來後，出現一個四方形的入口。

「腳先進去，再順著袋子滑下去就可以了，很簡單吧？」

「可是，小蓮，這幾乎是垂直的吧？進到袋子裡跟直接掉下去有什麼不一樣？」

站在旁邊窗前第一排看蓮實示範的安原美彌狐疑地問道。

「其實很不一樣喔！救助袋內側呈螺旋狀，你們會一路旋轉著往下掉，所以下去時候可以保持穩定的速度。不過，你們下到地面後必須立刻離開，要是慢吞吞、拖拖拉拉的，下一個人就會掉到你頭上。好，我們請誰來試試看吧！想搶先體驗的人請舉手！」

蓮實原本以為親衛隊和ＥＳＳ的成員會一起舉手，但所有女生都按住裙子往後退開。從三樓看下去的確很高，所以連男生都猶豫不前。

「怎樣怎樣？這跟遊樂園的遊樂設施一樣很有趣吧？這種機會可是很難得的喔！」

終於有幾個人舉起手，四班舉手的人是愛現的有馬透。

「很好，那就讓有馬你先來吧！」

想搞笑的有馬原本準備把頭鑽進去，被敲了腦袋後才乖乖地以正確方式由腳先進去。在學生們的注視下，有馬順利降落地面，以為自己是英雄的他擺出一個勝利手勢。

「有馬還活著，對吧？好，下一個。」

讓自願嘗試的學生接連下去後，蓮實帶著剩下的學生往樓梯走。

「請所有同學下樓梯，到操場去。喂，不准聊天。」

為了營造避難演習的氣氛，操場上擺了幾管煙霧彈，白煙揚起。雖然煙霧彈在校舍內施放更逼真，但煙霧會遮蔽學生在樓梯等處的視線，太危險，所以學校只能用這種方式權充一下。

被迫抱膝坐在地上的學生們已經打起哈欠來了。

「呃──今天的避難演習，辛苦各位了。」

站在講台上的灘森正男校長環視學生，滿面笑容地說道。如果學生不回應，他絕對不會繼續說下去，所以學生們只好無奈地回答「是」或「嗯」。

「往年，本校都是在四月舉行避難演習，不過今年學校更新了所有防災設備，而且我們認為期中考剛結束時是個好時機，因此選擇今天舉行。唔，有時候呢，大家對防災的警覺呢，很容易鬆懈，不過就有如『有備無患』這句成語所言，我們必須在日常生活中提高大家的警覺，然後……」

灘森校長的身材壯碩、儀表堂堂，但他的演講無聊到讓人佩服他居然講得出這麼無聊的話。最近朝會時只要校長一上台，學生們就開始恍神。他們就像巴夫洛夫的狗[2]一樣，只要看見校長的臉就不經大腦思考，反射性地想睡覺。

在校長的長篇大論結束後，換消防署職員上台解說ＡＥＤ（自動體外心臟去顫器）的使用方法，幾乎要進入ＲＥＭ睡眠[3]的學生們也醒了過來。本館一樓的保健室設有ＡＥＤ，若是有人因意外而導致心臟停止，旁人就必須施以電擊，讓那個人甦醒過來。消防署的職員以練習用的假人來示範，機器會出聲指導使用者，所以只要照著機器說的做，大致上就沒有問題。ＡＥＤ啟動後，機器會自動開始錄音，但錄音的用意不在記錄救命者是不是犯了什麼錯，消防署希望學生們不要因為害怕而不使用ＡＥＤ。

之後，避難演習結束，剩下的時間自習。學生們拖著腳步回到校舍，老師們會督促學生好好擦拭室內鞋的鞋底，但每年避難演習後，走廊上仍是一片沙塵。

「老師、工友以及行政人員，請留在現場。」

待校長退場後，酒井副校長以低沉的聲音向大家說道。

「現在開始要向各位同仁模擬可疑份子入侵時的狀況，蓮實老師，交給你了。」

「好的。近年來，可疑份子侵入各級學校的事件劇增，甚至造成許多人不幸犧牲。因此，當各位老師、工友及行政人員發現校園內出現不熟悉的面孔，請務必通知我。」

由於校長的演講太長，佔掉了蓮實的時間。他迅速下達指令，把職員們帶到體育館後，讓他們站在被分配的位置上。

「遇到緊急狀況時，首要之務是保護學生。當站在最前線的職員跟可疑份子說話以爭取時間時，

2 俄羅斯心理學家巴夫洛夫（Ivan Pavlov）以狗為研究對象的古典制約理論。

3 即「快速動眼期」，它是所有睡眠階級中最淺的。

其他人必須盡可能把學生帶到避難路線……」

扮演可疑份子的竹本晋太郎老師登場。他是三十來歲的化學老師，年齡只比真田老師和蓮實大，平日沉迷網路遊戲，在學校的時候總是一臉想睡覺的樣子。

「我要把你們全都殺了。」

竹本老師完全照著劇本念，手上抓著紙箱的角角，當作一把菜刀。

「喂！你誰啊？」

柴原老師一邊用大音量威嚇對手，一邊擋住他的去路。不管是誰來看，這個人都遠比竹本老師還像可疑份子。

「……呃，一開始的時候，請盡量避開刺激對方的言語，問他想做什麼。」

讓這傢伙出場果然是個錯誤。蓮實一邊這麼想，一邊補充說明。

「不管情況如何，都請先拿出『我會聽你說話』的態度、盡力讓對方冷靜下來，再引誘他們去體育館來。」

接著登場的是園田老師和劍道社顧問牛島老師，他們的武道家氣勢讓竹本老師想直接逃跑。

「不過，我們不知道可疑份子何時會動怒，到了那時候，最終手段就是用大家的力量壓制他。」

話雖這麼說，最後能依賴的還是只有園田老師吧！蓮實這麼想。除了園田老師，有實戰能力的頂多兩三人而已。

「請各位盡量以人多取勝。此外，對付可疑份子時能派上用場的工具放在一樓教職員辦公室和北校舍的值班室。首先是這個聚碳酸脂製的盾牌，這是市售的產品，但和國外警察用的盾牌同等級，不只能防刀，還可以防彈。」

蓮實舉起以透明樹脂做成的盾牌讓大家看。

「盾牌可以有效地保護自己，若要壓制可疑份子，請使用這個刺叉。」

蓮實指向牛島老師手上那把長柄上附有U型金屬叉的道具。

「各位可以用這個U字型的部分壓制住可疑份子的身體。由於市售的刺叉太為對方著想，無論哪一款都不會讓對方受傷，導致功用盡失，因此，我們改造了本校用的刺叉。」

蓮實指向U字型部分。

「市售刺叉的這部分是普通的管子，當可疑份子用雙手握住它、將它扭過來時，torque、也就是力矩會讓被壓制者的力道勝過壓制者的力道，握住長柄部分的人反而陷於劣勢。江戶時代用的刺叉在前端的金屬部分加了刺，讓對方無法握住。遺憾的是，如果我們做到那種程度，反倒會造成問題，所以我們改用鋁板來做這個U字部分，這樣一來就很難握住，而且被壓制的人會感到相當程度的疼痛。」

蓮實說完後，牛島老師把刺叉抵在竹本老師的胸口上，竹本老師一臉痛苦地皺起眉頭。他應該不是在演戲吧？

「壓制可疑份子時，大家完全不需要心存顧忌。即便他大聲叫痛，也請一律忽視他的反應。為了保護學生及各位的性命，這是絕對必要的。」

看著蓮實等人示範的老師們沒什麼反應，蓮實覺得理所當然。雖然這所學校的位置還不到窮鄉僻壞的程度，不過也算偏僻，大家都覺得沒有人會刻意跑來這裡入侵學校。從攻擊者的角度來看，這所學校或許是個很好的目標。

當蓮實從校舍樓梯往上走時，理應乖乖自習的學生們突然發出慘叫聲，接著是激烈的怒吼聲和玻璃碎裂的聲音。

蓮實直覺是蓼沼。讓學生獨處一長段時間，其實也不過二、三十分鐘，似乎是個錯誤。換個角度來說，這倒是在蓮實的預料之中。

蓮實兩階兩階地衝上樓梯。從三樓傳來的巨大吵鬧聲來看，現在的情況似乎比上次蓼沼和山口卓馬互毆還嚴重。

「發生什麼事了？」

蓮實大聲問，三樓走廊上擠滿了亢奮的學生。

「老師！蓼沼發瘋了！」

佐佐木涼太回喊。原本是蓼沼手下的他似乎被揍得很慘，一隻眼睛已經腫了起來。

「大家原本想跟蓼沼同學談談，可是談到一半，氣氛就變得很緊張……」

班長小野寺楓子雖然一臉畏懼，還是冷靜地補充說明。

「我知道了。」

蓮實朝四班走去。就算他們原本打算好好談，但畢竟是高中生，現場氣氛很可能變得像批鬥大會，如此一來，蓼沼不爆發才奇怪吧！

把剛才的刺叉拿來就好了——蓮實的腦子裡倏地閃過這樣的念頭。當然，又不是有預知能力，根本無從事先得知會發生事情。

教室裡面比之前還要亂，桌椅翻倒，地板上滿是散亂的教科書、筆記本和文具等物品。幾個學生坐倒在一臉凶狠的蓼沼面前，這些人似乎在瞬間就被蓼沼打倒，連抵抗的力氣都沒有。

「蓼沼，怎麼了？」

蓮實以溫柔的聲音問道。蓼沼的暴力行為已足以讓他被退學，所以蓮實沒必要讓他繼續激動下去。

蓼沼大口大口地吐著氣，無言地以鋒利的眼神看著蓮實。

「你先冷靜一下，告訴我發生了……」

蓮實啞口無言，蓼沼的手上握著美工刀。吃了一驚的蓮實環視坐在教室裡的學生們，有幾人的白襯衫被鼻血染紅，但沒有人被割傷。

「蓼沼，把那個給我。」

蓮實伸出右手，緩緩地朝蓼沼靠近。

對於蓼沼這種窮凶惡極的不良少年來說，美工刀根本搬不上檯面，這恐怕是其他學生的東西。或許是想要保護自己的人想拿美工刀來對付蓼沼，卻被蓼沼輕而易舉地搶走了。

無論如何，此刻蓮實絕不能讓他動刀。身為導師的他不只要為此事負責，若有人因此受傷、問題越鬧越大，恐怕媒體也會大肆報導。

「蓼沼……」

蓮實停下腳步。

蓼沼面無表情地看著蓮實，他右手雖然還握著美工刀，但已經垂下手，沒有擺出威嚇的姿勢。

這傢伙想砍我。

普通的老師可能看不穿蓼沼的打算，但蓮實的直覺這麼告訴他。蓮實不知道蓼沼跟其他學生說了什麼，不過蓼沼可能已經知道這一連串的辱罵背後有隻操控的黑手。

若真如此，要是蓮實輕率地伸出右手，蓼沼很可能會割破他的手掌。

「嘿，到底發生了什麼事？你要不要告訴我？」

蓮實把手放下，對蓼沼這麼說。蓮實從頭到尾都不認為自己能說服蓼沼，只打算撐到其他老師來幫忙。

蓼沼仍舊無言。他雙手垂下、看似毫無戰意，但右腳稍稍往後，腳跟微微抬起。看這個姿勢，蓮實知道他隨時都可能衝上來。他大概在等待蓮實踏進他攻擊範圍的那一瞬間吧？

要制伏持刀者原本就很危險，況且蓼沼還會拳擊，蓮實不可能赤手空拳壓制住他。

「小蓮！」

聲音從蓮實背後傳來，是美彌。糟了！她或許會衝過來保護他。

「誰把安原抓住！」

蓮實頭也沒回地叫道。聽到他的叫聲，旁邊幾個學生立刻抓住美彌，雙方似乎爭執了起來。

「喂！發生什麼事了？」

來幫忙的人終於到了，三位老師撥開人群出現。

真田老師、大隅老師，稍晚一點，高塚老師也出現了。他們不只沒拿刺叉，手上連個像武器的東西都沒有。

為什麼來幫忙的盡是這些派不上用場的傢伙？蓮實感到失望。園田怎麼了？好歹來個柴原，他就可以拿到竹刀。

「蓮實，我有事情問你。」

蓼沼終於打破沉默，聲音冷靜到讓人感覺不出他的激動。

「什麼事？沒關係，你想問什麼儘管問。」

蓮實嘴上這麼說，心裡卻覺得完了。他不認為自己做的事會被高中生發現，不過如果有得選，蓮實希望蓼沼不要在這麼多聽眾面前說出他對自己的懷疑。

「是嗎？那我問你，那張紙真的是……」

背後的學生突然起了一陣騷動。

「蓼沼！你在幹什麼？」

園田老師粗厚的聲音響起，覺得自己得救的蓮實稍稍鬆下戒心。

「可惡！」

突然，蓼沼蹬開地板，一躍逼近蓮實眼前。

蓮實急忙往後跳開。他拚了命別過頭、想躲開美工刀的攻擊，但蓼沼的刀尖劃過他的腹部。

下一個瞬間，園田老師從蓮實背後跳出來，一腳踹中蓼沼腹部上方的心窩。被踢飛四、五公尺的蓼沼撞上教室牆壁，跌落地上。蓼沼原想立刻跳起來，但他握住美工刀的手被園田老師抓住反扭，整個人被壓倒趴在地上。

「該死……放開我！」

蓼沼咒罵，不過他大概知道自己的力量比不過對手，所以並沒有使勁掙扎。

「小蓮！你沒事吧？」

美彌一臉蒼白地衝了過來，親衛隊、ＥＳＳ成員，及其他學生也跟了上來。

「啊！我沒事。」

蓮實站起身，向大家露出微笑，但他的左手按著腹部，發現他這個動作的美彌雙眼睜得斗大。

「難不成……你被割傷了？」

「不，我沒事。妳看，我沒流血啊！」

仍舊把手放在腹部的蓮實說道。

「我突然用力，所以腹肌有點怪怪的。」

「真的嗎？」

崇拜蓮實的學生們也鬆了一口氣。

「園田老師，謝謝你。」

蓮實向園田老師道謝。

「不客氣。不過你真的沒事嗎？我看到你被美工刀割到耶！」

「沒事，有驚無險。」

蓮實低頭看向蓼沼。這傢伙或許懷疑蓮實這句是謊話，但他不會知道真相的。

「蓼沼，你冷靜之後再好好想想，暴力是不能解決任何問題的。」

丟下這句話後，蓮實離開教室。真田老師他們擔心地跟了過來，蓮實小聲地跟他說了一句「我嚇到肚子有點不舒服」後，便直接進了廁所。

進到廁所裡的小隔間後，蓮實放開按住肚子的左手。

厚實的白襯衫被割開四、五公分長，蓼沼的美工刀確實劃中了目標。

如果蓮實沒做任何準備，就算這道傷不致命，也會非常嚴重。

蓮實脫下白襯衫，拉開防刺背心的魔鬼氈。

不會有人知道他為了預防蓼沼的爆發而穿著這東西。就算蓮實自稱是為了入侵演習而穿，這個理由還是很牽強，因為演習時他完全沒提到防刺背心的事。

而且，雖然這背心已經買了很久，但很難解釋為什麼他會擁有一件價值數萬日圓的防刺背心。

蓼沼事件的餘波盡可能地被壓到最小。

光是這次的事就足以讓他退學，之前的暴力行為已經讓蓼沼得到一張黃卡，完全無需再議的聲音淹沒教職員會議。

眾人徵詢導師蓮實的意見時，他沉著臉說，為了不讓這件事影響到其他學生，他沒辦法只好讓蓼沼退學。平常總是護著學生的蓮實也這樣說了，酒井副校長以下的大部分老師都深深地點了點頭。或許他們是親眼目睹了蓼沼的粗暴，想到自己將來被毆打的情景而覺得害怕吧！

只有真田老師主張查清楚蓼沼為什麼打人，但所有出席者都完全漠視他的提議。

真田老師抱著一絲希望，徵詢灘森校長的意見。校長平常的言行舉止總是非常溫和，即便是需要嚴刑厲罰的場合，他也傾向睜一隻眼、閉一隻眼。

然而，今天的灘森校長卻不太一樣。他以揮淚斬馬謖的態度，同意蓼沼的退學處分，還表示要親自去和理事長說明，任何人不得再有異議。

灘森校長這幾乎算是異例的決斷背後，似乎有另一個人在操控。蓮實發現幾位老師偷偷瞥了半個字也不吭的釣井老師一眼。當然，沒有人多嘴說些什麼。

蓼沼的退學處分就這樣定案。

蓼沼的監護人——聽說是他繼父，是不知道哪一行的自營業者——在聽到處分後，激動地說要控告學校。不過當他知道被蓼沼毆打的學生父母也要告他時，又很快地放棄了提告。

至於成為整件事起源的地下網站，橫田沙織在蓮實的說服下關閉了ＢＢＳ板，事情就在一團迷霧中畫下句點。

「喏，小蓮……」

美彌一邊朝紅松鼠的幼鼠丟葵瓜子，一邊低聲咕噥。

「什麼事？」

「你是不是把我當成小朋友？」

「沒有的事，為什麼妳會這麼想？」

蓮實看向靠在欄杆上的美彌。她穿著紅色短袖運動衫配熱褲，雖然只是普通的打扮，但對看慣她穿制服的蓮實而言，這打扮很新鮮。

「一般人約會都會選羅曼蒂克一點的地方吧，為什麼要來松鼠園？」

「因為學校的人不會來這裡啊！」

全家出遊的客人讓町田松鼠園一片熱鬧，不過園內幾乎看不見高中生的蹤影。加上這裡離晨光學院町田高中實在太近，即便教職員假日想帶家人出遊，也不會選擇這裡。

「就因為這樣？」

「不只，和動物相處不也能被療癒嗎？紅松鼠的小寶寶很可愛對吧？花栗鼠也是啊！不過台灣栗鼠會讓我想起班上的學生，所以感覺有點怪。」

「你這話是什麼意思啊？唔，我承認松鼠很可愛，算我妥協好了，至少這裡還有土撥鼠和兔子的展示區，勉強可以接受。可是，那是什麼？」

美彌指向「烏龜展示區」。

「為什麼松鼠園裡會有烏龜啊？牠最好跟松鼠扯得上關係啦！」

「有烏龜又有什麼關係？」

「如果這裡是『兔子園』，我還勉強可以接受烏龜因為龜兔賽跑這個牽強的理由被放在這裡。但既然這裡是松鼠的主題園，那烏龜跟牠們根本八竿子打不著吧？」

美彌嘟起嘴，露出她絕對不會在學校展現的、小女孩的神情。

「妳堅持的點還真奇特。」

蓮實笑了。

「這只是約碰面的地方而已，那我們走吧？」

「等一下。」

美彌突然露出不想離開的表情。

「怎麼了？」

「因為……這裡是我和小蓮第一次約會的地方啊，我想再待一下。」

「以後再來就好啦！我給妳買個禮物。」

蓮實把美彌拉到禮物店裡。

「有松鼠的布偶喔！可愛吧？」

「你果然還是把我當小孩。」

美彌瞪了蓮實一眼。

「妳不要嗎？」

「我要！」

美彌花了很多時間挑選松鼠布偶。

「我喜歡這個，它跟小蓮好像。」

「我們哪裡像了呀？」

美彌選的布偶眼睛又圓又大，五官十分可愛。

「來，這個我也買給妳，手機吊飾。」

「啊，是Kitty！」

「只有這裡才有的當地Kitty，妳看它身上穿著松鼠裝對吧？。」

「真的耶！雖然這裡離我家不遠，但我完全不知道有這種版本的耶！」

蓮實曾經沒收過美彌的手機幾次，知道美彌有收集Kitty的嗜好。

「這就是所謂的當局者迷，旁觀者清吧！話說回來，貓居然去穿松鼠裝，牠有沒有一點自尊啊？」

美彌用手肘撞了蓮實的側腹一下，還滿痛的。

「你幹嘛這樣說？」

蓮實付完布偶和手機吊飾的錢後，跟美彌離開松鼠園。

「先散個步如何？」

「我們接下來要去哪？」

「看完動物後，去看看花放鬆一下吧？」

兩個人閒晃了十五分鐘左右，來到町田牡丹園。數百株牡丹幾乎都已經謝了，不過今年的開花時期似乎比較晚，每找到一株還沒凋謝的花，美彌便讚嘆出聲。

「我都不知道原來美彌這麼喜歡花。」

「我很喜歡花喔！我爸跟我媽感情還很好的時候，我們家有種玫瑰。雖然我很討厭上面的毛毛蟲，可是玫瑰在春天跟秋天的時候很美喔！」

美彌在一瞬間露出感傷的神色。

「是嗎，那要不要看別的花？」

「嗯！但是是什麼花？」

「我想那種花應該還沒有開，不過町田大理花園裡……」

「Stop!」

美彌大聲制止。

「怎麼了？」

「難不成你打算在這一帶晃晃就當作約會？啊！仔細想想，都在小蓮家附近嘛！」

「是啊，我家就在七國山呀，走路就可以到了。」

「差勁！你打算在家裡附近繞一圈就結束，這根本就不是約會嘛！」

「我沒有這麼說吧？我打算等下開車去遠一點的地方。」

美彌深深地嘆了一口氣。

「那台小貨車？好丟臉啊！」

「不不不，我今天開的不是小貨車。」

「咦？騙人。」

「就停在那邊的停車場喔！」

蓮實哄著半信半疑的美彌，把她帶到停車場。

「就是那輛。」

看到停車場裡的那輛車後，美彌啞口無言。

「那是什麼？」

「是保時捷啊！妳沒看過嗎？」

蓮實把漆黑的保時捷Cayman副駕駛座門打開，美彌一臉不可置信地坐進車裡。

「我們走吧！」

離開停車場後，蓮實捲起襯衫袖子，用力踩下保時捷的油門。小貨車的加速性能果然無法和保時捷相比，他的身體被後座力深深彈進座位裡。

「這輛車是怎麼回事？」

坐在副駕駛座上的美彌似乎很習慣駕駛加速，完全不害怕的她半信半疑地看著蓮實。

「是我借來的。」

「跟誰借的?」

「一個藝術家。」

「藝術家?真的藝術家?你認識這種人喔?!」

「是啊，他還是個業餘的心理學家兼超現實主義者呢!」

「什麼意思啊?我聽不懂。」

美彌不時咕噥著什麼，不過蓮實可以從她的表情看出她心情很好。

那是五月的晴天，是最適合開車兜風的天氣。蓮實從橫濱町田交流道開上東名高速公路，接連超過好幾台車速緩慢的車。除了飆車外，他還能享受大家讓路給保時捷的優越感。

美彌興奮地歡呼，但不知何時突然陷入沉默，靜靜地看著風景。

「喂，小蓮……」

她看著外面，以低鬱的聲音說道。

「什麼事?」

「蓼哥的事。」

「唉，我也覺得很遺憾。教職員會議上，所有老師都堅持要他退學。我有拜託大家再給他一次機會，不過高層的態度非常強硬，我無能為力。」

「我覺得這是沒辦法的事，畢竟他發瘋成那個樣子啊!我在意的是我們在討論事情的時候，蓼哥說的話。」

「他說了什麼？」

「他說大家要求小蓮讓他退學，說他看了大家寫的信。」

「嗯，那件事。」

蓮實點了點頭。

「不管怎麼想，我都覺得是謊話，但又覺得蓼哥不太可能在那種場合說謊。」

「那不是謊言。」

蓮實嘆了一口美彌勉強可以聽見的氣。

「什麼意思？」

「我有收到那種信，這是事實。」

「咦？誰寫的？」

「我不能告訴妳。」

蓮實踩下油門，轉眼間就超過大卡車。

「蓼哥說全班都寫了，但我們沒人知道這件事。」

與其說蓼沼寡言，蓮實倒覺得他是不擅長表達自己，所以蓮實很意外他會說這麼多。

「說全班太誇張了，不過，寫的人不只一個。」

「是喔……」

美彌瞥了蓮實一眼。

「也是啦，在那種氣氛下，寫的人根本不可能署名嘛！可是最後蓼哥問你『那張紙』不是問到一半嗎？那是什麼意思啊？」

蓮實想，美彌記得還真清楚。

「我想，那傢伙無論如何都想問出是誰要他退學吧？」

蓮實在眉宇間夾帶著靜默的悲傷，開口說道。

「無論如何，事情都結束了。我的能力不足，沒能保得住那傢伙。可是，就算他被退學也不代表他的人生結束了，我相信他一定能找到比我們學校更適合他的地方。」

「是嗎？」

「所以，美彌妳也別再追究是誰寫了那些信。寫信要蓼沼退學的人一定也因為這次的事而不好過，就算現在去揭這個傷疤也於事無補，對吧？」

「嗯。」

「那些人也不是沒有受到懲罰，把做過的事藏在心裡，不讓任何人知道其實才是最痛苦的。」

「可是，小蓮你知道那些人是誰吧？」

美彌隨口問的這個問題出乎蓮實的意料之外，他花了將近一秒才想出怎麼回答。

「啊，不過我已經忘了喔！因為，那種文件從一開始就不存在啊！」

蓮實看向美彌，露出微笑。

「對吧？」

「嗯……對。」

像是終於解開心中疙瘩的美彌也露出笑容。

「我送妳回家。」

天色已一片昏暗。一直笑鬧的美彌也玩累了，默默地看著昏暗的景色。

「送到妳家門口似乎不太好？要是妳媽看見導師開黑色保時捷送她女兒回家，可能會嚇一跳吧！」

「這種事……你根本就不用在意。」

美彌以有些不愉快的聲音答道。

「我當然會在意啊！要是學校發現我跟學生約會，可不是被副校長訓一頓就能解決的。」

蓮實開玩笑地說，但美彌卻始終沉默。

天空開始下雨，水滴沾上車窗，蓮實打開雨刷的開關。

「夕陽好美喔！」

美彌低聲說道。

「嗯，真的很美。」

從秦野中井交流道下了東名高速公路後，蓮實從矢櫃山口繞到宮瀨湖，和美彌在湖邊玩水、坐遊湖船。開心的時間過得飛快，太陽轉眼西下，鮮紅的夕陽映照在湖面上，看起來有如血海一般，帶著一種異樣的美。

「餘暉散去後，通常是晴天吧？」

美彌看著下得越來越大的雨。

「不一定吧？明天我去找個理科老師問問好了。」

「不用問啦！我又不是在問科學問題。」

美彌不高興地說。

「妳怎麼了？」

「我沒帶傘。」

還好蓮實也沒說要借她傘。

「那怎麼辦？我看我還是送妳回家吧？」

「送我回家……明天早上。」

蓮實輕輕咳了一聲。身為她的導師，他應該在這時候好好念她一頓，不過他發現自己的慾望已經高漲到無法抑制。

「好，但如果妳早上才回家，妳媽不會說話嗎？」

「我想她不會注意到吧！她早上都在睡覺，最近還在外面住了好幾天。」

說完後，美彌擔心地看向蓮實。

「她沒有在做什麼奇怪的事情喔！她只是跟以前的朋友、一群女生出去玩而已。」

「我懂啦！」

閃電在遠方亮起，幾秒之後，雷聲響起。
「總之呢，我得先去把這台車停好。」
「停去哪裡？」
「川崎的公寓。」
「然後呢？」
「我最近也跟他借了那間公寓，今天晚上我們就去那裡住吧！」
「咦？」
美彌再次大吃一驚。
「是你那個藝術家朋友嗎？為什麼他對你這麼好？」
「大概是出自感謝吧，因為我最近幫他解決了一個麻煩。」
「男的？」
「嗯。」
「那個人跟小蓮之間沒有什麼奇怪的關係吧？」
美彌露出一個尷尬的笑容。
「笨蛋！那傢伙已經有情人了。」
不過是個男的而已；蓮實在心裡補上這句話。
「是喔，太好了！」

美彌吐了一口氣，作勢往額頭上擦汗。

蓮實從東名川崎交流道下了高速公路，保時捷Cayman奔行了一段路後，進入一間小公寓的地下停車場。他的小貨車停在客用停車格上，看起來格格不入。

他用附有ＩＣ晶片的鑰匙打開門，帶美彌進去。

「打擾囉！」

美彌好奇心十足地環視著公寓內部，玄關鋪的是天然大理石，在間接照明下發出閃亮亮的光芒。穿過長長的走廊、打開門後，兩人進到約二十坪大的客廳。

「好大喔！」

美彌坐在紅色皮沙發上，擠一擠的話，或許能坐個十人左右。風景圖案的波斯地毯鋪滿整個地板，牆上掛著六十五吋液晶電視，具有洗練設計感的Ｂ＆Ｏ視聽設備就放在電視前面。

「你朋友真有錢耶！」

「看起來是啊！」

「那個人應該很花吧？這樣的房子，想帶幾個女孩子來都沒問題吧？」

「是啊！不過我覺得，那傢伙是絕對不會帶女孩子來的。」

蓮實一臉嚴肅地說。

「是喔，他那麼乖喔？畢竟是小蓮的朋友嘛！」

在公寓裡探險的美彌每看到一項豪華的裝潢，就發出一聲驚呼。廚房裡掛了好幾個餐廳廚房才看得到的銅鍋，大型的業務用冰箱和酒櫃也並列一旁。
「妳流汗了吧?去沖個澡吧！」
「嗯。」
朝浴室走到一半的美彌滿臉困惑地轉過頭來。
「我沒有帶換洗的衣服。」
她原本似乎沒有要過夜的意思。
「那邊應該有洗衣機吧？」
美彌探頭看向和洗澡間連在一起的盥洗室。
「嗯，這台洗衣機也有烘乾功能。」
「那就在那邊把衣服一起洗了吧，應該很快就乾了。」
「可是，衣服乾之前，我要穿什麼？」
「裡面沒有浴袍之類的嗎？」
美彌在盥洗室裡沙沙沙地摸了一陣後，叫了一聲：「找到了！」
「那我先去沖澡囉？」
「去吧！」
蓮實翻開B&O電話旁的電話簿，打電話給附近的小酒館。這間公寓叫外賣的方式和叫客房服務一樣簡單。他打開酒櫃的門，上百瓶葡萄酒並排其中，看來每一瓶都是年份絕佳的上等葡萄酒。反正這是久米老師請客，蓮實點了最昂貴的全餐來配酒。

他走進盥洗室，看見滾筒式洗衣機正在轉，聽到美彌哼著歌沖澡的聲音。

蓮實脫下衣服，輕輕地打開浴室的門。

像電話亭一樣的淋浴間設置在五坪大浴室裡的一角。雖然透明玻璃因為水蒸氣而有些朦朧，蓮實還是可以清楚看見美彌的背影，正從少女邁向女人的身體滿溢著健康的性感和生命力。

蓮實敲了敲淋浴間的門，嚇了一跳的美彌回過頭。

「等一下！」

美彌慌張地遮住胸口，轉過身去，那模樣說有多青澀就有多青澀。

「我和妳一起洗吧！」

蓮實硬把淋浴間的門拉開，進到裡面。

「不可以……好害羞啊！」

美彌就是不肯轉過來。

「我幫妳刷背。對老師和學生來說，這種肌膚之親也是很重要的。」

蓮實從美彌手上拿下洗澡用的海綿，用它溫柔地從美彌的脖子刷到肩膀，再往背滑下。原本很緊張的美彌開始沉醉在蓮實的動作裡。

「我也幫你刷背。」

「我不用啦！」

「讓我來。」

美彌把海綿拿回來，繞到蓮實身後。蓮實試著抓住她，但她卻滑溜地繞到蓮實背後。

「咦？這是什麼？好嚴重的傷……」

美彌撫過留在蓮實脊椎右側的刺傷傷痕。

「這是舊傷，我小時候出過意外。」

「什麼意外？」

「不值得一提的事啦！」

蓮實抓住美彌，再次從她的背洗起。

蓮實的手繞到前面時，美彌瞬間全身僵住，但沒有拒絕。蓮實從背後抱住美彌，愛撫她的乳房。

美彌敏感地對他的每個動作做出反應，讓蓮實覺得她好可愛。

「小蓮，不可以啦！」

她抗議的聲音裡帶著嬌媚。

「身為導師，我有必要知道學生的一切。」

「淫亂的老師。」

美彌把脖子向後轉過去，露出白色的牙齒，她的表情豔麗到讓蓮實心頭一震。

「All right! 那妳把這幾個字用英文說說看吧？」

「你、You are a very bad teacher……」

美彌很努力地試著回答，讓蓮實覺得好憐惜。

「A teacher who performed an immoral sexual act.」

「聽不懂啦！」

「那下一題我出簡單一點的。『我是老師喜歡的人』，把這句話翻成英文吧！」

蓮實讓兩個人的身體貼在一起，緊緊抱住美彌因沐浴乳而滑溜的身體，在她耳邊低語。

「I am……my teacher’s favorite student.」

美彌以夾雜著喘息的聲音答道。在蓮實成為她的英文老師後，她似乎只乖乖地念了英文這一科。

「Not too bad! 但正確答案是：I am my teacher’s pet.」

「老師的寵物？」

美彌繞過頭，頂著紅通通的臉說。

「真的是這樣講嗎？」

「Of course! 來，妳說說看：I am my teacher’s pet.」

「I am……my teacher’s……pet.」

美彌斷斷續續地重複。

「Say it again! I am my teacher’s pet!」

「I am……my teacher’s……pet……」

美彌整個身體都要垮了。她在學校時常常踹男生、欺負男生，走的是S路線。不過看她對羞辱言辭的這種反應，這女生本質上應該是個M。

蓮實用左手撐住美彌的身體，右手隨意在少女的身上遊走，樂在其中。

門鈴響起。

蓮實「嘖」了一聲，讓美彌坐在淋浴間，關上蓮蓬頭。他走出淋浴間，拿起浴室裡的電話聽筒。剛剛叫的料理似乎送來了。蓮實原本還覺得外賣動作很快，但當他看向時鐘，才發現離進去沖澡到現在，已經過了四十分鐘。他突然覺得好餓。

「晚餐送來了，我們的課就先上到這裡。妳把身體好好擦乾再出來，不要感冒了。」

蓮實打開盥洗室的衣櫃，櫃門邊掛了一大一小兩件浴袍。他拿起大的那件披上，走到玄關開門。晚餐就像是旅館的客房服務一樣，是用推車送來的。結帳時也只需要簽名，所以他盡可能地模仿久米老師的筆跡，寫下久米兩個字。

把推車推到廚房後，蓮實將料理放上桌。這個時候美彌出現了，像是剛從夢裡醒來的她表情茫然。對她來說，另一件浴袍似乎也有些大，她把袖口折了起來。

「坐這裡。」

蓮實幫美彌拉開椅子，打開酒櫃選葡萄酒，最後決定先開香檳，這樣才有慶祝的感覺。他選了庫克的粉紅香檳後，用巨大的聲音彈開木栓，把香檳倒進香檳杯裡。

「乾杯！」

蓮實把玻璃杯靠上去，美彌也害羞地附和。

他從來沒有嘗過如此美味的料理。蓮實接連開了好幾瓶昂貴的香檳和上等的葡萄酒，貪心地一瓶瓶喝完。空腹感似乎也讓美彌回過神來，發揮了她健談的本領。

吃完飯後，兩人在客廳看有線電視的電影。蓮實品嘗著他在房裡找到的單一麥芽威士忌，有點醉的美彌則喝柳橙汁。

「我們繼續上課吧！」

蓮實站起身，美彌默默地點了點頭，跟上蓮實。

寢室約有十坪大，大型水床大約佔了整個房間的四分之一。

「脫下妳的浴袍，在那邊立正站好。」

在蓮實的命令下，美彌乖乖照做。

形狀完美的乳房、纖細的腰身，連淡淡的陰毛也露了出來。

要是被人發現他對學生做這種事，他一定會被記過開除吧！

蓮實一邊這麼想，一邊朝美彌的身體伸出手。隨後，把她壓倒在水床上。

他持續不斷地、逕自玩弄著美彌的身體。當他終於進入美彌時，已經是三小時之後的事了。

在那三小時裡，美彌被捲入一波接一波的快感漩渦，已經分不清喜悅和痛苦的她在無盡的高潮之後，意識一片朦朧。

之後，蓮實還是不斷侵犯幾乎已經沒有任何反應的少女肉體。

結果蓮實那天晚上完全沒有睡覺，只泡了咖啡讓兩個人喝。一個熱情的擁抱後，蓮實在天亮前開著停在客用停車位上的小貨車離開，先悄悄送美彌回家換上制服。

他到學校的時間比平常早了些。蓮實把小貨車停到停車場，確認附近沒有人後，拍了拍載貨台，美彌從藍色防水布下爬出來，火速衝進校舍。

蓮實點起菸。

他再次窺探清田家的狀況，現在是凌晨三點，附近沒有半點聲音。這一帶的居民似乎都很早睡。

他調換寶特瓶至今已經過了整整一週，原本暗暗期待這個禮拜縱火狂會放火，只是這麼恰好的偶然並不容易發生。

他事前已經確認寶特瓶的材質，聚對苯二甲酸乙二酯（PET）不會被燈油腐蝕，但要是時間太久，難保不會有人碰巧發現寶特瓶裡裝的不是水——是時候了。

蓮實從萬寶路菸盒裡再拿出六根菸，把六根菸一起咬住，用百圓商店的打火機點燃。

蓮實也曾經抽菸抽得很兇，不過他下決心把菸戒掉了。因為抽菸不只是肺癌的成因，二手菸也會影響學生的健康。

吸了兩三口，確認菸頭亮起紅光。許久沒抽的菸讓他異常難受，眉頭不禁皺起。

他把留在菸盒裡的菸拿出來放在副駕駛座上，改把已經點上的七根菸放進菸盒，再把菸盒放進空的面紙盒裡，並將面紙盒塞進垃圾袋中間，垃圾袋裡塞滿了揉成團的報紙而膨起。

蓮實綁好垃圾袋口，打開小貨車的門，來到外面。垃圾袋已飄出菸味，一副就要燒起來的樣子，讓蓮實有些緊張。

他走到清田家外圍，把垃圾袋放下，讓它緊緊貼著寶特瓶，再回到小貨車裡，輕輕發動引擎，盡可能迅速遠離現場。這麼單純的機關頂多只能幫他爭取到兩三分鐘，不過這已經足夠。

要做一個更精巧的定時點火器也很簡單，不過這是會引起警察注意的壞方法。他選用香菸，是模仿最近常上新聞的縱火犯的手法，略做調整。不過要是警方在蒐證過程中發現二十瓶寶特瓶裡裝的全是燈油，警察和媒體的看法或許都會改變。

蓮實不怕火種燒不起來，七根菸的火不可能自然消失。

火苗遲早會燒到菸盒上，然後點燃報紙。從垃圾袋裡燒出來的火會溶解寶特瓶，讓裡面的燈油流出。燈油的燃點約攝氏五十度，不像汽油那麼容易燃燒，但只要一點火，燃燒力卻超越汽油。接下來就跟推倒骨牌一樣了，並排在清田家四周的寶特瓶一定會接連著火。骨牌中，蓮實還安排了汽車這張牌，只要火苗順利延燒，汽油便會猛烈地爆炸，讓火勢越燒越烈。

蓮實回想起學生時代讀過雷．布雷伯利所寫的《華氏451度》中那句著名的開場白：「It was a pleasure to burn.」被翻譯成眾所周知的優美的譯文：「火燄的顏色是如此令人愉悅」。

過去他曾目睹的鮮白火柱清晰地浮現腦海。在火燄包圍下瘋狂揮動雙手的影子，油桶發出驚人聲音倒下，接著，火燄的顏色轉為橘色。

襲捲那棟房子的火柱，會是什麼顏色呢？無法親眼目睹那景象的確讓人遺憾，他只能等著看早上的新聞。

〈謀殺〉的旋律不知從何處傳來，蓮實發現那是他愉快哼歌的聲音。

回家的路上他沒有直接遇上消防車，只聽到一聲從遠方傳來的警笛聲。

當蓮實把小貨車停到家裡時，感覺到一陣奇特氛圍的他抬起頭。

屋頂上有個黑色的影子，看起來是烏鴉。最近的烏鴉或許適應了人類已經切換成夜行生活的習慣，常常在黎明之前就開始活動。

蓮實小聲地想把烏鴉趕走，對方卻一動也不動。正當蓮實準備找東西丟牠時，烏鴉轉向側面，在街燈的反射下，蓮實看見牠的左眼一片白濁。

是霧尼。在那瞬間，蓮實的背脊一陣發涼。

霧尼俯瞰蓮實一會兒後，拍動翅膀、發出巨大的聲音飛走。牠迅速拉高，融進仍舊一片黑暗的夜空中。

第四章

蓮實趁真田老師失去意識前，用肩膀架著他走出店門；
到這裡為止，被別人看到都沒關係。

蓮實把小貨車停進學校停車場，正準備熄火時，收音機恰巧開始播報新聞，他下意識地豎起耳朵。

「今天凌晨三點三十分，町田市××町三之四清田勝史住處發生火災，木造兩層透天厝、約六十五坪屋舍全部燒毀。

早上看新聞的時候還沒播報，現在聽來是成功了，原本還有一絲擔心萬一火沒有順利點燃整座骨牌的他，總算鬆了一口氣。

「警方在火災現場找到一具疑似勝史先生的遺體，目前正在確認身分。」

這表示清田勝史被燒死了嗎？蓮實點了點頭。

那個男人油膩膩的，想必火一定燒得很旺。要是他燒成一片焦黑，警察或許得對照齒模才能確認，真是辛苦他們了。

這場火災已經夠他們忙的了，不過反正他們都要忙，多調查一場謀殺也沒有太大差別。

「他的妻子洋子發現失火後雖然逃出，但仍被燒傷，正在醫院接受治療。」

咦，為什麼新聞沒有提到梨奈？蓮實訝異。

有人砰砰砰地敲著小貨車的車窗。

蓮實抬起雙眼，看見酒井副校長一臉消沉。蓮實打開車窗。

「你聽說火災的事了嗎？」

酒井副校長的聲音比以往沉重許多。

「有，剛剛從收音機裡聽到。我想過世的人應該就是清田梨奈的父親，但新聞裡沒有提到任何有關梨奈的事……」

「她沒事。」

酒井副校長嘴上這麼說，但不知道為什麼，一臉不是很高興的樣子。

「她昨天晚上沒跟爸媽報備就外宿了。」

「是嗎？那真是太好了！」

蓮實真心這麼想。聽到清田梨奈沒事，他為什麼這麼高興？蓮實覺得打從心底擔心學生的自己真新鮮，忍不住驚訝。這就是所謂的導師嗎？

蓮實腦中突然浮現木訥的恩師身影。

熊谷老師。這個名字好久沒想起來了，蓮實認為熊谷老師是個真心為自己著想的老師。

「不過，我不知道說『太好了』恰不恰當。」

酒井副校長仍舊一臉不悅。

「當然，我知道這樁意外讓人非常難過，梨奈的父親突然過世，接下來我必須好好思考如何平復她心裡的傷。只是聽到她平安，我真是鬆了一大口氣。」

酒井副校長鼻子哼了一聲。收音機裡的新聞也播完了，蓮實把引擎關掉，從小貨車下來。

「不知道警察是怎麼查案的，居然聯絡到我，所以我撥打了蓮實老師的手機好多次。你手機的電源一直都沒開嗎？」

原來如此，看來酒井副校長是因為這件小事而不高興。蓮實把手機從包包裡拿出來。

「真的很抱歉，我不小心忘了充電，手機就沒電了。」
酒井副校長一臉很想「嘖」他的樣子。
「拜託你注意一下，三更半夜也可能發生這種十萬火急的狀況。」
所以我才把電源關上，讓自己一夜好眠啊！
「不管怎樣，為了這件事，我們今天早上要緊急召開教職員會議。會議上，蓮實老師不只是梨奈的老師，還要代表生活輔導組主導這場會議。」
「要開教職員會議嗎？」
蓮實感到意外。這的確是件大事，但跟學校根本沒有直接關係，他們究竟要談什麼？
酒井副校長似乎察覺到蓮實的懷疑，他招了招手，靠到蓮實耳邊低聲說道。
「清田梨奈跟她父親的關係似乎非常不好。」
「啊……」
「聽說她時常沒跟父母報備就外宿，警察好像想知道她昨天晚上為什麼不在家。」
「咦？難不成他們懷疑梨奈？」
「嗯，因為他們不能完全排除這個可能。」
「開什麼玩笑！那傢伙不可能做出這種事。她只是剛好昨天晚上外宿，警方居然因而懷疑她，真是太過分了！」
蓮實真的憤怒，因為他比任何人都知道梨奈是無辜的。許久沒憶起的熊谷老師或許也對他的情緒有些影響。

「蓮實老師，我很清楚你想相信學生的心情，當然我也是。但懷疑每個人是警察的工作，唔，所以呢，請你明白，我們今天要討論的就是該怎麼保護清田梨奈。」

「好，抱歉，我不小心就激動了起來。」

「不會，我反而還被蓮實老師為學生著想的態度感動了呢！只是……」

酒井副校長再次把臉靠上來，進入密談模式。

「昨天那場火災應該可以確定是人為縱火，起火點據說是放在他們家門口的垃圾袋。單單這樣，那可能是縱火狂做的，但有幾個疑點沒辦法解釋。」

「什麼？」

蓮實也壓低了聲音問道。

「清田家四周似乎放了很多裝水的寶特瓶來趕貓，那些寶特瓶……聽說他們家失火時，裡面被換成可燃性液體了！」

「咦，不會吧？」

「唉呀，我從警察那裡聽到的時候也嚇了一大跳。啊，這件事請你還不要說出去，警方好像是不小心說溜了嘴，也沒有向媒體公開。」

「好。」

「所以，警方才會懷疑不是縱火狂，畢竟寶特瓶的數量很多啊！就算是深夜，縱火狂也不大可能會刻意把那些東西運到清田家再放火吧？」

「可是，就算梨奈在寶特瓶裡放了燈……可燃性液體，那她又是從那裡找到這些東西的呢？」

「哎，這一點我也還不清楚。」

「而且，這樣的推論也太草率了。只要有我這種小貨車，就算寶特瓶的數量稍微多一點，也不會載不了啊！」

蓮實拍著小貨車的車斗，使盡渾身解數說服酒井副校長。

「不、不，當然啦，我也不認為清田梨奈會放火燒了她家啊！」

酒井副校長舉起雙手示弱。

「總之，我們必須在教職員會議中討論出善後之道。」

「梨奈今天請假嗎？」

「她現在暫住在媽媽的娘家，她母親希望能讓她休養兩三天，不過她本人似乎說今天就想上學。」

酒井副校長似乎對梨奈的冷血感到困惑，蓮實突然想到別的事：今天不就是學校輔導老師來校的星期四嗎？他果然做不到縝密計畫啊！

「副校長，在梨奈恢復上學前，我想請水落老師先為清田梨奈的心理輔導做準備。」

「啊，這樣啊，有道理耶！清田梨奈表面上或許裝得很堅強，但心裡受的傷想必很深吧！那這件事就請蓮實老師去辦好嗎？」

「好。」

蓮實用手遮住差點就要揚起的嘴角。如此一來，他就有理由去和水落聰子說話了，這樁意外為他帶來了附加好處。

看著這樣的蓮實，酒井副校長似乎以為他是在強忍眼淚，靜靜地點了點頭。

教職員會議從頭到尾都在困惑的氣氛中進行。絕大部分老師會前並不知道火災的事，很多老師和蓮實一樣，不太懂為什麼這件事要成為教職員會議的議題。酒井副校長一做出梨奈有可能是嫌犯的暗示，蓮實就立刻反駁，所以沒有老師繼續追究。

目前學校方面幾乎無事可做，所以會議中只說明了火災的狀況，並要求教職員慎重應對媒體的訪問便散會。但在會議結束前，釣井老師卻舉起手，讓所有人都吃了一驚。因為之前從來沒有人聽過他在教職員會議上發言。

「……那個死掉的家長，是叫做清田勝史吧……」

釣井老師用像是含著痰的聲音和黏稠的關西腔調說道。

「聽說他動不動就來學校，是真的嗎？」

「是。」

蓮實回答。

「他懷疑清田梨奈遭到霸凌，曾經來過好幾次，不過我調查後卻找不到任何霸凌的根據，已經向他說明了。」

「是喔，即使如此……」

釣井老師似乎很在意什麼似地歪過頭。

「對方應該不太能接受這樣的答覆吧？」

他的腔調黏稠到詭異的地步，所有人都陷入沉默，但他本人似乎毫不介意。

「沒錯，他的確不願意相信我調查的結果。」

蓮實提高了戒心，這傢伙究竟想說什麼。

「他就是那個什麼monster parents（怪獸家長）是吧？」

不是parents，是parent，一個人要用單數，蓮實在心裡吐槽。

「不不不，絕對不是。他的確來學校幾次，不過這是因為最近家長對霸凌問題很敏感啊！」

試著打圓場的酒井副校長陪著笑說道，他只有在面對釣井老師的時候才會顯露出這種戒慎恐懼的態度。

「釣井老師覺得什麼地方有問題嗎？」

蓮實刻意開門見山地問，所有人都想聽釣井老師怎麼回答。

「不，我不覺得有問題，沒事了。」

在那之後，釣井老師就看向別的地方，一言不發。

看來果然得多留意釣井，蓮實再次有了這種感覺。

他很久以前就發現這傢伙是混在羊群中的predator（掠奪者），且直覺異常準確，不能小看。

「蓮實老師，一早就發生了好多事啊！」
真田俊平老師來到蓮實身邊，對他說道。
「是啊，我們現在的首要任務，就是保護清田梨奈。」
蓮實的答案讓真田老師大大地點頭。
「雖然說現在不該說這個，但我有件事想跟你商量一下。」
「什麼事？」
被勾起興趣的蓮實看向真田老師，看來是很嚴重的事。
「這件事有點複雜……可以今天晚上談嗎？」
「好啊，那我們就約七點在兔拳，如何？」
「好。」
表情稍微放鬆的真田從蓮實身邊走開，隨後，高塚老師來到蓮實身邊，不停地想從蓮實口中刺探出火災的內情。蓮實隨口敷衍了幾句，就到了第一節課的時間。
進到二年二班教室，似乎從哪裡聽到火災消息的學生們騷動不安。連一向對掌握學生和控制上課氣氛有絕對自信的蓮實都花了將近十分鐘，才能開始上課。
離開二班教室後，蓮實在走廊上遇見上完四班國文課的堂島智津子老師。
「蓮實老師，貴班究竟發生了什麼事？」
被堂島老師突然這樣怒氣沖沖地一吼，蓮實嚇了一跳。

「學生吵鬧嗎？」
「吵鬧？我根本就上不了課！他們一直問我火災的事，問完之後就完全不管我說什麼，一直講話，『一直』喔！第一節整節課都在講話！」
「真抱歉，學生們大概很不安。」
「他們最好有那麼敏感啦，根本只是想湊熱鬧！四班原就都是問題學生，你居然還這樣放縱他們！不管是學習態度還是生活態度，他們都需要徹底矯正！」
堂島老師抱怨不休，開始厭煩的蓮實決定離開。
「我想學生們一定是想吸引堂島老師的注意。」
「啊？」
「那個……我們不是常說越是喜歡的女生，就越想對她惡作劇嗎？」
「你……到底在說什麼？」
堂島老師看蓮實的眼神就像看到外星人一樣。
「對四班的男生來說，堂島老師是他們的祕密偶像、他們的瑪丹娜喔！咦？妳完全不知道嗎？」
半句話都說不出來的堂島老師不斷張闔著她的嘴，激昂的怒火讓她臉色一片蒼白。
「這、這是性騷擾，你在侮辱我！這件事……我一定會提出申訴，你、你給我做好心理準備！」
說完這些，堂島老師隨即轉身，以機器人跳舞般的僵硬腳步離開。
堂島老師消失在視線範圍內後，一直聽著兩人對話的學生們爆笑出聲。蓮實看見安原美彌、阿部美咲和三田彩音等親衛隊成員捧腹大笑，還有學生拍手喝采、甚至吹口哨。堂島老師應該還聽得到，想必現在一定氣得全身血液都沸騰了吧！

就某種意義而言，堂島老師或許真是idol（偶像），蓮實差點想藉這個機會跟學生解釋「love to hate」這個片語的意思。

蓮實皺起眉頭，朝學生搖了搖食指後離開。

他想，自己一不小心就把不用說出來的事說漏嘴了。那個歐巴桑把她無法滿足的慾望全轉換成攻擊，一定會處心積慮用什麼無聊的方法報復他。沒有什麼比這更煩了。

不過，憂鬱的心情在他來到保健室前就煙消雲散。他很慶幸下一節是空堂，可以和水落聰子好好聊聊。

蓮實打直了背，用手掌整理好頭髮後，敲了敲保健室的門。

「你說的沒錯，等清田梨奈同學恢復上學後，我們應該盡早幫她做輔導。」

聰子以嚴肅的表情說。罕見的事態似乎讓她感到心慌，不知道該如何對應。

「她不只失去了至親，家還被燒了。我想這些事在她的心裡一定留下很大的創傷。我希望能先找到一個參考案例，讓學校知道該如何幫助她。」

蓮實一邊以沉鬱的表情點頭，一邊享受著看聰子說話的樂趣。她一如往常的淡淡妝容，看起來十分清秀。雖然她的臉有如少女般無邪，但卻如此認真地為學生的事煩惱，蓮實覺得這樣的她好可愛。

稍早田浦老師也在保健室裡，但她只看了兩人一眼，便倏地轉身走出保健室。現在這個房間裡只有他們兩個人。

「我擔心的還有另一點：怕梨奈會受到二度傷害……應該說，我怕有人會在她心裡那道傷口上撒鹽。」

蓮實以認真的表情說道。

「二度傷害？你指的是被其他學生取笑嗎？」

「不，我們班不會有這種人，就算有，我也可以輔導他們。我擔心的是警察。」

「警察……你的意思是？」

聽子蹙起眉頭。

蓮實把警方懷疑梨奈縱火一事告訴聽子。

「可是，身為她的導師，我可以斷定這百分之百不可能。梨奈不會去做縱火這種蠢事，那孩子不是那樣的個性，就算跟她父親處得不好……」

蓮實以他得意的口才滔滔不絕地為梨奈辯解。聽子原本一邊點頭一點聽，卻突然輕笑出聲。

「怎麼了？」

蓮實停止說話，認真地盯著聽子。

「對不起，沒事。我只是覺得蓮實老師只要一碰上學生的事，就真的很拚命。」

看到彼此為了學生奮不顧身而深受吸引，或許就是愛情連續劇裡會出現的自然發展。

「呃，那是當然的啊！」

「不，這種老師很少。」

聽子乾脆地搖了搖頭。

「我認為絕大部分老師都沒有像你這麼重視學生，重視得像對家人那樣。怎麼說呢？我這樣說或許不妥當，但老師們似乎認為只要對待學生的方法是出自『善良管理者的叮嚀』，就不會有人追究更多責任。」

聽子倏地捂住嘴。

「呃，我說得過分了。我沒有批評其他老師的意思，只是……」

「不，我完全理解妳說的。」

蓮實露出招牌笑容，給聽子打氣。

「老實說，我也常這樣覺得。但就算我們去彈劾那些老師，情況也不會改變，只能在現況中絞盡腦汁思考如何保護學生。」

聽子看向蓮實的視線中帶著遠超過以往的好感。雖然還不至於對他心醉神迷，但蓮實的確在討好她的路上前進了一大步。

「我好希望我還是學生的時候，能有蓮實老師這樣的班導師。」

「唉呀，別這麼說。」

蓮實把手放到頭上。

「國中的時候遇到一位我很尊敬的老師，所以自己當上老師後，只要遇到狀況就會揣想那位老師會怎麼做，後來發現我沒辦法做出有辱師風的事。」

「原來是這樣啊……」

聰子微笑。

「不過，我不認為我們學校沒救了，因為有很多熱心的老師。」

「是啊！的確，我也認為大隅主任人格高尚，真田老師對待學生很真誠……」

蓮實注意到他說出真田老師名字時，聰子的表情有些不一樣。她似乎對真田也懷有相當程度的好感，他不能忽略這一點。

「的確，真田老師始終把學生的事放在心上。」

蓮實隱藏起內心的漣漪說。

「不管是授課或指導網球社，我都覺得他真是位好老師。太愛喝酒雖然是個缺點，不過瑕不掩瑜。」

「就是啊！」

聰子苦笑。

「他真的很愛喝酒呢！我之前跟他在居酒屋吃過一次飯，他也喝到爛醉，讓我擔心了半天。」

真田居然在他不知道的情況下偷跑了這麼多？怒火攻心的蓮實決定改變話題。

「拉回正題，我怕梨奈會因為警察粗魯的調查方式而受傷。所以，如果警察找水落老師問話，拜託妳讓我知道好嗎？」

可能的話，請把警察的所有動向都告訴我。

「好，我們必須要當清田梨奈同學的防波堤啊！」

像是下定決心的聰子點了點頭，她口中的「我們」聽起來感覺真不錯。

「你剛剛提到有一位很尊敬的老師，他是個什麼樣的人呢？」

雖然梨奈的事情已經談完了，但聰子主動找他說話的確是個好現象。

「嗯，我到現在都忘不了他。那位老師姓熊谷，對了，打個沒創意的比方，他跟金八老師[1]一模一樣。」

蓮實看向遠處。

熊谷信二郎老師的外表遠不及金八老師。

近視很深的他向來都戴著一副黑框眼鏡，鏡片永遠因為指紋而模糊，鏡架也用膠帶修補過。他每隔數月就會剃成光頭，再讓頭髮自由生長，是經濟實惠的髮型。鬍子也一個星期只刮一次，所以嘴邊永遠都長滿鬍鬚，不過他那放任生長的鼻毛也因此變得不顯眼了。

和他的外表不同，熊谷老師把所有心力放在教育上，是當時少見的老師。因此，通常到畢業時，即使一開始因為外表而輕視熊谷老師的學生和家長也會一改態度，完全信賴他。

1《金八老師》是日本家喻戶曉的電視劇，主角坂本金八老師在國中任教、充滿熱情。

蓮實升上國一時，遇到的第一位班導就是熊谷老師。表面上，少年蓮實沒有引發任何問題，成績也一直保持在前幾名。就老師的角度來看，他應該是個不需要費心的孩子。

不過，熊谷老師很在意蓮實，無論發生什麼事都很憂心蓮實，讓少年蓮實很詫異。為什麼這個長得一點都不好看的老師對待他的方式，就像對待惡名昭彰的問題學生一樣呢？

當然，如果能用神一般的雙眼看穿蓮實之前的作為，再大膽的老師也一定會震驚的。

後來，那件事發生了。

蓮實覺得那件事實在小得不足掛齒，所以現在幾乎想不起始末。

蓮實腦中浮現熊谷老師把少年蓮實帶到國中校舍旁丘陵上的情景。那時太陽正逐漸西斜，秋天的空氣凜冽，逐漸乾枯的草在夕陽的照射之下，散發出金色的光芒。

「聖司啊，我說真的，從你進學校以來，我一直很擔心你啊！」

熊谷老師坐在草地上，抬頭看著天空說道。

「擔心？為什麼？」

少年蓮實真的不解，所以這麼問。

「因為你看起來像把心封閉起來啊，你在心裡拉出一道防護網，完全不相信任何人、絕對不讓任何人進來。所以我才一直敲你心裡那扇門，希望你能出來，跟我說話。或許你身邊的大人剛好都不值得信任，但這世界上還是有講道理的人。」

原來是這樣，少年蓮實終於懂了，原來熊谷老師那奇妙的行動是有原因的。

「可是，你不只不從防護網出來，我甚至連你的影子都看不到，我漫長的教師生涯裡第一次碰到這種事。」
熊谷老師瞥了少年蓮實一眼，覺得自己沒頭沒腦被責備的少年蓮實做出反駁。
「我並沒有要拒絕老師的意思啊！」
「是啊！你早上也會主動打招呼，回答問題的時候也答得很漂亮，根本不像國中生。校長、副校長似乎都覺得你是個理想的學生，可是……」
熊谷老師環起雙手。
「跟你講話的時候，我完全感受不到人類應有的感情。你給別人的答案都是對方想要的答案，就像在回答考題一樣，絕對不會透露你在想什麼、想要什麼。」
少年蓮實決定測試一下熊谷老師對他的推論有把握到什麼程度。
「您怎麼這麼說，真是太過分了！我只是不擅長用那種方式表現我的感情，所以從以前就常被誤會。大人或許喜歡那種天真無邪、有小孩樣的孩子，但也有些小孩不是那樣的啊！」
「不，不是的。」
熊谷老師搖了搖頭。
「我認識很多這種孩子，但你跟他們完全不一樣。」
雖然少之又少，但蓮實知道有人能直覺地看穿他的本質。面對這些人，不管他再怎麼言辭敷衍都無用。

「那您的意思是說，我是個無心的怪物囉？」

蓮實故意自虐般地說，熊谷老師大大地搖了搖頭。

「怎麼會？那是不可能的，沒有人是沒有心的。只是，你的那部分……應該說是自然的感情嗎？我覺得你的感受力似乎還沒有發育。」

少年蓮實皺起眉頭。

「還沒有發育？」

被貼上這種標籤，少年蓮實覺得不太舒服。

「你啊，不知道這次的事讓大家都很受傷吧？」

「受傷？沒有人受傷啊！」

「不是身體的傷，我指的是心理上的傷。我希望你能明白，每個人都有感情，這些感情是非常柔軟、非常容易受傷的。傷了別人的心，其實和傷了別人的身體一樣罪過……不，或許比傷了別人的身體還要罪過。」

熊谷老師突然轉向少年蓮實，雙手用力抓住他的雙臂、奮力搖晃。少年蓮實知道，熊谷老師模糊鏡片後的雙眼正在流淚。

「你很聰明，比我之前碰到的任何學生都聰明。所以你能懂吧？只要你這麼做，別人就會受傷；只要你這麼說，別人就會難過；只要你做出這種行為，就會給別人的心帶來沉重的負擔。我希望你可以認真思考一下這些。」

熊谷老師真切訴說的一字一句就像滲入乾旱龜裂大地的水流一般，確實滲透了少年蓮實的心。那是他蛻變的一瞬間。少年蓮實覺得他之前研讀的許多心理學書籍，終於出現了有機的連結。

人類的心有邏輯、情感、直覺、感覺四種機能。這些機能中，邏輯和情感被稱作合理的機能，而直覺和感覺則被稱為非合理的機能。在合理的機能中，刺激和反應之間有明確的因果關係；在非合理機能中，人無法預測下一個動作是什麼。

也就是說，情感的波動和邏輯一樣有法則存在。人類情感的根本是由「想得到別人認同」或「想被別人需要」這種基本慾望構成，當人覺得自己被輕視或被攻擊，會啟動防衛反應，攻擊性因此增強。相反地，人們一旦感受到對方的善意，便也會對那個人懷有好感……

簡單來說，一個人就算完全不具有情感，只要擁有極高的邏輯能力，就可以emulate（模倣）情感。

首先，他必須收集人類的情感模式，再預測人類的情感在什麼樣的場合會有什麼樣的反應，然後依結果修正錯誤。如此一來，就能在心裡培養出和一般人有相同反應的擬真情感。到了最後，他心中的擬真情感幾乎可以和真正的情感匹敵，完全分不出差異。

這樣的做法有兩大優點：可以藉由推測別人的情感，連帶對他的行動做出某種程度的預測；還可以讓別人認為他和他們擁有一樣的情感，藉而消除戒心，有時甚至能贏得別人的好感。

當然，他不能百分之百猜中對方的情感；不只他，感受力再強的人也不可能辦到。但光是第二項優點，就足已建構出讓別人以為他是普通人的保護色了。

熊谷老師就是將蓮實導向現在這個完成形的恩師。

「熊谷老師告訴我為他人著想有多重要，而且那時候他還哭得像孩子一樣呢！」

蓮實把他即興巧妙編改的美談說給聽子聽。

「這樣嗎？我也有些感動呢……」

的確，聽子的雙眼也有些濕潤。

「熊谷老師現在還是老師嗎？」

聽子的問題讓蓮實垂下雙眼。

「不，遺憾的是他已經過世了，那是我畢業前不久發生的事。」

「這樣嗎？為什麼那麼好的老師會……他是因病過世的嗎？」

「因為意外，應該說他運氣不好吧，那真是一件讓人痛心的……」

蓮實露出不想繼續說下去的表情後，聽子說了聲「對不起」。

蓮實一臉滿足地走出保健室，水落聽子有一半可以算是他的囊中物了。

之前她或許是本能地有戒心，在自己跟蓮實之間築起一道牆，不過那道牆今天已被鏟平得差不多了。

接觸的時間越長，人類越有對對方抱持好感、解除心防的傾向，這個過程會藉由談話而加速。而且，第一次見面時對對方越是警戒，其後只要有過一次好感，這樣的反差反而能加深兩人的親近程度。

水落聰子是輔導老師，也就是所謂的心理專家，蓮實完全不擔心她會看穿自己。就他所知，沒有人比心理學家更好騙。

譬如，猖獗於十九世紀末的假靈媒能輕而易舉騙倒當時知名的物理學者們，而魔術師哈利・胡迪尼卻能看穿靈媒的把戲，就是一個很好的例子。

簡單來說，學者基本上會不自覺地依附性善說，所以在那些心懷惡意要欺騙他們的人眼裡，這些學者不過是一隻隻肥羊。

此外，心理學不像一般的自然科學，會將觀察對象和觀察者分得一清二楚。心理學家和輔導老師在面對諮商者時的關係可以說是五比五。

蓮實想起他閱讀分析三島由紀夫心理的書時，曾經捧腹大笑。那本書寫在三島自殺之前，內容是幾位心理學家和三島做過諮商後所做的分析。所有人都被三島的知性和強烈個性震懾，導致分析寫得完全不像分析該有的樣子。甚至還有心理學家寫了「我覺得他是個很了不起的人」這種像小學生作文的感想，讓蓮實笑到停不下來，還被圖書館的工作人員念了一頓。

進行諮商的時候，恐怕只有犯罪心理學家和心理側寫分析師會對諮商者抱持必要的恐懼和戒心吧？即便對諮商者一無所知，還是主動想感同身受的輔導老師，就像用未安裝防毒軟體和防火牆的電腦連線到危險的地下網站一樣。

「蓮實老師看起來好像心情很好呢？」

不知道從哪裡回來的田浦潤子老師以諷刺的語氣說道。

「呃……因為我一直很記掛清田梨奈的事啊，跟水落老師談過之後，覺得肩上的重擔好像輕了一些。」

蓮實以party line（官方政策）回答。

「嗯，不過，要是你敢對那個純真的女生怎麼樣，我可是不會放過你喔！」

田浦老師的笑裡似乎藏著一把冰冷的刀，她口中的「純真女生」擺明了不是指梨奈。

「妳開什麼玩笑啊？我可是很純真的老師呢！」

蓮實以迷人笑容這面盾牌躲開田浦老師的追究。

蓮實每次回想起小時候，就覺得自己像被丟到地球這個陌生星球的宇宙生物。

他的運動能力和其他方面的發展非常標準，但在智力方面，若依照魏氏「個人理智思考，行動目的性及與環境有效互動的能力」的定義，蓮實顯而易見是個天才兒童。

嬰兒時期的聖司，對見到、聽到的一切都非常好奇，對每樣事物都很有興趣，貪心地吸收著知識。他會先觀察、碰觸，研究那個東西怎麼動，然後再弄壞它。因此，他們家有一段時間簡直可以用滿目瘡痍來形容。但他的父母為了滿足聖司這個獨生子無盡的求知慾，從來不因此責罵他。

聖司的父親蓮實芳夫是個內科醫生，自己開了一間診所。他很早就注意到聖司過人的智力，費盡一切方法和金錢，只為發展聖司的天賦。

聖司的母親佳子對她的獨生子投注了不求回報的愛。兒子天生聰明，她樂見他活用聰明才智，但不認為在社會上出人頭地代表一切。相形之下，父母認為讓他擁有幸福的人生更重要，這才是為人父母的責任……

聖司在雙親的庇護下迅速成長，展現出那令人瞠目、遠超出實際年齡的智能。然而他四歲的時候，芳夫開始在意起一件事。

雖然聖司擁有過人的智力，但芳夫懷疑他的感受力可能異常地低。

一開始，芳夫先觀察聖司和附近孩子們玩耍的狀況，讓他起疑的小事不時可見。

有個粗心的人把玻璃瓶的碎片埋在砂堆裡，聖司差點因此割傷手。聖司只確認了自己的手沒事，而沒有把玻璃碎片拿走。從遠處看著這一幕的芳夫原不曉得那是玻璃碎片，等到聖司的朋友不小心把手伸進砂裡、手指根被狠狠割破後，他才知道那是玻璃碎片。

聖司並不是忘了把玻璃碎片拿開，而是津津有味地看著朋友把手伸進砂裡。

這麼想來，聖司從還是小嬰兒的時候就有些怪異。通常父母親露出笑容時，小嬰兒會模仿他們的笑容，但聖司卻從來沒有過這樣的反應，只會興味十足地盯著父母看。

芳夫當時之所以不覺有異，或許是因為聖司的臉非常可愛。大家常常說聖司長得很可愛，從來沒有人疑心過聖司為什麼不笑。

芳夫的這些調查，聖司是在很久之後從芳夫寫了幾十年的日記裡得知的。芳夫把日記藏在書房裡並排的醫學書籍後方，不過對聖司而言，這根本不算藏。

聖司自己也不是沒有為欠缺感受力這一點而煩惱過。

他認為自己做的一切都很合理，可是不知道為什麼，他和其他孩子之間總會發生無法理解的摩擦。或許就是在這個時期，聖司領悟到溝通能力有時候比腕力或智力更能發揮效果。也正好是在這個時候，聖司從寵愛他的幼稚園老師那裡學到笑容有多重要，也努力練習。只要他認真起來，隨心所欲地操縱單純的同班同學並不是什麼難事。

然而，這個年齡的男生不可能都用溝通來解決事情。若無法以暴制暴，他就會淪為被人欺負的一方。聖司的體格和肌力雖屬標準，但在打鬥時總是冷靜地計算如何取勝，所以以禽鳥類的pecking order[2]來說，他的順位很前面。

話雖如此，遇到體格上有壓倒性優勢的孩子時，光靠這種作戰方式有時候也無法取勝。當時聖司幼稚園班上有個叫阿勝的孩子，憑藉著比其他同學重兩倍以上的體重，成為全班的霸王。聖司覺得，阿勝的存在讓他很不舒服。

聖司知道只要給阿勝一次非常痛苦的經驗、嘗到挫敗的滋味，他就再也不敢與自己為敵。不過阿勝那龐大體型是個巨大障礙，公平的戰鬥根本不具意義。之前聖司在對付徒手打不贏的對手時，不時會用藏在掌中的自製武器致勝。但是這一次，光這樣並不能保證打贏。

擬好計畫的聖司，等著營養午餐甜點是阿勝最喜歡的布丁的那一天到來。他事先知會那些被阿勝欺負過的孩子，所以不怎麼喜歡布丁的孩子便趁老師不注意時偷偷把布丁讓給阿勝。驚喜的阿勝放任貪婪的本性凌駕食慾，不斷地吃著布丁，吃到布丁塞滿整個胃、甚至快要從喉嚨滿出來。

營養午餐結束後的午休時間，便是聖司展開奇襲的機會。

看準老師離開後，聖司突然對阿勝出手。

聖司省略一切挑釁步驟，直接拿起口琴戳向阿勝的臉。

哭喊的阿勝試著抓住聖司，但聖司卻像捉迷藏般到處竄逃。追捕著聖司的阿勝跑到一半突然停下動作，胃裡大量的布丁伏兵開始反擊了。

聖司穿上鞋，再到跪在地上嘔吐的阿勝身邊，對準阿勝的要害踢了十幾下。等聽到騷動聲的老師們急忙趕到現場的時候，阿勝已經滿身污濊地倒在嘔吐物中，動也不能動。

對聖司而言，這不過是件痛快的事，但這件事引發的效應卻不只如此。

被問到「為什麼要吵架？」這個問題時，聖司依照事先準備好的腳本回答，說阿勝硬把大家的布丁搶走，他去抗議兩個人就吵起來了。這說法言之成理，而且阿勝吐出來的東西讓他吃下大量布丁的事實不言可喻，所以老師們應該會採信。而阿勝，想必只能說出「聖司無緣無故攻擊我」這種沒有說服力的話，其他孩子們八成連發生了什麼事都不清楚。

聖司本以為這樣就能騙過所有人，但大人並沒有這麼好騙。雖然聖司說得理直氣壯，但明眼人一眼就能看出只有聖司單方面地攻擊，且聖司為何穿著鞋子也讓大家起疑。此外，有孩子作證是聖司同學要他把布丁交給阿勝同學，這一點成了聖司的致命傷。

聖司在母親的陪同下，被帶到一個叫做兒童輔導中心的地方。

---

2 即「啄序」，指群居動物藉由啄咬爭得較高的位階及搶食優先權，這種現象最早被發現於雞群中。

在這裡，他接受了有生以來第一次心理測驗：看看左右對稱的墨漬，回答他覺得那是什麼的羅夏克墨漬測驗；看著像戲劇中一幕畫面的卡片說故事的TAT；隨意畫一棵樹的畫樹測驗等。這也是他後來對這些測驗非常熟悉的原因。

一般來說，IQ再高的孩子也不會想到去搞懂這些測驗的原理，但聖司這個真正的天才卻立刻生出這樣的念頭。

他們到底為什麼要讓我做這種不知道有什麼意義的測驗？

他們真正的目的是什麼？

難道這些測驗會讓我想不說實話都不行？

走出校門的時候，那個男人的身影進入視線範圍，片桐怜花皺起眉頭。

男人大概四十歲左右，額頂頭髮稀疏，看起來像個膚色黝黑的小芥子木偶，穿著一件薄薄的防風外套，像電器行服務人員穿的那種制服外套，眼睛盯著放學的學生看。

學生們只以「這是誰的爸爸？」的表情瞥了那男人一眼，隨即不以為意地從他身邊走過。

不對，他不是學生家長，怜花的直覺告訴她。因為他的眼神不是在找兒子女兒，而是在物色著什麼。

搞不好他是變態。怜花打算回去找老師來的時候，早水圭介出現了。

「妳在幹嘛？」

站在校門前的圭介看見怜花在窺探外面，歪過了頭。
「那裡有個怪人？」
「怪人？是色狼嗎？」
圭介臉上的無聊迅速消失，興奮地走出校門，但隨即低聲說了一句「糟了！」就調頭回返。
「喂，早水同學！」
就在此時，男人眼尖地從遠方看見圭介，出聲叫住他。
「嗯？你認識他？」
鬆了一口氣的怜花問。
「與其說是我認識他……」
圭介露出打從心底厭惡那個人的表情。
「早水同學你出現得正好，原來如此，你是這裡的學生啊！」
男人向兩人靠近後，以意外溫和的聲音說道。怜花詫異，看來那個男人不是來找圭介的。
「我有件事要跟你請教一下。」
「我沒什麼可說。」
圭介一臉不爽地說道。
「唉呀，別這麼說嘛！」
男人滿臉笑容，試圖緩頰。

「我記得你現在是高二對吧？清田梨奈同學跟你同班嗎？」

「不是。」

圭介答得冷淡。

「我沒看過她，也沒跟她說過話，我完全不知道她是怎樣的人。」

「呃……我跟清田是同班同學。」

怜花下意識地往前踏出去，對那男人說。

「是嗎？那妳可以回答我幾個問題嗎？」

男人的臉色倏地亮了起來，而另一頭的圭介則皺起眉頭看著怜花。

「我啊，是生活安全課的下鶴。」

男人微笑自我介紹。對這個部門名稱不熟悉的怜花原以為他是市公所的人，因為眼前自稱下鶴的男人看起來實在不像警察。

「那就再見囉，謝謝妳告訴我這麼多。」

下鶴刑警（聽說生活安全課的人也是刑警）用一台看起來很普通的車把兩人送到町田車站前後，揮了揮手離開。

「我說妳啊，為什麼要多嘴說妳是清田的同學啊？都是因為妳，害我也被拖下水。」

圭介一邊走，一邊碎碎念。

「可是，他為什麼要刻意到學校來問清田的事呢？」

怜花無法理解。

「八成是因為他們覺得清田梨奈是嫌疑犯吧！」

圭介說得理所當然。

「怎麼可能！為什麼？」

「我怎麼知道，他們大概是掌握了什麼證據吧，光是生安課會出面就已經夠奇怪了吧！」

「我完全聽不懂你在說什麼耶！」

站上手扶梯的怜花一臉茫然。

「平常縱火這種案子都是交給刑事課辦，生安課出面，就表示有少年犯罪的可能。」

怜花斜眼盯著圭介。

「怎樣啦？」

「下鶴刑警好像很清楚你的事呢，而且你一直講生安、生安……是怎樣？聽起來就像在講生輔（生活輔導組）一樣。」

「唉喲，才不是這樣。」

被戳到痛處時，圭介總會習慣性露出笑容。

「我在夜店玩的時候，周遭發生了很多事，所以他問了我一些問題而已，我才沒有做什麼呢！」

「什麼叫做很多事？」

「好像有人在吸大麻的樣子。」

不知道為什麼，圭介的眼神有些游移。下了手扶梯後，兩個人繼續向前走。

「比起這個，妳不覺得這案件有很多疑點嗎？」

怜花覺得這像推理劇裡的人說的話。

「這是火災，有疑點也是理所當然的吧？」

她隨口回了一句。

「我的意思不是那樣。死掉的清田她爸啊，不是出了名的怪獸家長嗎？他好像來了學校好幾次，還抱怨個不停。」

「所以呢？」

「被他抱怨的，是你的班導對吧？」

怜花啞口無言。

「所以你的意思是蓮實老師去清田家縱火嗎？再怎麼說都不可能吧？」

「呃，我也是這麼認為啦……」

圭介摸了摸細瘦下巴上的鬍鬚。

「事實上呢，我今天有個重大發現。」

圭介停在剪票口前，從包包裡掏出一個形狀介於手機和無線電對講機之間的機器。

「那是什麼？」

「反竊聽偵側器。」

圭介一臉得意地說道。

「你還在弄這個喔？你之前不是說過沒有發現可疑訊號嗎？」

在作弊行動因為手機不通而失敗後，圭介立刻偷偷拿著反竊聽偵側器把整間學校仔細地走了一遍，但沒有偵側到像是竊聽波的訊號。

「是沒錯，可是它今天出現了『嗶嗶』的反應。」

「咦？」

「當我要查訊號從哪裡出來的時候，它就突然停住了。這根本是不可能的事，對吧？」

「你的意思究竟是？」

在旁人眼中，兩個人站在剪票口前熱切討論的模樣應該就像一對戀人吧！怜花這麼想。

「的確有竊聽器，只是它不會一直發出訊號，可能是被設定成有聲音時才啟動，或竊聽的人只在必要的時候才打開它。」

圭介不懷好意地一笑。

「反正我絕對會找到竊聽器的。等截取到訊號後，我會很有耐心地把它找出來。要是學校裡發現了這種東西，作弊風波根本就是小事一樁了吧！」

「讓你久等了，ＥＳＳ有點拖到。」

蓮實環視兔拳店內一圈後，對坐在最裡面的真田老師說。今天一如以往，過半數客人都是晨光町田的老師。

「不會，我才不好意思呢，突然麻煩你到這裡來。」

真田很有禮貌地站起身迎接蓮實，從真田的臉色看來，應該已經喝了不少。

「說什麼麻煩呢？反正我也常常來這裡啊！」

聽到他們對話的同校老師們發出笑聲。

蓮實坐下後，他什麼都還沒說，店員就送上放了冰塊的玻璃杯和擦手毛巾。真田幫蓮實點了一杯加冰的芋燒酎[3]。

「可是，蓮實老師回家的方向完全相反吧？這家店應該不在你回家的路上？」

「嗯，是這樣沒錯。不過我回家一個人喝酒也沒什麼樂趣，這裡可是我的心靈綠洲啊！」

後半句話蓮實是帶著微笑，朝著走過他身邊的女店員說的。戴著兔耳朵的店員回給他一臉盈盈的笑。

「真田老師的車呢？」

「停在這邊的停車場裡，他們說我可以停到明天早上，所以今天我要坐電車回家了。」

真田從外套胸前口袋裡拿出MAZDA RX-8的鑰匙給蓮實看，去年被警察臨檢到酒駕的他被警察和學校狠狠罵了一頓，看來他的確學乖了。

「……那你要跟我談的是？」

兩人聊了一些有的沒的之後，蓮實向真田問道，之前一直笑著的真田突然露出認真的表情。
「這些話我只跟你說，你可以保證不說出去嗎？」
「當然，而且這個位子是密談專用。」
蓮實半開玩笑地說道。兔拳店內非常熱鬧，只要他們的音量壓低，應該沒有人聽得到他們的對話。
「我覺得高二某位女學生跟老師之間好像有不適當的關係。」
出乎意料的一句話讓蓮實震驚，他刻意把驚嚇之情表露在臉上。
「真的嗎？」
「是，我從學生那裡聽來的。聽說在部分學生之間，這個傳言已經傳開了。」
真田老師在學生之間的人氣足以和蓮實匹敵，他的導師班三班和軟式網球社是他個人情報網核心。他的口吻聽來應該有相當程度的確信，但他究竟掌握真相到何種程度呢？
「那，那個女生、跟那個老師又是誰呢？」
「這個嘛……關於這一點我還不知道。」
看來他不是裝傻以試探自己的反應，觀察了真田老師的表情後，蓮實鬆了一口氣。
「只是，那女生好像是四班的女同學。」
蓮實原本想過可能是其他人，但如果是四班，應該就是指美彌了。要是其他學生和老師有什麼來

3 蒸餾酒的一種，酒精濃度較高，這裡的「芋」是指地瓜。

往，他不可能沒發現。

「你知道是四班的誰嗎？」

「很遺憾，我知道的沒那麼詳細，不過我大概知道那位老師是誰。」

再一次，蓮實心頭一驚，不過他這次已經做好心理準備，所以完全不為所動。他把玻璃杯拿到嘴邊，靜靜地看著真田老師的雙眼。

「誰？」

「……美術的久米老師。」

蓮實差點噴出嘴裡的加冰芋燒酎。

「真的嗎？」

「是的，我認為應該不會錯。」

真田老師一臉認真。

「聽說當事者自己到處散播四班有女同學在跟老師交往的傳言，不過告訴我這件事的學生卻打死都不肯說那個女同學是誰。」

那個學生之所以不敢把名字說出來，大概是因為害怕美彌的勢力吧！

但話說回來，美彌到底在想什麼，怎麼會四處亂講這些事？蓮實覺得非常不高興。雖然他知道女生聚在一起的時候，常常喜歡語不驚人死不休。

「知道這件事的時候，說真的我也是半信半疑，就算真的有人聽到也只不過是校園傳聞。可是，告訴我的人卻是親眼目擊喔！」

真田老師倏地把臉朝蓮實靠過去。

「目擊？您是說看到久米老師和那個女生在一起嗎？」

「不，那個學生沒有看到久米老師，但他看到四班的那個女生從車子下來，那輛車是黑色的保時捷。」

蓮實雙手叉在胸前。他們到底是在哪裡被看到的？他也太不小心了。

「這麼說來，我也聽說過久米老師私底下開黑色保時捷的傳言。」

「嗯，其實我今天是第一次聽說。無論如何，我們學校沒有其他老師開黑色保時捷吧？」

幸運的是，真田誤以為和學生交往的是久米老師。這大概是因為久米老師很小心地隱瞞著自己是同性戀的事吧！

不過，要是蓮實在這裡走錯一步，很可能會因而丟掉現在這份工作。怎麼因應才是上策呢？蓮實緩緩地把玻璃杯送到嘴邊。

「……真田老師，能不能暫時把這個問題交給我處理？」

深思熟慮之後，蓮實這麼說。

「我會先繞點圈子，問問我們班的同學，找出那女生是誰，然後再跟那個女生談一談。」

「可是，直接去找久米老師談不是比較快嗎？」

真田老師忿忿不平，口齒越來越含糊。

「呃，我認為我們應該先為學生著想，這比任何事都重要。在不知道當事者是誰之前，我們不能貿然行動。如果那個女生是清田梨奈怎麼辦呢？火災已經在她心上留下很深的一道傷，不當的追究方式絕對要避免。」

「……這倒是，對啊，我想得不太周延啊！」

真田老師頻繁地點頭。蓮實的話相當滑稽，但大概是因為酒精的關係，真田老師似乎不太能有邏輯地思考。

「不過，我很高興你先把這件事告訴我，打從心底感謝真田老師。」

「唉呀，別這麼說……畢竟蓮實老師很靠得住啊！你是生活輔導組的人，又是那個女生的導師。」

蓮實在真田的杯子裡倒了一些芋燒酎，把玻璃瓶裡的酒清空。

「好！那我們今天晚上就喝個痛快！為了表達謝意，我請你喝一杯。」

蓮實把女店員叫來後，點了一杯和這間店同名的原創雞尾酒「兔拳」。

「你確定要點嗎？」

女店員有些擔心地看向真田老師，大概是因為他明顯地已經喝得很醉了。

「我們有時候也想喝到忘記一切啊！沒事、沒事，我會送他回去的。」

蓮實這麼說，讓女店員安下了心，這間店裡的人都知道蓮實非常會喝酒。

店員不久便將雞尾酒送上。這杯雞尾酒以蘋果酒為底，再加入伏特加及鳳梨汁，喝起來很順口，連女性都能一口喝下。不過由於它的酒精濃度高，效力驚人，通常只要喝個一兩杯就會不省人事，隔天早上還會出現像「rabbit punch」[4]那樣後腦勺被重重一擊的頭痛。

蓮實在裡面又另外加了一道調味料。

趁真田老師去上廁所的時候，蓮實把他一直放在包包裡的安眠藥拿出來，壓成粉後放進真田老師的雞尾酒裡。

惡名昭彰的氟地西泮（FM2）被稱作「約會強暴丸」，和酒精併用時效果會加乘，被下藥的人不只會睡著，有時還會喪失前後的記憶。

一般女性在店家端出兔拳這種雞尾酒時，多少就會有幾分戒心，但真田老師卻完全不疑有他地喝乾了那杯順口的酒，不久之後就呈現爛醉狀態。

蓮實結完帳，趁真田老師完全失去意識前，用肩膀架著他走出店門，到這裡為止被別人看到都沒關係。

蓮實看看手錶，時間是晚上九點四十五分。

現在還來得及回頭，蓮實再次思考是否該執行他當下想到的計畫。

但不管怎麼想，結論都一樣：他只有眼下這個機會。

真田老師早晚會知道跟女學生有不正當關係的人不是久米老師，到時候，這個正義感很強的男人一定會把所有事情都攤在陽光下。

4 拳擊比賽中攻擊對手後頸背的違規動作，名稱由殺兔子前常先擊打其後頸部使之昏厥而來。

在那之前，蓮實必須讓這個男人離開學校。

對晨光町田高中來說，失去他的確可惜；但對蓮實而言，會影響他受歡迎程度的老師不在也罷。更何況，真田在追求水落聰子的比賽中偷跑，光這一點就足以讓他接受解雇的懲罰了。

蓮實一邊小心翼翼地不引起四周注意，一邊走向兔拳的停車場。在這個越來越容不下酒駕的社會裡，居酒屋的停車場很容易令人側目。但事實上，很多老師通常都把車停在這裡，喝完酒後坐電車回家。

幸好附近沒人。蓮實先讓真田老師坐在黃色RX-8前的地上，背靠前門，把車鑰匙從外套胸前口袋裡拿出來。接著，蓮實打開往後開的後門，讓真田老師橫躺在車裡。真田老師已經不只是爛醉，而是完全陷入昏睡狀態。蓮實用安全帶把真田老師固定住，不讓他從位子上滑下來。

接下來是計畫中最危險的一部分，蓮實再會喝酒，喝了不少也是事實，要是碰到酒駕臨檢，那就萬事休矣。

蓮實坐進駕駛座，一邊注意著四周，一邊慎重地開車前進。

這畢竟是一台顯眼的車，他必須盡可能避免任何會給別人留下印象的蛛絲馬跡。只要有人作證後座有人，他的計畫就可能泡湯。

RX-8上路沒有被攔下。蓮實穿過車站前鬧區，在47號線上朝西北方向前進，目的地是晨光町田高中。

在夜色中開車前進的蓮實看著交通號誌紅、黃色的光芒，過去的影像就這麼毫無脈絡地浮現在腦海中。匪夷所思地，他今天一直回想起過去，或許這就是原因。

一開始，是個中年女子因驚訝和痛苦而扭曲的醜陋臉孔：葛原逸子，她是蓮實聖司小二時的班導師。

模範生聖司幾乎不需要老師操心，但不知道為什麼葛原老師非常排斥他。葛原老師的眼睛並沒有銳利到可以看穿聖司隱藏在面具之後的本質，好惡分明到病態程度的她非常討厭「不像小孩子」的孩子。她甚至公開說，只要看到比實際年齡聰明、或是能說出成熟答案的小孩，她就覺得「噁心」。

她喜歡的學生，會毫不掩飾地寵溺；她討厭的學生，則會施以歇斯底里的霸凌。葛原老師認為，在這個不會被任何人強壓頭的環境中，她可以沉醉在權力裡、憤怒成癮，行為不受任何控制；她有這種危險的習性。對視為眼中釘的學生不只使用言語暴力，更會毫不猶豫地採行肢體暴力，非讓那些學生徹底屈服不可。

在這個只有幼小孩子的教室裡，沒有人能阻止葛原老師，她是密室裡的獨裁者。

絕大部分學生都因為體罰和葛原老師的異常暴怒而退縮，連向家長告狀都不敢。但有一次，聖司因為一點小事而被揍到臉頰腫起，他立刻到校長室向校長反應，希望學校能採取行動。

校長當時雖然向聖司表達了同情之意，但他是個沒有熱情、也沒有能力導正問題老師的校長。他唯一做的，就只是告訴葛原老師有學生跟他這麼說。

這件事似乎點燃了葛原老師的復仇心，從那以後，她便對聖司施以陰險的欺凌。只要找到聖司的小缺點，就不罷休地語言攻擊，甚至會越說越亢奮，進而朝聖司動手。

若聖司向父母求助，他們或許會為他做些什麼。但要是事情在葛原老師沒有受罰的情況下被粉飾過去，就一點都不有趣了。聖司決定用自己的力量來解決。

首先，他在鉛筆盒裡尋找一枝最適合用來達成目的的鉛筆。不只要長度剛好，筆芯的硬度也必須夠高，為了安全起見，最好是找一枝後面有附橡皮擦的鉛筆。找到最適合的那一枝鉛筆後，聖司用削鉛筆機和刀片把鉛筆削得又尖又漂亮，愉快的心情讓他自然而然地哼起歌來。

隔天上課時，葛原老師立刻點名聖司，聖司故意答錯原本可以輕鬆解對的題目。像發現獵物的葛原老師張開鼻孔，來到聖司面前狠狠訓斥他。聖司不做任何辯駁，只用一個叛逆的冷笑回看葛原老師。

看到聖司如此桀驁不馴的態度，葛原老師似乎被足以讓人失去理智的憤怒給附身了。她不停顫抖，牙齒全部露了出來，看起來就像性亢奮的樣子。左撇子的她彷彿打網球時要殺球般高高舉起左手，準備用力地甩聖司一個巴掌。

聖司以他反覆練習好幾次的動作回應葛原老師的巴掌。葛原老師的左手會劃過的軌道，還有她應該會打中的臉頰位置都被聖司牢牢地記在腦海中。

聖司只是像個孩子一樣，反射性地抬起右手，保護自己右臉頰。

由於事出突然，所以聖司手上還拿著鉛筆。倒過來的鉛筆恰好和葛原老師打上來的左手成直角，削得如錐子般銳利的６Ｈ筆芯就這麼對準了她。

那一瞬間，葛原老師露出不知道發生了什麼事的表情。接著她看向左手，因為驚訝和痛苦而倒抽了一口氣，鉛筆前端貫穿了她的手掌，從她的手背冒了出來。

全班的尖叫聲蓋過葛原老師接下來的慘叫，應該沒有任何人聽到倒在地板上的聖司所發出的笑聲。因為葛原老師的反應實在太好笑，加上結果就跟漫畫一樣，完全照著他的設定走，實在忍不住的他才會笑出來。

接下來，整件事也照著聖司期待的結局發展。不論是什麼時候都會貫徹無事主義的校長，在盡量沒把事情鬧大的情況下為事件畫下句點。這很明顯是一場不幸的意外，沒有人會責備一個只是想在那個瞬間保護自己的小二男生。反倒是家長會，這次的事件讓他們猛烈批判起葛原老師那不可理喻的體罰作風。

葛原老師請病假時，川津美沙子老師代她來帶導師班。同樣是女老師，但川津老師個性溫柔、對待學生又公平，所以學生是歡呼著歡迎她的。

等到葛原老師手掌和心裡的傷癒合後，她一定會重新回來擔任導師。聖司思考著，在那之前，他不是不是該把班上所有同學的心情傳達給葛原老師知道？

聖司把家裡一台老舊的錄音機帶到學校，把同學們在班上說的話都錄下來。

班上的所有同學（就連被葛原老師喜歡的學生也是）都非常討厭葛原老師，聖司用不著費什麼心力誘導大家說話，就收集到許多攻擊「人渣」的壞話。

雖然他收集到的盡是些「真是個人渣」、「去死吧」、「死了最好」、「討厭那張臉」、「個性也爛透了」、「鬼婆婆」、「死老女人」這種無趣的話，不過當他按照座號順序把所有人的留言都排好之後，聽起來還挺不錯的。當然，他也錄了自己的留言，他說：「反正都要刺了嘛，早知道我刺眼球就好了（笑）。」

由於聖司的父親芳夫是個音響迷，所以他家有一整套可以編輯錄音內容的設備。聖司把大家錄給「人渣」的留言剪成一捲錄音帶，包得漂漂亮亮，寄到葛原老師家裡。

聖司到現在都不知道是不是因為葛原老師聽了那捲錄音帶的關係，她始終沒有再回學校。

接著出現的，是個帶著爽朗笑容的年輕男性臉龐。蓮實現在才發現，那個男人跟真田老師有點相似。松島健太，他是聖司小四時隔壁班的熱血導師。

松島老師是個開朗的運動員，是這地區的少年棒球隊教練。喜歡他的人不只限於校內，整個社區的人都相當信賴他。

他的嗜好是玩車，絕大部分薪水都花在買車的貸款和改造車子的費用上。他的愛車是龐蒂克的小火鳥ＧＴ，周遭人最擔心的就是他在高速公路上飛車的壞習慣。結果，這個壞習慣讓他年僅二十八歲就離開世界，真是悲劇一場啊！

意外果然就發生在高速公路上。車子的左後輪突然爆胎，失控的車身撞上慢速道的大卡車後翻覆，後面的車追撞上去，所有車子陷入火海。

警方沒有找到輪胎破裂的原因，不過他們推測恐怕是有一根長釘刺在輪胎上。車子行駛在一般道路上時，釘子會被離心力往外擠，但每當釘子接觸到地面時，又會被壓進輪胎裡。然而，當車子以極高速行駛時，釘子會在接觸到地面之前就飛出去，空氣一口氣從洞裡噴出，導致爆胎這個最糟糕的結果。

和同學一起參加松島老師葬禮時，聖司暗自為再也不會被松島老師要求加入少年棒球隊一事感到滿意。

自從松島老師抓到聖司正在猥褻兩位同年級女生後，便不斷要聖司加入他的棒球隊。如此一來，就沒有大人會妨礙他進行滿心期待的愉快遊戲了。

第三張臉，是一個正在大笑的少年。那個男生在班上很受歡迎，四周總少不了笑聲。也因如此，在水裡的他鼻子和嘴巴噴出泡泡的模樣看起來更加滑稽。

他是聖司六年級時的同學，名叫飯野龍也。

蓮實歪過頭。現在回想起來，似乎沒有殺了龍也的必要。他殺龍也的動機並沒有什麼大不了，只是在班上的男生人氣投票中，龍也永遠都是第一名，聖司只能望其項背；再加上那時候，聖司很在意一個名叫美菜的女生，但聽說她喜歡龍也。這兩件事就是聖司動手的原因。

龍也明明是個很有趣的傢伙，聖司也覺得殺了他可惜。他們倆個性很合，一起玩的時候也很開心。

聖司是在到海邊校外教學時下手的，他和龍也在毫無人煙的地方比賽誰能憋氣比較久。龍也憋了一分鐘之後，聖司突然跑到他面前，做出一個奇怪的表情。

笑出來的龍也把氣全都吐了出來，水好像灌進了氣管裡。

龍也慌張地想浮上來，聖司卻壓在他身上，技巧性地按住他的雙肩，讓他無法動彈。陷入恐慌的龍也吸進了更多水，不過一分鐘就一動也不動了。為了慎重起見，聖司多等了一分鐘後，才把龍也的屍體拖到有離岸流的地方放開。接著，聖司回到岸上，繞遠路回到大家所在的地方。

當蓮實接連回想起那令人懷念的一張張臉時，RX-8來到前往學校的狹窄小路上。接下來的這段路，只有要去晨光町田高中辦事的人才會走。時間已經是晚上十點多，應該可以在不碰到任何人的情況下進入學校範圍。

不過，有個人卻從對面騎著腳踏車朝蓮實的方向而來。

誰會在這個時間去學校？不論對方是誰，蓮實都只能迅速開過去，不能讓對方看到他的臉。

騎著腳踏車的人也在途中停下來，那個人似乎正盯著這輛車看。只要是這所學校的人都知道這是真田老師的車，那人大概是覺得奇怪，為什麼真田老師要在這個時間回學校。

在車燈的照射下，蓮實立刻就看出那個人是誰。

那是堂島智津子老師。她平常明明都很早回家，為什麼偏偏今晚在學校待到這麼晚？她到底在做什麼？

皺眉頭皺到一半的蓮實隨即露出笑容，這就是所謂的一石二鳥吧！

蓮實打開大燈，照向堂島老師的臉。

眩目的燈光讓堂島老師用手遮住眼。

蓮實踩下RX-8的油門、迅速轉動方向盤，把堂島老師撞得飛出去。強力的衝擊讓堂島老師坐在腳踏車上的微胖身軀飛到空中，在車頂上彈了一下後掉到後方。蓮實把車停下，他原以為剛才那道撞擊會讓真田老師醒過來，但當他看向後座時，真田老師還是像具屍體般毫無反應。

另一方面，他沒能在後方路上找到堂島老師。蓮實不認為她可以立刻站起來逃走，所以八成是滾進某個草叢裡去了吧！

蓮實再次發動車子。

來到學校時校門還開著，通常這個時候校門早已關上，或許是還有老師在加班，才把校門開著，好讓他們開車回家。

原本打算讓車子撞上校門的蓮實關掉車燈，靜靜地開進校門。

他把車停在停車場前，校舍一片安靜，沒有半個會動的東西。

仔細一看，蓮實發現酒井副校長的銀色LEXUS IS還停在停車場裡，這令他不自覺地高興笑了，沒有理由不利用這個機會。不過既然副校長還在學校裡，他若不加快動作，難保不會撞見副校長。

蓮實轉動方向盤，讓車子瞄準LEXUS IS後，切換到停車檔。

他下車打開後車門，解開安全帶，把真田老師扛出來，再讓真田老師坐到駕駛座上，幫他繫好安全帶。

有沒有棒子之類的東西？蓮實看向四周，視線停在花壇的竹支架上，隨即跑到花壇邊，把支柱拔下帶回來，先打開車燈，換D檔，再把門關上，車子開始緩緩往前移動。蓮實將竹棒從打開的窗子伸進車內、抵在油門上，再一口氣把身體重量壓上去，催動油門；他的姿勢看起來就像個隨波撐篙的船夫。

引擎發出聲音後，黃色跑車衝向前去。蓮實一邊抽出竹棒，一邊迅速向後退開。

RX-8正面撞上LEXUS IS。當金屬扭曲的刺耳噪音響起，安全氣囊也幾乎同時充氣膨脹，LEXUS IS的防盜警報器發出旋律奇特的警報聲。

手上拿著竹棒的蓮實拔腿就跑，不是跑向校門，而是朝反方向。他筆直地跑向非常熟悉的校園暗處，身影消失在中庭對面的樹林中。

背後的學校開始傳出些許人聲，看來事情就要鬧開了。

蓮實丟掉竹棒，慢慢跑步回家。

蓮實從來沒看過酒井副校長的臉色憔悴到這種程度，恐怕昨晚整夜未眠。副校長室裡的菸灰缸被菸屁股塞滿，他好不容易戒菸到現在，看來是實在忍不下去了。

一時之間發生了這麼多問題，也真是難為他了；就算扣掉他的愛車LEXUS IS被毀這件事，問題也夠多了。

「所以，你就把喝到爛醉的真田老師留在那裡，一個人回家了嗎？」

酒井副校長抬眼看向站著的蓮實，恨恨地說道。

「真的很抱歉！可是那個時候真田老師還滿清醒的，他說他喝得很醉，要是立刻坐電車回家恐怕會吐，所以要在車子裡休息一下。」

「那他到底為什麼這麼醉還要開車回學校啊？」

酒井副校長的表情憤懣至極。

「呃，這我就不知道了，大概以為已經早上了吧！他本人怎麼說呢？」

「他好像什麼都不記得的樣子，最後的印象就是和蓮實老師在兔拳喝酒……」

酒井副校長嘆了一口氣。

「真是夠了，我明明就嚴辭警告過他那麼多次，叫他不要喝酒開車……」

「因為真田老師去年也有過酒駕的紀錄啊！」

蓮實深深點頭。

「光是毀損器物罪就已經是個大問題了，但是，如果只有這個問題，我們也不是不能私下解決。不管算幸還是不幸，這畢竟是發生在學校裡的事嘛！」

酒井副校長點上一根新的菸。

「但真田老師當時處於昏迷狀態，我不得不叫救護車，因為我沒辦法判斷他是因為意外而昏迷，還是單純因為喝醉而睡著啊！」

「就結果而言，這樣應該比較好吧？」

蓮實直指重點。

「他昏過去之前撞到堂島老師，要是我們隱瞞了這一點，事情恐怕會更嚴重。」

酒井副校長一邊點頭，一邊吐出長長的一口菸。

「我報警後，警方派了警車和救護車來，他們在學校前面找到堂島老師，引起一陣大騷動。要是到早上都沒有人發現堂島老師，那事情就很難說了。」

「我看了今天早上的電視新聞，媒體的抨擊非常嚴厲。因為喝到爛醉的真田老師不只撞到同校老師、讓她受重傷，還肇事逃逸，認為警方應該依照危險駕駛致死傷罪起訴真田老師的新聞評論家壓倒性地多。」

危險駕駛致死傷罪，適用於因酒精或藥物而出現無法正常駕駛的情況所導致的事故，現在的刑罰遠比過去的業務過失致死傷罪重多了。

「如此一來，我們就一定得解雇他了……」

酒井副校長嘟嚷著，蓮實點了點頭。

「這也是無可奈何的事，那堂島老師現在狀況怎麼樣呢？」

「嗯，聽說她沒有生命危險，但大腿骨和骨盤骨折，最快也要半年才能回學校教書。」

她只受了這麼一點傷，讓蓮實很失望，他原本期望至少可以聽到「回天乏術」四個字。

「她的意識很清楚就是了，不過堂島老師大概也受了驚嚇，淨說些奇怪的話。」

「奇怪的話？」

「是啊，她說真田老師是先把車停下來，再突然往前衝，故意蛇行之後才撞上她的，甚至揚言告他殺人未遂。真是夠了，那個人到底在想什麼啊！」

酒井副校長雙手叉在胸前，大概是覺得既然結果如此，那她乾脆死了算了。蓮實跟他的想法完全一樣。

「不管怎麼說，我們必須盡快找人代班。先得找到數學和國文的臨時代課老師，然後三班的導師又是另一個令人頭痛的問題。」

「畢業旅行怎麼辦呢？」

蓮實的問題讓酒井副校長皺起眉頭。下個禮拜，他們得把所有高二生帶到京都去，不過真田老師缺席，帶隊的老師就少了一人。

「嗯……三班的副班導是並木老師對吧？他說他怎麼樣都排不出時間，大家都不想做這件事，加上他們現在應該已經安排了活動，我到底該拜託誰才好啊？」

「我有個人選。」

蓮實不忍心看酒井副校長束手無策，所以出言相助。畢竟他是始作俑者，而且他原本沒打算犧牲副校長的愛車。

「人選？誰？」

「我覺得久米老師應該會答應。」

酒井副校長以為他聽錯了。

「久米老師？你在說笑吧？」

「別看他那樣，他其實是個很有責任感、處處為學生著想的老師呢！讓我去拜託他吧！」

「這樣嗎？好，那就麻煩你了。」

在堆積如山的問題中，最小的一個解決了，酒井副校長的心情離放鬆還有一段距離。

「蓮實老師，事情好像很嚴重呢！」

蓮實回到教職員辦公室後，高塚老師立刻找他說話。

「是啊，我覺得我也有責任。」

蓮實做出沉痛的表情。

「雖然真田老師看起來清醒，但畢竟喝了不少酒啊！他把車停在兔拳的停車場裡，說想在車子裡休息一下再回家……早知道會發生這種事的話，我就應該邀他到咖啡店，或該幫他叫計程車才對。」

蓮實把他向副校長捏造的故事又重複了一遍。既然真田本人什麼都不記得了，事情的經過當然就隨他編造。

「可是，蓮實老師回去後，真田老師好像很快就開車走了耶！」

高塚老師那粗壯的手叉在胸前，沉思著說道。

「很快？怎麼回事？」

「沒有啦，我聽說昨天晚上井原老師和木谷老師也去了兔拳，他們在蓮實老師跟真田老師離開後大概五分鐘也離開了兔拳，可是，他們說那時候停車場裡就已經沒看到 RX-8 了。」

「是嗎……」

蓮實抬頭看向天花板。Oh, my Jesus. 無論如何，只要從車禍時間倒推回去，就能知道他們何時離開停車場。

「或許是他們眼花了，畢竟大家都醉了嘛！」

「那輛車可是黃色的 RX-8 耶！醉得再誇張也不至於看不到吧？而且那停車場又小。」

高塚看起來不贊同眼花這個說法。

「話說回來，你昨天晚上跟真田老師談什麼啊？」

高塚老師將上身探向前。

「呃，怎麼說呢……」

蓮實苦笑著看向高塚老師，所謂的歐巴桑男人大概就是在說這種人吧！

「呃，是關於管教學生的事……那個，我們班上又出了一點問題。」

比起百分之百的謊言，大部分時候加了一點點事實的謊言更容易把人騙倒。

「這樣啊，井原老師說兩位喝得很盡興的樣子，最後連那個雞尾酒……『兔拳』都點了呢！」

「與其說盡興，應該說是完全相反吧！」

「相反？」

「那個問題滿嚴重的，所以我們根本像在藉酒澆愁。」

「這樣喔……那這麼說來，那件事的壓力或許就是這次事件的間接原因吧？」

擅自下了結論的高塚老師點了點頭。

「那麼，我得去幫這件事善後了。」

「啊，請等一下。」

高塚老師叫住準備站起身的蓮實。

「今天早上我去影印室，準備裝訂這次畢業旅行的活動手冊，卻在垃圾桶裡看到這個。」

高塚老師把一張傳單遞給蓮實，文字從沒印好的傳單上透了出來，標題「揭穿人氣老師ＨＳ藏在面具背後的真相！」的傳單上印滿了誹謗文字。只用英文名字的字首，是因為這樣能提高真實感？雖然用日式寫法，把姓寫在前面，但恐怕沒有人會認為ＨＳ是指酒井宏樹[5]副校長吧！

蓮實快速瞄過傳單，上面幾乎沒有寫到任何事實，都是臆測的胡言亂語。只有「和班上女生有密切往來」這一點碰巧猜中，不過堂島老師所猜的女主角似乎是美少女第一名的柏原亞里。

「真受不了，這是堂島老師弄的吧？」

昨天晚上她之所以在學校留到那麼晚，恐怕不是為了學生，而是在做這張胡說八道的傳單。要是她沒忙著做這種沒意義的事，就不會發生交通事故了！

「我也這麼認為，怎麼看都像那個人會寫的東西。」

明明是個國文老師，寫出來的卻是三流八卦雜誌的垃圾文章。話裡滿滿的刺，像極了幾十年前才有的煽動性文字，任誰都看得出這是她寫的。

「這張傳單已經發出去了嗎？」

高塚老師搖了搖頭。

「我隨口問過老師們，好像沒有人拿到。」

高塚老師似乎沒有對堂島老師為何這麼做起疑，看來對人類而言，平日的印象還是很重要的。

處理這張傳單前，蓮實決定先把給酒井副校長的禮物準備好。

蓮實來到美術教室，輕輕地打開門，看見還很天真的高一生忍著哈欠努力畫著靜物素描。

「久米老師。」

蓮實站在門口小聲地叫著久米老師，久米老師露出吃驚的神色看向蓮實。看來，蓮實並不是個讓久米老師高興的驚喜。

學生之間起了一陣騷動。雖然蓮實沒有上一年級的課，但他的人氣以ＥＳＳ社員為中心，在女學生間已是水漲船高。

「有什麼事嗎？」

來到門邊的久米老師責備般地說道。

「有件事想拜託你。」

「現在是上課時間耶！」

「抱歉，我這堂課空堂，很快就好了。」

久米老師無可奈何地嘆了口氣後，來到走廊，迅速地在背後關上門。

「你知道真田老師的事了吧？」

5 用日式寫法的話：酒井宏樹的拼音是Hiroki Sakai，蓮實聖司則是Hasumi Seiji。

「嗯，真不該酒駕，現在酒駕明明就越抓越嚴啊！我原以為真田老師『也』是個有熱忱的好老師呢！」

蓮實忽略久米老師那不過一個助詞的諷刺，切入正題。

「所以，下個禮拜畢業旅行時我們就少了一位帶隊老師，因此我向副校長推薦了久米老師。」

久米老師呆滯地張開嘴。

「你在開玩笑吧？」

神奇的是，他的反應跟酒井副校長一模一樣。

「不，我是認真的。」

蓮實像在報天大喜事般地微笑著說道。

「我想你可能有預定行程，不過還是請多幫忙。你幫真田老師代班，帶的是三班，反正早上是以小組為單位自由行動，尤其三班又……」

「呃，請等一下，呃……我不是個很會管教學生的老師。」

「會管教學生的老師很少啦，當學生像蒼蠅一樣在我身邊繞來繞去時，我也會想噴殺蟲劑呢！」

蓮實一邊半開玩笑地說，一邊用冷酷的眼神瞪著久米老師，讓他不敢再吭一聲。

「當然，我也想到了讓老師擁有一段愉快時光的方法。和前島同學兩個人一起眺望京都的星空，想必一定會成為兩位一生難忘的回憶吧！」

蓮實附在久米老師耳邊低聲說完後，拍了拍他的肩膀後，便把一臉不滿的久米老師留在原地，快步走下樓梯。除了要注意別對久米老師施壓過頭外，蓮實不時會對他做一些小小的無理要求，讓他不斷認清兩人之間的勢力差異。若他有反抗之心，蓮實會趁他的反抗意識還在萌芽階段就將它根除。

帶著小小禮物的蓮實敲了敲副校長室的門，先向酒井副校長報告久米老師一口答應畢業旅行帶隊一事，再把稍早的傳單拿給副校長看，揭露堂島老師的所做所為，光明正大地做出抗議。蓮實說傳單上寫的都是毫無根據的虛言，他不介意酒井副校長徹底調查；問題不在堂島老師對他的誹謗，而在她中傷了柏原亞里這樣的良善學生。蓮實再三強調堂島老師的離譜的舉動很可能會成為學校的致命傷，何況媒體現正以嚴厲的標準檢視這所學校，學校怎麼可以在這個時候傳出這樣的醜聞。

酒井副校長看完傳單後，怒火讓他一臉蒼白。他的壓力已經夠大了，在這個時間點滋生出事端的人也只能算他倒楣。所謂的火上加油，指的就是這樣吧！Pour oil on the fire，加油！酒井副校長。

他們很快就知道，堂島老師究竟有沒有要散發這份傳單。在酒井副校長的命令下，田浦老師進入女老師更衣室，以備用鑰匙打開堂島老師的置物櫃。

從法律的角度看，這樣做可能過分了點，但他們在置物櫃裡找到兩百張剛印好的傳單。

一樣是匿名文書，印了兩百張（還是用學校的設備和耗材）和為了消遣而印一張的意義完全不同。如此一來，即便堂島老師是廣瀨理事長的遠親，還是不得不自行請辭。今天放學後的緊急教職員會議又多了一個新的震憾彈。

另外，蓮實也建議酒井副校長告訴堂島老師學校有意解雇她，藉以牽制堂島老師，讓她無法控告真田老師殺人未遂。

蓮實這麼做，主要是不希望有人繼續追究這件事。另一個理由則是，連他都同情沒犯錯卻被趕出學校、甚至可能被判刑的真田老師。

呼嘯聲從天而降，怜花仰望天空，軍用機從校舍上空飛過，高度低到彷彿能擊中，大概是從厚木基地起飛的美軍戰鬥機吧！別的不說，怜花只希望噪音問題能解決。

「可是，誰會做這種事啊？」

怜花把視線移回花壇，嘆了一口氣，一根藤蔓玫瑰的支柱被拔走了，到處都找不到。

「撞爛的車子就在旁邊，只有怜花妳會擔心花壇吧？」

夏越雄一郎一臉感佩地說。穿著藍色連身工作服的工作人員正在把夜裡相撞的LEXUS IS和RX-8拖走。

「因為就這樣不管的話，蔓藤玫瑰會枯掉啊！」

怜花很生氣。

「大概是意外發生的時候被車子勾到，而被拉掉了吧？」

似乎對此事毫不關心的雄一郎隨便敷衍。

「不可能吧？你仔細看，這兩個地方隔這麼遠，車子怎麼可能這麼厲害，只拔走一根支柱？」

「好啦，妳別那麼生氣嘛！」

雄一郎安撫怜花。

「唔，就常理來看，應該是有人惡作劇吧！」

「如果是惡作劇，那又是什麼時候被拔掉的？」

由於聲音從背後傳來，怜花轉過頭，看見圭介站在眼前。他和雄一郎不同，盯著花壇的雙眼非常認真。

「這個嘛……昨天我回家的時候看還沒有什麼問題，所以應該是昨天晚上到今天早上吧？」

「重點是，它是在車子相撞之前、還是之後被拔走的。」

「這種事我怎麼可能會知……啊，對了！」

彷彿發現了什麼的雄一郎大叫。

「原來是這樣啊！這就沒錯了，它是在車禍發生後被拔走的。」

「什麼意思？」

怜花完全聽不懂。

「也就是說呢，車禍發生後真田老師不是被困在裡面嗎？有人為了救他出來，用了這裡的支柱。」

「支柱要怎麼用？」

怜花還是不太能接受這個說法。

「那個人應該是利用槓桿原理，用支柱把門撬開吧？」

雄一郎似乎確信自己想到的方法就是真相。

「車門用竹棒撬得開嗎？」

圭介懷疑地說。

「我不知道它是不是真的派上了用場，但至少是有人打算這麼做，才把這根支柱拔走的吧！」

「嗯，要是那個人很慌張的話，或許有可能……」

圭介半信半疑地收起攻擊的矛頭。

「但若真如你所說，那竹棒又去哪裡了呢？使用的人用完之後，應該會把它丟在這附近吧？」

怜花仍不肯罷休。

「我怎麼可能連那個都知道？搞不好它在車子下面啊！」

雄一郎似乎對怜花的堅持感到很煩。

「不……等一下，搞不好事情不是這樣子，應該還有另一種解釋吧？」

圭介的雙眼亮起。

「怎樣的解釋？」

問完，怜花看到圭介的臉嚇了一跳。因為他滿是自信的笑容才剛出現便即消失，取而代之的是讓人毛骨悚然的表情。

「沒錯，支柱不是在車禍發生之後被拔出，而是在車禍發生前就被拔出來了。」

第五章

不知道為什麼，突然現身、平常總是面無表情的釣井老師，
嘴角揚起一抹淡淡的笑。

「都什麼時代了，高中畢業旅行還來京都是怎樣？」

坐上新幹線開始，雄一郎就一直抱怨。

「去年是澳洲，再之前去了韓國對吧？為什麼今年突然變這麼爛啊？高中生活中最重要的活動居然跟國中一模一樣，妳叫我怎麼接受啊？」

怜花一邊有一句沒一句地聽著雄一郎的話，一邊看窗外的景色。原本排的座位是男女分開，但學生們半路上便擅自調換。只要學生不是太吵鬧，帶隊老師似乎也默許。ＥＳＳ、親衛隊這些意氣相投的朋友們自然地聚在一起。拿著Ｖ８的中村尚志，像跟蹤狂一樣鬼鬼祟祟地竄來竄去，目標是ＥＳＳ的美少女，尤其是柏原亞里。

「怎麼了？妳不舒服嗎？」

終於發現怜花臉色不太好的雄一郎問道。

「也不是……」

怜花自己也不知道為什麼心情如此沉重，若硬要找個說法，只能說是隱隱約約的不安。

「我總有種不好的預感。」

「什麼意思？」

「我也不知道，總覺得有什麼非常邪惡的事正在某個我們不知道的地方進行著。」

雄一郎蹙起眉頭。平常人大概會對怜花的話一笑置之，但去年一整年的相處下來，雄一郎很清楚怜花的直覺有多準。

「嗯……我很想說妳想太多，可是妳的直覺總是異常地準啊！妳所謂的邪惡事情，是指意外嗎？」

「我又沒有超能力——不是啦，你不覺得我們學校最近發生的事都給人一種不好的感覺嗎？」

「感覺的確不太好啊！」

雄一郎環視車廂，同學們高興地聊著天，看起來無憂無慮的樣子，彷彿都忘了最近接連發生的事。

「可是妳看，清田的爸爸剛死於火災，她還是精神奕奕地來參加畢業旅行。」

怜花轉頭看向坐在後兩排的梨奈，她正笑著和旁邊的同學說話。那次之後，怜花再也沒有在學校附近看到警察，看來他們已經釐清梨奈縱火的嫌疑。

「那場火災給我的感覺也很不好，縱火的方法跟縱火狂有著細微的差異。在保特瓶裡放燈油，光想就覺得好恐怖，但更讓我覺得怪的是真田老師的事。」

「妳在說什麼？我以為比起真田和堂島，妳更擔心藤蔓玫瑰？」

「那個時候，我還不知道事情這麼嚴重。」

怜花嘆了一口氣。

「我根本沒想到真田老師可能要坐牢。」

「喂，你們在幹嘛？只有這邊的氣氛很陰沉喔！」

還以為是老師的兩人往上一看，發現圭介正低頭盯著他們，看來他是特地從隔壁車廂過來的。坐在三人座位靠走道位置的學生不知道去了哪裡，圭介在那個位子坐下。

「我們剛才在聊真田的那場意外，怜花說她覺得奇怪。」

雄一郎說明。

「嗯，怜花說的沒錯，那件事的確很奇怪。」

表情沒變過的圭介說道。

「哪裡奇怪？」雄一郎問。

「沒有人會在喝到爛醉之後還半夜開車回學校吧？」

「他大概是因為喝醉了，所以判斷力失常吧？搞不好他是回去拿忘在學校的東西。」

「有非得要在當天晚上拿，不能等到隔天的東西嗎？不可能啦！」

忽然想到一件事的怜花問圭介。

「對了，圭介你不是說過，藤蔓玫瑰的支柱是在車禍前被拔出來的嗎？那是什麼意思？」

「嗯，我也一直在想你說的那句話，快講！」

雄一郎把上身往前探。

「這還是祕密。」

圭介露出一個不懷好意的笑。

「為什麼？」

「因為那個推論實在太瘋狂了。不過萬一我猜對了，那車禍就不是意外了。」

「呿，你每次都吊我們胃口。」

雄一郎啐了一聲。

「我不討厭真田。」

圭介的表情變得認真。

「說實在的，我覺得他熱血到煩人，可是至少那傢伙是認真為學生著想、盡力。」

「嗯。」

「是啊！」

雖然真田老師沒死，但三人間的氣氛卻像為他守靈般凝重。

「我不知道跟這次的事有沒有關係，可是真田曾經說過一句話，讓我一直很在意。」

「他說了什麼？」

「他說我們學校有怪物。」

怜花的背脊一陣發涼，希望號列車裡的溫度彷彿瞬間掉到冰點以下。

「他在說什麼啊？怪物是什麼意思？」

「真田沒有說得很清楚。不過，我聽說那傢伙用齷齪的手段控制著學校。」

「誰？」

「我不知道。」

圭介聳了聳肩。

「但怜花應該知道吧？」

「我？為什麼？」

「妳之前不是說過，我們學校有四個危險教師嗎？」

「我只是直覺……」

「我記得妳說的是園田、柴原、釣井和蓮實四個人對吧？園田在某種意義上的確是怪物，但我不覺得他是真田說的那個人。我也贊成柴原是太陽系裡最爛的老師，不過應該也不是他。」

圭介彎著手指一一數來，怜花感到心臟越跳越快。

「這樣的話，真田說的不是釣井就是蓮實囉？」

「但我不覺得是蓮實。」

雄一郎低聲說道。

「為什麼？」

「真田很尊敬蓮實，也很信任他的樣子。」

「是嗎……這麼說也沒錯，而且車禍那天晚上他也是跟蓮實去喝酒。那麼，他口中的怪物指的就是釣井？」

真田老師認知中的怪物的確很可能是釣井老師。

但，真正的怪物是不是另有其人呢？或許真田老師就是因為沒有防備那個人才被陷害。

妄想不斷在怜花的腦中膨脹。

「啊——啊，這次的畢業旅行真是爛透了啊！」

圭介一邊伸展身體，一邊搖頭。

「你在說什麼啊？」

「你看看後面，驚奇四超人全都到齊了對吧？你們兩個遲鈍力過人，可能沒什麼感覺，但我這麼敏銳的人可是完全受不了啊！」

希望號抵達京都車站後，晨光町田高中的學生和帶隊老師坐上接送巴士，來到二條城對面的旅館。登記入住後，一行人吃了午餐。

帶隊老師以街頭調查用的計數器確認人數後，學生們隨即以小組為單位進行活動。

一組原則上是四個人，學生們坐上學校統一簽約包下的計程車，依照事先排好的行程參訪神社佛寺，之後再繳交報告。

例年來，大部分報告都是照著維基百科抄，就算出國也是。老師們都惋惜這樣根本沒有實地走訪的意義，但因為是畢業旅行，也就睜一隻眼，閉一隻眼。

「金閣寺在一九五〇年燒燬，三十年後完成重建。但由於金箔太薄，裡頭的漆浮上表面，讓表面變黑了！因此，政府在一九八六年到八七年時，斥資鋪上五倍厚的金箔。」

年過四十、叫做大江的司機流暢地解說。京都的計程車就是不一樣啊，怜花非常佩服。

「一九五〇年的那場火災是縱火吧？」

坐在副駕駛座上認真抄筆記的小野寺楓子問。

「是的。」

「為什麼呢？」

「他為什麼要放火？火是一個實習僧侶放的，不過沒有人知道動機是什麼。三島由紀夫的《金閣寺》、水上勉的《金閣炎上》都是用這個題材寫成的小說。」

怜花聯想到他們在新幹線上聊的清田家縱火事件。雖然現在說這些已經太遲，但怜花仍在思索為什麼歹徒要縱火。之前她一直以為歹徒是透過縱火獲得快感，沒有多想，但或許有什麼明確的目的也不一定。

若歹徒是有目的而為之，清田家的縱火犯絕對不是像燒燬金閣寺般瞄準建築物，目標很可能是清田梨奈一家人，或是其中某個人……

「那在金閣寺被縱火之前，足利義滿蓋的建築物一直都保存著嗎？」

大概是被楓子的投入感染，前島雅彥問道。

「是啊！鹿苑寺的絕大部分都在上一次大戰中燒光了，真的很可惜呢！不過不知道是不是因為前面有池塘的關係，只有那棟舍利殿，也就是金閣寺奇跡似地逃過一劫。」

「咦？可是第二次世界大戰的時候，京都不是沒有受到任何攻擊嗎？」

這次換怜花提問。

「啊，京都所說的『上一次大戰』指的是應仁之亂[1]。」

大江先生不為所動地說，怜花身旁的雄一郎竊笑著。

雅彥會加入怜花、楓子和雄一郎這一組，完全是偶然。為了讓小組成員是兩男兩女，他們原想跟圭介一組，但由於不同班只好放棄。當其他小組逐漸定案，三人對尚未分到組別的幾個人做了比較，最後選了看起來最無害的雅彥。

不過，把行程全權交給雄一郎安排或許是個錯誤，怜花後悔了。她對寺廟沒有興趣，所以去哪裡都無妨，只是從金閣寺到清水寺，然後再回到二條城這個路線實在太普通，甚至該說毫無樂趣可言吧！

不久，計程車停進停車場，四個人在大江先生的導覽下參觀金閣寺。很多京都的畢業旅行都由計程車司機兼任嚮導，因而帶隊老師可以輕鬆一下。

進到金閣寺院區，寺廟隨即映入眼簾。雖然比想像中小，但金箔在陽光的照射下散發出神聖的光輝，加上池面的倒影，讓人看得出神。對以前的人來說，金閣寺就像所謂的極樂淨土吧！怜花在心裡收回金閣寺沒什麼的看法。

由於現在是春天的畢業旅行季，四人和語帶東北腔的高中生擦身而過，此外還不斷聽到中文、韓文，還有可能是東歐語的不熟悉語言。

「都是外國人啊！」

身後傳來熟悉的聲音，怜花回過頭，看見圭介站在眼前。

「咦？圭介你們小組的起點也是金閣寺嗎？」

「是啊，因為很麻煩，所以就問了雄一郎，接下來的行程也都一樣。」

1　西元一四七六到一四七七年間因將軍家的繼承問題而爆發，日本也自此進入長達百餘年的戰國時代。

「也就是說，你們接下來要去清水寺和二條城？」
「嗯。唔，反正京都也沒什麼地方可去嘛！」
不過京都市內光是世界遺產應該就有十七處。
話雖這麼說，但聽到今天能一整天在一起，怜花很高興。圭介那一組也是男生女生各兩位，兩個小組在兩個計程車司機的帶領下，參觀金閣寺境內。
「喔，來買御守[2]吧！」
看見茅草屋小店後，圭介突然這麼說。怜花跟雄一郎出聲附和，最後八個人都買了御守。雖然才高二，但準備考大學的怜花毫不猶豫地選了「學業成就」，楓子也一樣，雄一郎選了「心願成真」，圭介則買了「除厄」御守。
「對了，班導不是帶團去參觀大學嗎？圭介你怎麼沒去？」
雖然怜花沒什麼興趣，不過蓮實老師租了兩輛大型計程車，帶志願參加的人去參觀京都大學、同志社和立命館幾所大學。四班除了去來川舞、渡會健吾等成績優秀的人外，安原美彌也參加了。圭介從以前的第一志願就是京都大學，所以怜花理所當然地以為他會參加。
「不是啊，我是來畢業旅行的，幹嘛去參觀大學啊！」
圭介酷酷地說。
「何況那個團還是驚奇四超人之一的蓮實帶隊？」
離開金閣寺後，計程車朝清水寺開去。一般的觀光行程通常是先去二條城，但由於他們的旅館在二條城附近，所以把二條城排在最後。

八個人分別從兩輛計程車下來，從茶碗坂慢慢散步上去。計程車則早他們一步，先開進停車場。

一行人進清水寺後，隨即看見隨求堂的「胎內巡禮」看板。不知道為什麼突然很有興趣的圭介邀大家一起進去，於是八個人都參加了。

付了參拜費一百日圓後，一行人脫下鞋子收進塑膠袋，左手扶著由念珠串成的繩索，走下一片漆黑的樓梯。後面有幾個人大聲喧鬧，但怜花在過於濃密的黑暗壓迫下，連聲音都發不出來。

怜花有種快要窒息的感覺。裡面是平常體驗不到的漆黑，她甚至連應該走在她正前方的圭介都看不見。試著適應黑暗的雙眼徒勞地把光圈放大，讓她覺得很不舒服。

伸手不見五指的狀況似乎令人打從心底感到不安。突然覺得圭介不見的怜花把裝著鞋子的塑膠袋夾在腋下，伸出右手探尋，指尖一碰到圭介的背便下意識地揪住圭介的制服。圭介雖然在那一瞬間停下，但仍任她抓住自己的衣服。

他們待在象徵大隨求菩薩胎內的黑暗裡，時間想必不長，沒多久，微弱的燈光透了進來，怜花鬆了一口氣。她看到一個巨大的石造圓盤，上面寫著象徵觀音菩薩的梵字（怜花覺得那看起來很像草寫的Y）。

「聽說要一邊祈禱一邊轉它。」

2 即護身符。

圭介和怜花慢慢轉著圓盤，楓子也跟在後面把手放上來

怜花有很多心願，但只祈求了一件事：她希望大家可以順利畢業，臉上一直洋溢著笑容。

結束胎內巡禮後，他們到著名的清水舞台去拍紀念照。舞台的高度不高，但由於懸空的部分往前微微傾斜，讓怜花心驚膽顫。

怜花發現雅彥彎著膝蓋，雙手抓著木製欄杆，害怕地往下看。

雅彥回過頭，露出一個刻意擠出的笑容。

「咦？難不成你害怕？」

「怎麼可能，沒有這種事啦！」

「騙人，你很怕吧？懼高症？」

怜花開雅彥的玩笑。

「聽說明治時代前，很多人為了許願而從這裡跳下去喔！」

不知道什麼時候來到眾人身邊的大江先生做了解說。

「光是留有紀錄的就有兩百三十四件，不過存活率大概是八成到九成。」

「什麼嘛，原來不會死啊，你叫前島吧？這可是為四班創造傳說的好機會喔，跳下清水舞台大挑戰。Go!」

圭介倏地要從後面把雅彥抱起來，雅彥嚇得像女生般尖叫逃走。

「小蓮對京都大學好熟喔！」

去來川舞感佩地說道，大概是因為蓮實流暢地介紹校內設施，毫不遲疑。

「畢竟我也算校友啊！」蓮實的回答讓去來川舞露出驚訝的表情，她大概是第一次聽到。

「是真的喔，不過我只待了一個月就是了。」

恐怕去念哪間日本大學都一樣吧，蓮實入學一星期後，就發現在這裡學不到東西，於是隔週便提出退學申請。

「那後來去了哪裡呢？」

蓮實的說明讓舞瞪大了眼睛問道。

「我花了一年準備重考，然後去美國大學念書。不是去念語言學校，而是去認真讀書。」

多虧了父母的遺產、壽險給付和受害者賠償金等，他不需擔心學費、旅費和生活費這些事。拚了命讀書的蓮實最後考上隸屬於長春藤聯盟的名校，畢業之後進入同校的商學院，取得MBA（工商管理碩士）學位，後來進入歐州著名投資銀行摩爾根斯爾坦的北美總行工作。那個時候，他完全沒想過自己將來會成為老師。

「那，當初為什麼要考進京都大學呢？」

渡會健吾狐疑地問。

「沒什麼特別的原因，我念的高中就在這附近，所以就順便考了。」

「什麼？小蓮是京都人？」

安靜聽著蓮實說話的美彌吃了一驚，開口問道。因為蓮實向來刻意迴避與他人生經歷有關的話題。

「我在東京出生，國二念到一半的時候才到京都來的，當時覺得應該自立、離開父母的庇護。」

他或許說了太多不該說的話。

蓮實轉移話題，熱切地告訴大家離開喧鬧的東京、來到京都享受學生生活多美好。接著，一行人來到工學部研究室，訪問事先約好的晨光町田校友。那位研究生翔實地告訴他們每天做研究的實際情況，由於他說得太老實，學生們似乎有些退縮。

靜靜聽著別人說話有些無聊，蓮實不知不覺回想起那天晚上的事。十四歲那一年，將他之前的生活全部歸零的那個晚上。

蓮蓬頭裡的熱水從頭上沖下，讓他的心情平靜了些。

少年蓮實用手掌把蘆薈香味的沐浴乳搓起泡。雖然等一下又會弄得滿身是血，但現在不是偷懶的時候。熱水旋轉著流進排水孔，顏色從紅色變成帶灰的粉紅色，他仔細清洗著身體，直到熱水變成透明為止。

和那些衝動行凶的笨蛋不一樣，他預先脫掉衣服，以免事後為了處理沾血衣服而慌張失措。

不過就算脫了衣服，他也不得不穿上運動鞋，因為不能赤腳走來走去，讓沾了血的腳印留在房間裡。

沖澡的時候，破舊的運動鞋一直放在腳邊。因此，就算不刻意清洗，運動鞋上的血跡也被水流沖刷到一眼看不出的程度。

他看著鏡子裡的自己，確定全身都洗乾淨後，拿浴巾擦乾身體。他仔細檢查，確保浴巾沒有沾到一絲血跡。

接著，打開洗臉台下方的櫥櫃，拿出裝了水管清潔劑的容器。他把大量藍色和白色粉末倒進排水孔，再往浴室地板噴灑廁所清潔劑，用長柄刷仔細刷乾淨。

雖然鑑識人員不太可能連這裡都查，但只要他事先清理好，即使鑑識人員檢查了浴室地板或排水孔，也不會出現魯米諾反應[3]；就算有微量反應，刮鬍子時的出血或鼻血就足以解釋了吧！

他把濕透的運動鞋放進垃圾袋，綁緊袋口，塞進包包裡，再換上新的內衣、法蘭絨襯衫和牛仔褲，外面套上Adidas的防風外套。

離黎明還有一些時間。他騎上愛車——捷安特登山車，這不是行走在一般道路的普通腳踏車，而是登山越野用專業腳踏車。突然回想起纏著爸爸買下這台車的事，一瞬間沉浸在感傷中。

他踩著登山車，前往附近的山丘。

少年蓮實的座右銘是「不要在殺人之後才挖洞」，不管什麼事，事前細心準備才是最重要的。

他今天早早就去了那個地方，挖了一個深達一點五公尺的洞，要埋的東西不大，所以挖洞的工作並不會太辛苦。

3 魯米諾是一種有機化合物，現代刑事鑑定人員用有這種成分的噴霧檢測血跡殘留。

警察可能會為了尋找歹徒遺留的物品而搜尋家附近，他已經把凶器留在犯罪現場，所以他們應該不至於找到這裡。萬一找來，只用土壤探測器也測不到埋在這種深度的東西。就算幾年之後有人把這雙鞋挖出來，老舊的運動鞋也不會引起他人注意。

他把運動鞋從垃圾袋中拿出來丟進洞裡，再把土堆回去踩實，整個過程不到五分鐘。至目前為止，事情進行得很順利，少年蓮實暗自感到滿足。

一個小時前。

少年蓮實正慎重地把唱針放在《三便士歌劇》的唱片上。

〈謀殺〉從客廳裡的巨大JBL Paragon揚聲器中流洩而出，應該每個人都聽過這首旋律吧！

第一次聽到的時候，雖然完全聽不懂德文歌詞，但心情卻不可思議地高揚。之後，看了翻譯歌詞的他大為震驚。一是因為開朗、平易近人的旋律和歌詞的反差太大，更讓他驚訝的是，這首歌彷彿在講自己，他籠罩在一種奇妙的感覺裡。

開場白：這傢伙是鯊魚，這傢伙有利齒
你看得到他的牙齒
他名叫麥基，他有一把短刀
但是沒有人看過他的短刀

一個晴朗無雲的星期天早晨
海邊躺著一具屍體
有人消失在街角
那男人就是你所知道的麥基

修姆爾·麥亞失蹤了
好多有錢人和他一樣失蹤了
麥基擁有他們的錢
可是沒有人找得到任何證據

發現了妓女珍妮·陶拉
她的胸口刺著一把短刀
漫步在防坡堤上的麥基
理所當然地什麼也不知道

蘇活區的大火

七個孩子和一個老人被燒死
混在看熱鬧人群中的麥基
什麼也不知道，也沒有人打算問他

而且他的名字沒有人不知道
那個年紀輕輕的寡婦
醒過來時事情已經結束
麥基，你的人頭值多少錢？

（根據日文版岩淵達治的翻譯）

艾拉·費茲傑羅所唱的英文版〈小刀手麥基〉也不錯，但原版才是最棒的。作曲家是庫特·懷爾，作詞家則是布萊希特。〈謀殺〉的德文「Moritat」是布萊希特自創的字，意思似乎是殺人魔。

少年蓮實把〈謀殺〉的旋律重複聽了四次。第一次，閉上雙眼；第二次之後，他一邊拿出準備好的刀用拇指轉動著，一邊在房間裡繞來繞去。

等到情緒夠高亢了，他停下唱片，一邊吹著那旋律特殊的口哨，一邊把所有衣服脫下來。脫光之後，套上老舊的運動鞋，只拿著一把刀離開客廳，慢慢爬上樓梯，不發出任何聲音。父母現在應該睡得很熟吧！

他們前一天晚上完全沒闔眼，今晚也默默喝著威士忌到很晚。

希望他們至少有個好夢。

因為這是他們倆人生的最後一晚。

前一天晚上。

蓮實把耳機放在耳邊，側耳聽著竊聽器裡的聲音。

父親那讓人心口緊縮的悲痛告白即將結束。

「全是那孩子幹的，聖司完全不覺得殺人是什麼大不了的事。我知道他天生感受力就低，但完全沒想到他會變成這個樣子。」

「但……我不敢相信……」

母親以鼻音很重的啜泣聲說道。

「一定是什麼地方弄錯了，聖司……我們的孩子怎麼會……」

「一開始我也不信，可是，已經由不得我們不信了。」

「但是我們沒有任何證據啊！」

「我看到的就是證據。」

父親似乎緊咬住牙根。

「那天晚上，那個孩子的確出門去了。」

「也許他只是出去玩？」

「不只，熊谷老師去世那天也是……」

父親冷靜地舉證。如果只有一次，或許還能說是巧合，但巧合到這種程度，就不是湊巧了。

「聖司殺了人，而且不是一次失手誤殺對方，他是冷酷地、有計畫地殺了兩個人；這只是我剛好發現的，搞不好之前還有人犧牲。這個孩子是個怪物啊！」

母親放聲大哭。

「不能再置之不理，我們必須阻止聖司。」

「那孩子……只是不懂而已，他不懂什麼是對，什麼是錯；一定是我們的教育出了問題！所以，請不要懲罰他！」

「什麼懲罰……這已經不是懲罰可以解決的了。」

父親擠出聲音。

「我們必須盡快讓那孩子與社會隔離，不能再有人受害了。」

「這樣太過分了！那孩子才十四歲啊？」

「妳能對那些被害者家屬說我這樣做太過分嗎？」

「可是，那聖司他……」

「刑法有少年事件處理法，他不會被判死刑，也不會一輩子關在監獄裡。我擔心的，其實是我們能不能在他出獄前改變他。」

母親沉默了一會兒後，以彷彿另一個人的沙啞聲音問道。
「我們接下來，會變成什麼樣子？」
「我不知道……不，我們一定會失去一切。」
父親的聲音低沉嘶啞，聽起來就像從地底傳出來似的。
「可是，就算會這樣，我們也沒有其他選擇了。」
之後，沉默降臨在兩人之間。
比任何闇夜都還漆黑的絕望夜晚。
對置身於沒有出口的黑暗中的兩人，聖司深感同情。
因為自己的疏漏，讓父親發現他犯下兩件殺人案。就這一點來說，他有責任。
但是，他完全無法理解父親打算做的處置。
只要父親不說，就誰也不會知道發生過這些事，為什麼他要刻意公開最不利己的真相呢？一旦公開，之前好不容易建立起的生活就會全部毀掉啊！
但從他的聲音聽來，父親似乎已被逼到無路可退的絕境。他知道父親若做了決定，就一定會貫徹執行，就算試著說服他，父親也絕不會動搖。
但若父親真的向警察通報自己做過的事，會給他帶來很多麻煩。當然，他不會被判死刑，可是他的自由——對他而言比生命還重要的東西——會被剝奪。
那，怎麼辦才好？該怎麼做，才能避免這樣的結果？少年蓮實開始推敲善後的方法。

諷刺的是，法律賦予他失敗也無妨的處境，一旦成功，就可以免於失去自由。不，他或許能獲得超越現在的自由。

另一方面，萬一失敗了，他要面對的和他什麼都不做時所要面對的，應該不會有太大差別吧！

遺憾的是，他沒有其他選擇了。

而且，他實在不忍心看到雙親深陷現在的痛苦深淵。

在他們還不知道發生了什麼前，迅速給他們一個痛快才是大慈大悲的行為，或許也是他做為兒子最低限度的孝心。

蓮實的回憶再次回到犯罪當天。

他把運動鞋丟掉後回到家，家中一片寂靜。

從今以後，他回家時再也沒有人歡迎他了。想到這裡，他覺得有點孤單。

他沒有鎖上玄關的門，他的劇本寫著歹徒從那裡逃走，而且要是救援太晚抵達，自己也會受到生命威脅。為了不在地上留腳印，他專挑水泥地面和石頭走，繞到一樓窗戶外側，先用打火機燒烤玻璃，再敲破玻璃打開月牙鎖。

他事先丟掉的那雙運動鞋在窗戶的外側地面和室內地面留下了腳印。

蓮實再次仔細回想室內的情況，在腦中模擬、檢查是否有任何矛盾。

深夜，打破窗子入侵他們家的男人在一樓查探了一會兒後，爬樓梯上了二樓。

男人打開父母的寢室房門，肆無忌憚地拉開枕邊櫃的抽屜翻找，隨後用刀刺死醒過來的母親，並在一場打鬥之後捅了父親好幾刀，將他殺害。

之後，男人原本要繼續搜刮屋裡，卻發現聽到聲響覺得不對勁的聖司來到走廊，於是拿起刀子朝聖司砍去。

為了保護自己，聖司和歹徒扭打成一團。手被割傷的聖司原本轉身想逃，但在跑往一樓報警時被歹徒追上，背部被刺了一刀，失去意識。這是蓮實少年的劇本。

如此一來，就能得到大家的同情，警方應該不會懷疑他。

只剩兩關要過。

首先，絕對不能踩到他事先佈置好的歹徒的腳印。要是警方發現原本應該在刺殺三人後逃走的歹徒腳印被弄亂，必定會徹底改變搜查方向。

只要小心，就能跨越第一關。然而第二關卻相當棘手，因為他必須賭一把，冒一冒生命危險。

少年蓮實換上睡衣，上半身套了一件厚厚的棉襖外套。

他把刀身長十三公分的藍波刀隔著睡衣袖子拿在手上，認真地盯著它看。這是他在車庫深處，一個堆廢棄物的箱子裡找到的，調查刻在刀上的製造商後，發現那廠商已經破產。他父親曾有一段時間很迷戶外活動，這把刀大概是那時買的吧！這是大量生產的刀，警察不可能追查這種常見物品的販賣通路。

藍波刀的刀刃上仍留有父母淡淡的血痕，他很想把血跡擦掉，再用酒精消毒，但之後警方鑑識這把刀時可能會對酒精起疑，所以不能這麼做。
比起感染疾病的危險，他更該擔心刺傷是否會直接危及性命。
這個時候，父親書房裡的醫學書籍就派上用場。心臟、下行主動脈等維持生命的器官集中在脊椎的左側，所以他慎重地在右側選了一個應該不致命的部位。
也不能忘了防禦傷，要是以為手臂沒關係，大意之下割斷動脈的話，說不定會致命。
少年蓮實像個演員般，在腦中反覆演練著接下來要做的事。
雖然這是沒有觀眾的獨角戲，但他得特別小心，不要出現任何矛盾。
他大大地吸了一口氣，隔著衣角拿著藍波刀，先劃傷左手，再把藍波刀換到左手，割破右手手掌。
強烈的疼痛傳來，鮮血滴下。
拿著藍波刀的他一邊留意歹徒的腳印，一邊走下樓梯；不但不能踩到歹徒的腳印，更不能讓血滴到腳印上。
他在電話前又做了一次深呼吸，接著故意用沾血的手拿起話筒，撥了一一〇。
「喂，請問發生什麼事了嗎？」
「救救我……被殺！」
他用走投無路般的聲音喊完後，喀嚓一聲把話筒放下。
打一一〇時，就算掛掉警方也會繼續追蹤。警察透過電話號碼查明住址、來到案發現場，最快也要五分鐘，他不用慌。

蓮實少年以冷靜的動作將藍波刀抵在他事先決定好的位置上，身體和藍波刀間隔了一件棉襖外套，所以鮮血應該不會四散。

接著，他倒退著助跑了兩三步後，朝牆壁撞上去。

「小蓮？你怎麼在發呆？」

美彌逮到蓮實陷入回憶而心不在焉，學生們都笑了出來。

「我想起以前的事。」

「幹嘛笑成那樣？是想起以前分手的女朋友嗎？」

「不是啦！」

蓮實苦笑。

「只是覺得我年輕的時候還真亂來啊！」

晚餐結束後是自由時間。穿著運動服的學生們各自活動，相互拜訪同學的房間，享受短暫的解放感。

怜花和同房的小野寺楓子、去來川舞在雙人房加床的三人房裡高興地聊天。牛尾圓香和柏原亞里也來了，五個人玩起UNO牌。平常認真乖巧的ESS社成員遇到要爭輸贏時也互不相讓起來，大家玩得意外興奮。雖然一開始伶花搞不太懂町田特有的奇怪規則，但國中時代人稱干擾女王的她很快就找回感覺，讓這場牌打得火熱。

敲門聲響起，三個男生探頭進來。

「哈囉！」

比其他兩個人高了半個頭的是山口卓馬，他和蓼沼瘋狂互毆的時候給人的感覺很恐怖，讓人不敢靠近，但現在臉上的笑容看起來卻像隻可愛的駱駝。他身邊是永遠的學年第一名，渡會健吾，他給人的印象還是像平常一樣冷淡，但可能是看的人多心了吧，他那高度近視鏡片後單眼皮下的眼神似乎沒有平常那麼銳利。

第三人則是夏越雄一郎，和其他兩個個性強烈的人相較，是非常普通的男生。他看向伶花，含蓄地點了點頭。

「啊，妳們在玩ＵＮＯ啊？我們也要玩。」

意外親切的卓馬加入牌局，ＥＳＳ的女生們看起來沒有特別討厭他的樣子，讓了個位子給他。看見楓子的臉頰微微泛紅，伶花吃了一驚，卓馬明顯也很在意楓子的樣子。

健吾雖然不像卓馬那樣天不怕地不怕，但仍一副無所謂的樣子跟在卓馬身後，精明地搶到柏原亞里身旁的位子。班上的人都知道健吾看女生只看外表，喜歡長得可愛的女生。

「這是什麼組合啊？」

伶花小聲地朝坐在她身旁的雄一郎問道。她沒聽說過這三個人感情好，會一起行動。

「呃，這個嘛……我們在來這裡的路上剛好碰到的啦！」

雄一郎滿臉瞞不住怜花的表情，搔了搔頭。簡單來說，這三人各有自己想找的女生，而且知道其他兩個人不會跟自己搶，所以才臨時組成一隊。

那為什麼不邀圭介一起來呢？怜花想。

門靜靜地打開了，以為是圭介的怜花驚了一下，但開門的卻是拿著V8的中村尚志。尚志沒有加入眾人的對話，只是默默地錄影，畢業旅行開始他就一直這個樣子。他只拍女生，一半的時間鏡頭都對準了亞里。剛開始時女生們都嫌他噁心，後來拿他沒輒，絕大多數人都無視他的存在。

UNO牌局重新開始後，賽局氣氛變得和之前完全不一樣，原本顯而易見的好勝心被藏起，大家一邊玩牌一邊聊天。

「晚飯很好吃呢！」

「嗯，我原本以為京都風料理的味道很淡，沒想到晚餐的味道還滿重的。」

圓香以柔和的語氣說。

楓子點頭。

「我不太喜歡吃魚，可是那道香魚真不錯！」亞里這麼說。

「是啊，雖然是小香魚，但炸成天婦羅就可以整隻吃下去。」

健吾說話的語氣狂妄得像個美食評論家，從剛才開始，他不時搭話的對象只有亞里。

「唔，我還是講一下好了……」

皺起眉頭的雄一郎邊丟出紅色卡，邊低聲說道。

「什麼？」

注意到雄一郎難得心情不好的怜花覺得詫異。

「沒有啦，就晚餐的事啊！我們跟老師的吃飯時間不是不一樣嗎？我們都在那個像宴會場的地方吃飯，他們在另一個房間吃，對吧？」

「所以？」

「我吃完飯之後，去了老師們吃飯的地方。」

「啊？去幹嘛？」

「不是什麼大事，我像平常進教職員辦公室那樣邊說『不好意思』邊把門打開，沒想到他們慌得跟什麼一樣。酒井副校長看我的眼神就像在問我『你來幹嘛？』，而且柴原馬上站起來，過來要把我趕走。」

所有人不知不覺停下ＵＮＯ對決，專心聽雄一郎說話。

「為什麼他們那麼慌張啊？」

卓馬問出大家的疑惑。

「那些傢伙啊，吃的東西跟我們不一樣，明顯比我們豪華好幾倍！」

「什麼？」

「爛透了！」

「真的假的？」

眾人的憤怒聲此起彼落。

「中村同學，你去挖個獨家新聞回來啦！」

舞對熱衷錄影的尚志說，但他一心只想錄下亞里生氣的表情，毫無反應。

「可是那些錢是哪來的啊？」

卓馬壓低了聲音說。

「當然是從我們畢業旅行的經費裡弄出來的呀，就跟公務員從稅金、年金和保險費中飽私囊一樣的道理啊！」

健吾一如往常以嫌棄的語調說，不過這次聽起來卻很痛快。

「把錢弄出來？他們真的辦得到嗎？」

正義感很強的楓子問健吾。

「這種事很簡單啊，畢竟每年獨力承辦畢業旅行的人都是鈞井，對吧？鈞井和大福旅遊的領隊……那傢伙叫什麼名字？」

「西島？」

「對對對，聽說他跟那傢伙掛鉤，瘋狂撈錢進自己荷包。」

很怪異地，健吾一邊點頭一邊對著亞里解釋。

怜花懷疑這些話的真實程度，不過看著健吾自信滿滿的樣子，也開始覺得這未必只是流言。

她對教師並不抱任何幻想，甚至覺得所謂的學校，就是讓青少年看見器量狹小的大人，然後再複製出相同的人種。

走在旅館的走廊上，可能是因為腳底軟軟的觸感和柔和的間接照明的關係，和學校不同的特別氣氛讓怜花逐漸忘記不愉快的事，心情慢慢變好。

想著不需要坐電梯的她走樓梯下了一層樓，來到男生住的那一層。雖然男生房間和女生房間樓層不同，不過在就寢時間前，老師們對男女生互相跑到彼此房都會睜一隻眼閉一隻眼。

快走到樓梯間時，她的腳步倏地停住，因為聽到有人說話的聲音。有誰在那裡，怜花躲起來偷偷往下看，因為不想看到出於本能害怕的四位老師中的任何人。

她看到的是久米老師跟前島雅彥，兩個人聲音壓得很低，怜花聽不到他們在說什麼，不過他們看起來很親密的樣子；這也難怪，雅彥是美術社的成員嘛！

怜花不想打擾他們說話，決定稍等一下。

久米老師朝雅彥靠近，從上往下看，也看得出他們的身高差距很大。久米老師把手放在雅彥的肩膀上，將他摟過來，身體朝前彎下。

什麼！不會吧?!他們在接吻。

怜花原以為久米老師在性騷擾雅彥，但雅彥也將手環到對方頸後，積極回應。

嚇傻的怜花就這麼看了一會兒，待兩個人終於消失在下一層樓時，怜花的掌心已經出汗，心臟怦怦地跳。

她探出頭去，看向男生房間的樓層，雅彥正好走進走廊盡頭的房間，房門無聲地關上。

她不敢相信，是BL，真的有這種事。

怜花好想趕快把這件事告訴圭介，但他的房裡沒人。就在這個時候，附近的房門正好打開，一個她不記得名字的一班男生探出頭來。

他說他不知道圭介去了哪裡，怜花指向雅彥剛剛進去的房間，隨口問那男生知不知道那是誰的房間。

他說那是老師的單人房，裡面住的應該是久米老師。

圭介不在房裡，手機也打不通。她不想一直在男生房的樓層晃來晃去，所以上樓走回女生房的樓層。回到樓上時，電梯門正好打開，同班的男生從電梯裡出來。

「脇村同學，你在這裡幹什麼？」

脇村肇捧著雙手幾乎抱不住的飲料。

「啊……嗯，我去買了這個。」

他低下頭，以微弱的聲音答道。內科方面的疾病讓他體型肥胖，體重大概超過九十公斤，他的個性膽小，不敢跟怜花視線相對。

班上女生把肇當成跑腿，使喚他很兇的大多是安原美彌、阿部美咲那群人，不過最近連劍道社的久保田菜菜和白井聰美，以及林美穗、橫田沙織和吉田桃子這些不是很活躍的學生也開始叫他做事。

怜花覺得這也算嚴重的霸凌，但同學們卻視為當然。因為不帶暴力、恐嚇，大家感覺不出嚴重性，加上肇也一副安於接受的模樣，所以同學們才會這麼認為吧！

在新幹線上時，肇和田尻幸夫被迫站在美彌一行人面前模仿藝人，娛樂她們，看著這一幕的帶隊老師似乎也不打算指責他們。

「喏，你有沒有看到一班的早水同學啊？」

沒期待能聽到答案的怜花問道。

「啊……我剛剛好像看到他。」

肇出乎意料的回答讓怜花本能地豎起耳朵。圭介在他們學年算有名，其他班的學生大多知道他長什麼樣子。

「在哪裡？」

「在頂樓。」

「是喔，謝謝你。」

為了不讓肇看到自己揚起的嘴角，怜花和肇擦身而過，進入電梯。

夏天時，旅館會在頂樓舉辦啤酒節，但現在還沒開始。不過頂樓仍然開放，讓入住的客人欣賞京都的夜景。

電梯停下，怜花來到頂樓時，有個人影閃過，消失在樓梯間。那個人走路的聲音彷彿用鞋跟敲打地面般，引起怜花注意，所以仔細看了一下那個人的背影。

是女生，沒有穿運動服，所以她不是學生，但也不是普通的入住客人。

怜花看過那件像浴衣的梅花圖案上衣。那個人的打扮和平常不太一樣，既時尚又新潮，絕對是護理老師田浦潤子。

為什麼要逃走？她是聽到電梯聲，所以急忙走開嗎？

接著，怜花發現頂樓好像沒人。

早上的天氣雖然很好，但現在天空的雲層很厚，不只看不到星星，還彷彿還要下雨，感覺有些冷。之前許多學生聚集在這裡，不過大家似乎早就離開了。

頂樓沒有半個人嗎？怜花決定繞一圈。

接著，她看到一個人影站在完全看不到景色的角落裡。瘦長的身體穿著晨光町田深藍色底白色條紋的運動服。

「圭介？」

聽到怜花的聲音，那個人影動了一下。

「你在幹嘛？在這裡做什麼？」

「呃……沒有啊！」

嘴上說沒有，但樣子明顯狼狽，像在揮開煙霧的姿勢讓怜花靈光一閃。

他在這裡抽菸嗎？真是的，他到底在幹什麼啊！

不過，靠近圭介後怜花才發現自己弄錯了，不是香菸的味道，而是燒草般的甜膩味道。

「難不成，你在吸大麻？」

怜花的語氣不由得變得嚴厲。這已經不是抽菸的問題了，要是被人發現，一定會被退學。

「不是啦……」

圭介雖然否定，但慌張的樣子看起來非常可疑。

「看著我！不敢相信！你居然在畢業旅行的時候抽，為什麼……」

怜花突然噤聲，因為她看到圭介嘴邊有紅紅的東西。

是口紅。

田浦老師。

一切都像閃電一樣，在腦中連結了起來。

太令人震驚的事實讓怜花不知如何反應，她連憤怒都感受不到，彷彿失去全身力氣般一臉恍惚。

「怜花，那個啊……」

圭介戰戰兢兢地伸出手，怜花甚至連揮開那隻手都不屑，她閃開身子，筆直地走離現場。

在進電梯、按下樓層按鈕前，她完全沒有回頭。原以為圭介會追上來的怜花一直憋著氣，電梯門關上後，她總算吐出一口長氣，拿出手帕擦拭眼角。

「叮」的一聲響起，電梯門打開。

看到眼前的那張臉，怜花顫了一下。

是蓮實老師。

她原以為電梯已到五樓——女生房的那一層樓，但當她準備從蓮實老師身邊走出電梯時，才發現還在七樓。

蓮實抬起眉頭、嘴角帶著微笑，不過，之前他那瞬間僵硬的表情，怜花並沒有漏看。蓮實老師若無其事地進入電梯，按下四樓的按鈕。

「發生什麼事了？」

蓮實朝怜花問道。與其說是關心學生，他給人的感覺更像想趁被問問題前搶先開口。

「沒有……」

怜花生硬地答道，他是不是發現自己哭了呢？

「是嗎？」

蓮實抬頭看向樓層顯示，他是在思考學生為什麼這時間還待在頂樓嗎？

「片桐，妳好像不是很信任我的樣子。」

蓮實以溫和的聲音說道。他的言外之意是，其他學生都很信任他。

「如果有什麼事困擾妳，隨時都可以跟我說，之前的問題我不也解決了嗎？」

他指的似乎是她報告安原美彌遭受性騷擾一事。的確，就美彌的神態來看，那個問題應該已經解決了。

怜花保持沉默。「叮」的一聲響起，這次是五樓了。

「抱歉，我先離開了。」

怜花行了禮後，離開電梯，感覺蓮實的眼神彷彿刺在自己的背上。

她走了幾步回過頭，看見電梯門已經關上。

接著才想到，蓮實老師去七樓做什麼？

但現在她腦子裡一片混亂，圭介在旅館頂樓抽大麻、和田浦老師幽會，還和她接吻……許多事纏繞在一起，讓她無法有邏輯地思考。

她只想趕快獨處，盡情大哭。

確認片桐怜花在五樓出電梯，頭也沒回地走開後，蓮實的眉頭在電梯門關上後皺了起來。無論多麻煩，他都應該走逃生梯下樓的。

沒有電梯鑰匙，電梯就不會停在豪華套房所在的最高樓層：七樓和八樓，逃生梯也無法從樓梯那一側打開。也就是說，只有旅館的員工和住在那兩層樓的客人才能上到七、八樓。

或許他該找個人來監視怜花，讓她不要做不必要的猜測。

蓮實坐電梯來到四樓，走過轉角，看見柴原老師正抓著幾個男生厲聲威脅。雖然他沒帶竹刀，但這一幕看起來就像一個邪惡的小混混在欺負善良的高中生。

再怎麼樣，都不能找柴原來監視片桐怜花。

蓮實走逃生梯上五樓，在五樓撞見田浦老師。

「田浦老師，我可以借用一些時間嗎？有件事想拜託妳。」

蓮實本以為田浦老師會吐槽他客套的口氣，但田浦老師卻只回了一句「什麼事？」她身上那件梅花圖案的絲質上衣讓她看起來和平常的白袍打扮很不一樣。

「片桐伶花看起來有點怪怪的。」

蓮實把他在電梯裡看到的告訴田浦老師，包括她從頂樓下來，也包括她好像哭了。

不知道為什麼，田浦老師的表情變得複雜。

「唔，她是個很沉穩的女生，我想我們應該不需要太擔心，不過還是請妳幫我注意她一下好嗎？」

「這件事……非得交給我不可嗎？」

蓮實原以為她會一口答應，但田浦老師的態度卻顯得躊躇。

「這個年齡的女生很敏感，我覺得同性的老師比較適合。比起北畠老師或小林老師，我想田浦老師應該比較有經驗。」

「不過，蓮實老師應該比我會處理女學生的事吧？」

「不知道為什麼，片桐好像很討厭我的樣子。」

蓮實也恢復往常的口吻。

「拜託妳了！我想應該沒有發生什麼事，不過有個人待在她身邊會比較好。」

「好吧！」

田浦老師深深地嘆了一口氣後，便去找伶花。

蓮實目送田浦老師離開後，再次回到逃生梯，拿出手機打給安原美彌。

「小蓮！」

美彌以愉快的聲音接起電話。

「笨蛋！不要叫名字！」

「沒關係啦，我現在房間裡，沒有別人在。」

「妳有帶大衣來嗎？」

「嗯。」

「妳走樓梯上六樓，小心不要被任何人看到。」

「好。」

蓮實掛上電話後，快步走上樓梯，時間是晚上九點，六樓沒有入住客人及員工的身影。他按下電梯的向上鍵，一會兒後，電梯門隨著「叮」的一聲打開，幸好裡面有沒有人。

蓮實戴上藏在褲子後的帽子，再戴上黑框假眼鏡。他以假名登記入住時的變裝做得比現在謹慎，不過這種程度的變裝應該足以騙過電梯裡的監視攝影機。

此時，喘著大氣的美彌來了，她換上樂福鞋，腋下抱著一件連帽春季大衣。

美彌把運動褲拉到膝蓋上，穿上大衣、拉起帽子，這樣從天花板照下來的監視攝影機就不會拍到一個穿著運動服的高中生。

兩人進入電梯，蓮實把電梯鑰匙插進去，按下七樓的按鍵。

美彌的手摸到蓮實的手，緊緊握住，想到畢業旅行時只有她一個人享有特別待遇，就讓她興奮。

兩人在七樓出了電梯，走向豪華套房。

「好棒喔！原來這麼大一間啊！」

美彌似乎為第一次看到的豪華套房而感動。

「小蓮……我們兩個終於可以獨處了。」

蓮實關上門、轉過身，美彌就一口吻上蓮實的脖子。

蓮實站著給美彌一個長長的吻，美彌的身體失去力氣，差點直接滑到地上。蓮實抱起她到寢室的床邊，「砰」地一聲丟到床上，脫下她的運動褲和內褲。

在校內性侵學生時，因為只能利用短暫的空檔時間進行，他希望學生都穿著好脫的衣服。當學生穿著和門簾一樣的制服裙時，他只要一手扯下內褲就可以插入，非常容易。而運動服雖然在強脫時容易遭到抵抗，但卻有可以拿來當腳銬的優點。他在任教的上一所學校體育器材室凌辱學生時，他會迅速扭轉運動服和運動褲，讓它們成為手鐐腳銬。這是蓮實非常得意的技巧，雖然不太可能，但要是讓他在宴會上表演的話，一定能令大家拍手喝采吧！

「等一下，我不喜歡這樣。」

蓮實單方面的動作讓美彌忍不住抵抗。

「我們沒有時間啊！」

蓮實把美彌轉過來，邊讓她把屁股翹起來邊說道。

「要是我們倆在自由時間一直不見人影，一定會有人起疑吧？」

「可是，再一下……啊……嗚！」

蓮實硬插進去，讓尚未濕潤的美彌痛苦掙扎。

蓮實把美彌的雙手拉到背後，像抓韁繩般抓住她，不顧她的感受開始抽送。

「妳再忍一下，很快就沒事了。」

「這只是事先演習，妳真正上場的時間可是今天深夜到明天早上啊！」

蓮實看不見美彌的臉，但她拚命忍住疼痛的樣子讓他覺得很可愛。蓮實不是虐待狂，所以對方的痛苦並不會讓他興奮，不過，他也毫不在意就是了。

片刻之後，摩擦係數突然降低，美彌開始分泌愛液，經歷痛苦和屈服之後，一定能得到最頂極的快感。用細膩的愛撫調教她果然是值得的，看著學生因為自己的指導而有了一百八十度的改變，才是老師這份工作的精髓；這才是他能體會到這精髓的一瞬間。

一開始他打算速戰速決，但又覺得浪費。就算再一下，只要得到快感就沒關係了吧？何況，這也是教導學生的好機會。

「對了，美彌也有事該反省吧？」

「……對不起。」

「喂，不要沒頭沒腦地道歉，我指的是妳到處向其他學生說了我們的事，對吧？」

「可是，我沒有跟任何人說是小蓮喔！」

「就算不說別人也會知道啦，妳不也暗示了對方是老師嗎？」

「嗚……可是。」

「這件事一旦曝光，我就會被開除，就見不到美彌了，這樣妳也願意嗎？」

「我、我不要。」

「那妳不可以再跟別人吹噓我們的事。」

「嗯，好。」

「很好很好，真是個乖孩子。」

為了獎勵她，蓮實插得更深。像被電流劃過的美彌仰起上身，拚命想保住的思考能力已經煙消雲散。

無論什麼樣的學生，一定會有順從的瞬間，不論帶來這一瞬間的是快感、恐怖還是痛苦。世界上的老師為什麼不抓緊這一瞬間，對學生諄諄教誨呢？蓮實不能理解。

「妳跟哪些人說了這件事？」

「美咲還有……其他兩三個人。」

美彌再次集中起四散的思考能力。

「那麼，這樣好了，妳就說跟妳交往的人是真田老師。」

「咦？可是……」

「反正他要離開學校了，這次就請他幫我背個罪吧！這是為了大家，而且真田老師一定很高興能幫上忙吧！」

「唔……嗯。」

「不可以說得不自然喔！妳要先想清楚怎麼講，讓她們相信妳的話。對了，妳先盡可能擺出寂寞的表情。」

「寂寞的表情？」

「因為妳最喜歡的真田老師要離開了，所以妳非常非常寂寞。妳演得出來吧？」

「嗯……我可以。」

美彌已經處於忘我狀態，所以蓮實或許等於在催眠她吧！

蓮實一邊加快抽插的速度，一邊像摸小狗般，溫柔地摸著美彌的頭。

美彌一邊忘我地瘋狂扭動身體，一邊咬住枕頭忍住聲音，陶醉地閉上雙眼。她的側臉，讓蓮實不知不覺回想起深藏在記憶深處另一個少女的身影。

國二那年冬天，因為「駭人的悲劇」而同時失去雙親的少年蓮實被住在京都的舅舅，松崎武文收養。

松崎家所有人都提心吊膽，用盡體貼和溫柔迎接少年蓮實的到來。

松崎武友是京友禪的繪師，平常和別人沒什麼來往，更不知該如何對待經歷慘絕人寰悲劇的聖司。他給人的感覺有些離塵超然，對小事不太在意，所以少年蓮實認為這個舅舅不需要花太多心思對應。

倒是舅媽寬子被小姑家突如其來的悲劇嚇到了，雖然她個性堅強穩重，仍會因為一些小事而想起那件事，潸然淚下。因此，她無微不至地照顧死裡逃生的少年蓮實。少年蓮實也適度關在自己的殼裡，不時故作堅強地表現出開朗的樣子。看到他這個模樣，寬子對他的心疼更深了。

表妹和表弟——國一的末乃里和小五的友也一開始怯生生地站在遠處看他，但當少年蓮實開始教他們念書、努力和他們打成一片後，他們很快就仰慕起這個溫柔的大哥哥。

少年蓮實一直沒有忘記周圍的人對他的期待，所以松崎家慢慢地變成一個住起來很舒適的地方。由於事發時離第三學期結束只剩下一個半月左右，所以少年蓮實比其他同學早了一步，過了一個比較長的春假。放假的時候，他用看書和晨間散步來療癒身心，然後在國三的第一學期轉入京都當地的公立國中。

少年蓮實轉學的原因在同學之間是完全保密的。由於全國都報導了事件被害者的姓是「蓮實」，所以雖然松崎家沒有辦理正式的領養手續，蓮實還是改用「松崎聖司」這個名字。或許是因為這樣，沒有任何同學知道事情的真相。

少年蓮實第一次受人矚目，是因為轉學後的第一次模擬考他就拿到學年第一名。

有幾個女生對比同年齡學生成熟、有些冷淡又帶點陰鬱的少年蓮實表示興趣，也有人問他願不願意和自己交往。少年蓮實鄭重地拒絕了所有人，因為他認為，雖然班上沒有任何人知道真相，他現在還是必須扮演一個身處悲劇漩渦的少年。同樣地，他也沒有積極結交男性朋友，所以班上同學對他自然而然蘊釀出一種敬而遠之的氣氛。

在這樣的氣氛中，一個名叫石田憂實的女生剛好換位子坐在他旁邊。就算少年蓮實不太理她，她還是毫不介意地找他說話。她的身材嬌小、額頭寬廣、鼻子扁平，離美少女有一大段距離，不過看起來卻莫名地可愛。他一方面覺得這個女生奇特，也不想對她太冷漠，所以就隨口回話。等他意識到時，憂實已經是他最常說話的對象。

座位換了一個多月後，少年蓮實才開始認真看待憂實的存在。

「聖司同學，你不能這樣啦！」

憂實開始對少年蓮實指手畫腳。和少年蓮實相反，憂實的成績永遠是全學年吊車尾的那一個，班上也有同學嘲笑她，或公然揶揄她。憂實沒有被霸凌，只是大家看不起的對象。不過，由於當事人少年蓮實對憂實的一舉一動都睜一隻眼閉一隻眼，周圍的人也跟著對這件事失去興趣。

少年蓮實不太懂自己為何能忍受憂實。

但就在某一天，他聽到憂實說的話後，原因突然閃過腦海。

「聖司同學，與其說你有點任性，我覺得你實在太冷淡了，你得為大家的心情著想一下啊……」

蓮實並不記得當時的狀況，不過蓮實少年發現憂實似乎看穿了他的演技。

她之所以跟不上課程，不是因為ＩＱ低，而是她有某種學習障礙。然而，她唯一遠遠凌駕他人的，便是同理別人的感受力。若有同學受傷，就算那同學裝得若無其事，不讓別人發現，憂實還是會立刻察覺，安慰那個同學。也許這就是平常被當笨蛋耍的她沒有遭受霸凌的原因吧！

在熊谷老師給了他推敲他人心思的忠告後，少年蓮實以為他能藉由觀察、模仿周遭人物，幾近完美地演出自然的情感。他能輕易騙過大部分人，最親近的例子是，他的表弟妹們對他是個好人、是個溫柔大哥哥的形象深信不疑。

然而，這裡卻有人能極自然地看穿他的表象，看來自學還是有其極限的。

事到如今，少年蓮實被迫在兩者間做出選擇：是殺了石田憂實，還是要讓她幫助自己emulate（模倣）更細膩的情感。

猶豫許久，少年蓮實選擇了後者。因為他認為，為了保護將來的自己，他必須在這時候將擬態的情感修正得更接近真實。雖然憂實知道他欠缺感受力，但幸好她並不認為他心裡隱藏著邪惡的思想。若是哪天他覺得憂實的存在對自己構成威脅，大可輕而易舉地解決掉這個不黯世事、也不對自己抱有一絲懷疑的少女。

如此一來，憂實成了教導少年蓮實情感的家教。

自然而然，少年蓮實和憂實在一起的時間變多了。既然她已看穿自己戴著面具，那他也不用再演戲，反而落得輕鬆。另一方面，成長過程中只接觸過善意的她，也沒辦法想像藏在少年蓮實面具後的真實面貌。

在這個世界上，憂實是唯一一個少年蓮實不需設防的人。

畢業之前，少年蓮實一直以照顧憂實念書做為回禮，但她的狀況簡直令人失望透頂。憂實的課業從小學低年級就出問題，不論少年蓮實回溯到哪一個階段，都找不到她可以理解的地方。面對明知情況卻仍對憂實置之不理的老師們，少年蓮實也只能在心裡驚嘆。

不久後，幾乎可算少年蓮實人生中唯一一段halcyon days（平靜的日子）告終，畢業來臨。

少年蓮實輕鬆考進京都升學率第一的私立高中，而班上除了一個人之外，也都進了符合各自學力的高中。

唯一一個例外，就是憂實。

少年蓮實見過憂實的父母一次，他們只在乎面子，覺得女兒有學習障礙是非常丟臉的事，為了避人耳目，他們決定讓憂實開始工作。

在畢業典禮上，少年蓮實心中沒有任何感慨。因為已經結束的事物在那一瞬間就會消失，他向來只對接下來的事有興趣。

之後，他進入高中，度過了動盪不安的一學期。

少年蓮實在沒有被老師公開盯上的情況下，將「隨心所欲操控班級」這個困難課題完成了九成。而暑假開始沒多久後，他接到憂實打來的電話；那是她第一通，也是最後一通電話。

她說她想看看自己沒能去成的高中，從來沒有對蓮實任性要求過什麼的憂實難得這樣拜託他。

少年蓮實本想冷淡地拒絕，但回過神來時，他已經說了好。

雖然無法理解自己的舉動，可是既然答應了，只好照辦。他原本可以早上帶她去學校參觀，但不想被人囉嗦，也不想暴露在好奇的視線中，所以決定晚上再把憂實叫出來。

他曾經好幾次在夜間潛入高中，很熟悉校內的防犯設施。深夜十二點，少年蓮實將憂實從安全路線帶入校舍，一隻手拿著手電筒為她嚮導。

校舍、游泳池、體育館、武道場、社辦，少年蓮實覺得每個地方都和國中沒什麼差別，但憂實卻每到一個地方就為之感嘆、嘻笑。

最後，他把憂實帶到校舍頂樓，讓她觀賞京都的夜景。校舍裡空氣濕熱，夜風卻帶來一陣清涼。可惜月亮已經西沉，不過由於校舍高度不高，地面的照明有一部分能進入視線範圍，流洩著薄墨般的天空看起來十分風雅。

對於在京都出生長大的憂實來說，這應該不是什麼特別的景色。但不知道為什麼，她卻抓著鐵絲網盯著夜景，一動也不動。

「走吧，該回家了。」

少年蓮實這麼說的時候，已經過了凌晨兩點。

憂實回過頭，看到她眼底嚴肅的光芒時，少年蓮實後悔了。

他以為她要向他告白。

然而，憂實說的話卻完全出乎他意料之外。

「聖司同學……殺了我。」

「什麼？」

少年蓮實原以為自己聽錯，但憂實卻將他的雙手放在自己的脖子上。

「拜託你，我希望聖司同學殺了我。」

少年蓮實的雙手彷彿回應憂實話語一般地，不知不覺有了動作。她的脖子驚人地細，少年蓮實將拇指交叉，但兩隻中指似乎能在另一端碰到。

不過，到此為止。
不知道為什麼，不論怎麼努力，他就是勒不下憂實的脖子。
少年蓮實茫然地看著自己的手。
「能被聖司同學殺掉，是我的心願……」
憂實再次拜託少年蓮實，但他卻收起手，搖了搖頭。
「這種事，不可能做的吧？」
憂實維持了短暫的沉默。
她為什麼要那麼說？少年蓮實疑神疑鬼了起來。
憂實抬起頭，莞爾一笑。
「對不起，你別在意，我剛剛是開玩笑。」
「開玩笑啊……」
不是演技，少年蓮實打從心底困惑。他不只搞不清楚她的用意，更覺得自己突然像個陌生人。他剛剛不是因為憂實拜託才做，而是依照自己的意志，在指尖上施加力量，想要掐住她的脖子，但指尖卻如麻痺一般完全不按他的意志動作，為什麼？
「回家吧！」
憂實轉身背對少年蓮實。
少年蓮實心存疑慮：是不是不能就這樣放她回家？

然而，少年蓮實最後並沒有做出任何行動。

離開高中校園，當兩人在她家附近告別時，少年蓮實再次將雙手從她背後繞上她的脖子，果然還是不行。為了掩飾不自然的動作，他摸了摸她的頭。

憂實輕輕地只轉了半邊頭。

「今天晚上，謝謝你……」

少年蓮實看到她的眼角彷彿閃著淡淡淚光。

接著，憂實快步跑開，這是少年蓮實最後一次見到她。

兩天後，少年蓮實聽說了憂實過世的消息；她在家裡上吊自殺了。

少年蓮實和過去的同學們一同參加葬禮。讓蓮實驚訝的是，這些人明明就把憂實當笨蛋耍、把她當成空氣不放在眼裡，但所有女生都哭了，男生則非常沮喪。

那個時候，少年蓮實從一個女生那邊聽到傳聞。

她說憂實在組裝電器用品的工廠工作，每天規定的工作時間是八小時，但通常要加班四、五個小時，若沒達成目標，工廠還會強迫員工假日來上班，是一間非常糟糕的公司。人很好的憂實無法拒絕同事硬推給她的工作，幾乎完全沒有時間休息。

「太過分了……她是因為這樣才得了憂鬱症嗎？」

少年蓮實的問題讓少女搖了搖頭。

「應該不是。」

聽說工廠裡有個無可救藥的小混混員工，對憂實明目張膽地性騷擾，最近甚至還跟蹤她。

「這是我從工廠員工那裡聽來的，他說有人謠傳憂實可能被那個人強暴了……」

要找出那個男人是誰，其實不是什麼難事。

大概是因為蓮實的動作突然變得粗暴吧，美彌發出痛苦的慘叫聲，回過神來的蓮實再次放慢動作。

「你知道你在跟誰講話嗎？」

名叫大村的小混混員工從屁股口袋裡拿出蝴蝶刀，以流暢的動作把刀子甩出來。他的體格瘦弱，但似乎異常熟悉使用暴力。

「你給我說話啊！」

大村用刀子抵住少年蓮實的喉嚨。他似乎以為少年蓮實的沉默是恐懼，比目魚般的臉上浮現笑容，他用刀刃的側邊敲打著少年蓮實的臉頰。

「你這個白癡，居然特地把我叫到這個地方來，意思是你被我怎樣都可以囉？」

大村露出骯髒的牙齒笑道。

「割開你的喉嚨嗎？還是要我剁掉你的小雞雞呢？啊？」

大村將刀子往下滑。當刀子來到腹部時，少年蓮實做出對方沒預料到的舉動，雙手緊緊抓住大村的手腕。

「你這個死小鬼！」

吃了一驚的大村展現出不顧後果的凶暴，用力握住刀，想要捅進少年蓮實的腹部。

只不過，刀子刺不進去，只割開了少年蓮實身上的襯衫，在防刺背心上往旁邊滑開。

少年蓮實趁此時以右手制住對方的右手腕，身體貼上對方壓住他左臂，牢牢控制住大村的右上臂。

接著，他向內扭轉大村的右上臂，刀子掉下，一隻腳遠遠踢開掉下的刀，再用力將對方的右臂往上扭。國中時，少年蓮實曾參加過家附近的合氣道教室，學過一系列鎖住關節的技巧。完全不在乎是否會傷到對方的蓮實為了創造最強的殺傷力，自行改編過這些技巧。

「痛痛痛痛！」

大村誇張地慘叫。

「咚咚咚？我聽不懂你在說什麼耶！」

少年蓮實歪著頭。

「痛的時候要舉右手，就像你去看牙醫的時候一樣。」

少年蓮實一邊更用力地反扭對方的右手腕，一邊說道。

「開什麼玩笑！你誰啊？」

大村噴著口水叫道，眼淚流下他的臉頰。

「我背後可是有〇〇組的××會撐腰喔！你以為你這樣做沒事嗎？」

「你要是打了小報告，我可就麻煩了，乾脆讓你回不去好了。」

少年蓮實保持制住對方右手臂的姿勢，一邊壓上全身重量，將對方的肘關節壓斷。疼痛讓大村慘叫出聲。

少年蓮實沒有放開他用雙手抓住的大村右臂，但用兩腳夾住大村的手，採腕部逆十字固定姿勢。這樣一來，就算大村的手臂沒斷，也會痛到無法動彈。

「噫……好痛！這是怎樣？你的目的是什麼？」

「我想問一件事，你強暴了石田憂實嗎？」

「喔，對啊，我覺得她一輩子當處女很可憐，我這個職場前輩就幫她開苞了。她一開始有反抗，不過最後夾我夾得可緊呢！」

最後一次虛張聲勢的大村露出牙齒，口沫橫飛地說。

「你是怎樣？你喜歡憂實嗎？」

「不，憂實是我的家教。」

「你在說啥？那個連高中都沒念的蠢蛋……」

「憂實教了我一般人類有的情感是什麼。」

「嗄啊？」

「我好像沒有情感的樣子。」

大村至此第一次顯露出毛骨悚然的表情。

「呃，這樣說或許有些過頭了，我當然也有喜怒哀樂，不過，我在體會別人的情感這件事情上有障礙，我好像完全沒有所謂的感受力。」

瞪大了雙眼的大村突然試著大叫。

「誰來救……」

少年蓮實的右腳對準大村的喉嚨踹去，運動鞋尖陷進大村那比足球還軟的喉結，那感觸真是太舒服了。

「喂，喂，這地方根本沒半個人，你應該知道呼救也沒用吧？」

一邊劇烈咳嗽，一邊吐出帶血口水的大村痛苦掙扎，試著發聲的他只能發出微弱的咻咻聲。

「住手……你住手……求求你。」

大村拚了命擠出聲音，痛苦地喃喃自語。

「嗯，好吧，不過，你先幫我做個實驗。憂實不在了，所以我要你代替她當我測試感受力的實驗對象。我想知道我可以感受你的痛苦到什麼程度……換句話說，我想知道我可以忍耐你的痛苦到什麼程度。」

少年蓮實的腳從腕部逆十字固定的姿勢改放在大村的側腹和脖子上，用盡所有的背肌力，試著將大村的右臂連根拔下。

大村像隻四肢被折斷的蚱蜢般顫抖。

「會痛嗎？我想應該會痛吧！嗯……我能感受到同理心的波動嗎……」

少年蓮實閉上雙眼。

「嗯──我覺得我快要可以感受到了，不過好像還要再一下，你可以加油再試試嗎？」

少年蓮實用盡全力拉扯大村的右臂，流氓般的小混混員工──話是這麼說，但他的年齡跟少年蓮實應該相去無幾──發出不成聲的沙啞慘叫，冷汗直流地痛苦掙扎後，像個孩子啜泣起來。他左右兩隻手臂的長度已經明顯不同。

「韌帶和毛衣一樣，只要拉長就再也縮不回去了。買襯衫的時候，你可以買長一點的，然後塞到左邊去喔！」

少年蓮實親切地給大村建議，但大村的思緒似乎被其他事情佔據，完全沒聽到少年蓮實在說什麼。被忽視的少年蓮實覺得有些不愉快，於是拉扯著大村的右臂上下擺動好幾次，確認大村的肩跟肘關節均已完全脫臼。

待大村奄奄一息，少年蓮實沒把大村那變得異常長的右臂放開就站起身，一邊吹著〈謀殺〉旋律的口哨，一邊在大村身邊繞來繞去，扭著大村的右臂，像是要把它拽下來。大村的肌肉有如抹布被扭擰，肌纖維啪嚓啪嚓斷裂的觸感傳來，最後橈骨斷裂的聲音響起。

大村開始激烈地嘔吐，過了一會兒便一動也不動，看來是嘔吐物塞滿了他的喉嚨，讓他斷氣了。

他對這種緩慢折磨人至死方式，完全沒有任何心理障礙。

之所以殺不了憂實，果然只是他一時昏了頭吧！

手機鈴聲把蓮實的意識拉回現在。

仍停留在美彌身體裡的蓮實接起手機，是酒井副校長打來的。

「喂，我是蓮實。」

「蓮實老師，你現在在哪裡？」

「我在旅館裡四處看看，怕有學生在其他樓層給客人添麻煩。」

蓮實的呼吸正好像快步走路一樣。

「請你立刻回到四樓，柴原老師發現有學生在房裡喝啤酒，起了一場騷動啊！」

「好。」

蓮實掛上電話。

「美彌，妳今天是安全期吧？」

發現蓮實要做什麼的美彌喊出「不、不可以！」的時候，蓮實像野獸般瘋狂抽送，在她體內射精。

怜花在床上輾轉反側。

她不是那種換了枕頭就睡不著的人，而是異常煩躁，怎麼都睡不著。同房的小野寺楓子和去來川舞一上床就立刻發出舒服的鼾聲，怜花聽著她們的鼾聲，不斷反芻今天一整天發生的事。

她絕對不原諒圭介，但田浦老師比圭介更讓她生氣。

明明是老師（應該說是利用老師的身分），居然誘惑男學生畢業旅行時在頂樓幽會，恐怕也沒有制止圭介在她面前吸大麻吧？

在那之後還特地跑來找我，到底想做什麼？是來試驗我有沒有聽到什麼嗎？就算是，她又怎麼會知道我去了頂樓呢？

我應該沒有被田浦老師看到，怜花對這一點有把握。

那麼，這表示圭介之後又跟那女人碰了一次面嗎？

光是這麼想，怜花的頭就熱得快要燒起來，手腳也冷到快結冰。

怜花連和那個女人——田浦潤子老師——講話都受不了，為了讓她快點走，怜花委婉地暗示頂樓的事，聽到怜花這麼說的田浦老師臉色明顯一變。

也就是說，那女人根本不曉得怜花知道那麼多。

那麼，她為什麼特地來見我？

怜花一遍又一遍不停地想。

畢業旅行應該是愉快的，為什麼只有我要承受這種事？怜花壓低了聲音啜泣，不讓睡著的兩個人聽見。

不久，黎明將近，怜花終於得以假寐。

啊，我終於能睡了。

怜花知道她大概不會作什麼好夢，但實際上作的夢卻比她想像的還糟。

一扇門在眼前慢慢打開。

門的彼端是一片黑暗。

她看見人影。
佇立在黑暗中的，是個男人的剪影。
不是圭介。
想知道那個男人是誰的怜花定睛一看，發現他臉上帶著微笑。
不知道為什麼背脊一陣發涼，怜花試著後退。
朝她靠近的男人無可言喻地恐怖。片刻之後，怜花看清那個男人的臉，發出慘叫。
遠看是人，但近距離仔細一看，怜花發現那不過是像人臉的東西。
這不是人。
那是一個擬態如人，實則人不人、鬼不鬼的怪物。
「怜花！妳怎麼了？妳醒醒！」
怜花醒過來時，看見楓子的臉蓋在她面前，去來川舞也從楓子背後擔心地探出頭來。
「啊……」
「妳沒事吧？妳突然叫好大聲，讓我嚇了一跳！」
怜花緊緊抱住楓子。
「唉呀，怎麼了？」
楓子的聲音裡帶著困惑，但怜花並沒有放開她。

隔天早上，沒睡飽的怜花腦袋有些呆滯。

她幾乎沒吃早餐，看見圭介朝她走來，趕快走避，不想見他。現在不只圭介，連雄一郎也……反正她現在不想跟任何男生講話。

帶隊老師的叮嚀也是左耳進，右耳出。她的視線險些和田浦老師對上，但對方卻略略尷尬地移開。

沒錯，妳是該躲我。

怜花在心中低語。

學生們接連走出旅館大廳。蓮實老師一邊確認走上巴士的四班學生，一邊喀嚓喀嚓地用計數器計算人數。

怜花低著頭準備走過去。

「蓮實老師！」

聽到有人叫蓮實老師，怜花反射性地望過去。

一個戴著深度近視眼鏡、額頭光禿的男人正朝蓮實老師走過來。他看起來明顯是老師，但不是這所學校的老師，他是誰？

「寒河江老師，你好，好久不見。」

蓮實老師深深地低頭行禮，他臉上雖然帶著笑容，但怜花知道他不是真心高興。

「畢業旅行嗎？」

「是的，我們昨天晚上就住這間旅館。」

「是喔！我今天是來場勘的。」

不知道為什麼，被稱作寒河江老師的人一臉異常溫馴的表情。

「在那之後，我們學校好不容易重新站起來了，感謝蓮實老師的盡力。」

「別這麼說，我根本是陣前逃亡的人……」

蓮實老師的話講得含糊，怜花總覺得他不希望別人談到這個話題。

「蓮實老師，這位是？」

聽著兩人對話的酒井副校長探出頭來，想知道這個人是誰。

「啊，副校長，這位是寒河江老師，他是我任教的上一個學校，都立××高中的……」

「喂，片桐！妳在幹什麼？趕快上車！」

聽到這裡，怜花便在柴原老師的怒吼下被趕上巴士。

怜花從車窗看出去，酒井副校長和寒河江老師正在交換名片。

這個時候，怜花發現對蓮實老師和寒河江老師對話有興趣的人不只自己。

她看見釣井老師站在稍遠的地方，雙眼直直地盯著那兩個人看。

由於釣井老師畢業旅行時幾乎沒有出現，不知道他為什麼跟來的怜花覺得，他似乎是突然現身。

平常面無表情的釣井老師嘴角揚起一抹淡淡的笑。

第六章

門慢慢地打開，一隻細細的手伸了出來；
那是塗了紅色指甲油，毫無血色的一隻白皙的手。

「大概是這件事吧？」

夏越雄一郎把一疊紙丟在片桐怜花桌上，A4紙下方記載著網址，看來他是把過去的新聞列印出來。怜花皺著眉頭把那些紙看完，她昨天晚上沒意義地熬了夜，從第一堂課起就忍哈欠忍得很辛苦，不過那麼頑強的睡意也在瞬間退散。

新聞的日期是兩年前秋天，內容是回顧春天到秋天發生的一連串事件，舞台是都立××高中；這是畢業旅行時蓮實親口所說的前一間任教學校。

這才意識到，蓮實之前幾乎沒有提過前一間任教學校的任何事。

「什麼叫做維特效應啊？」

沒看過的辭彙突然出現，怜花看向雄一郎。

「啊，是什麼呢？好像是心理學名詞吧！」

雄一郎用手支著頭。

「反正是跟連續自殺事件有關啦！下一頁有說明，不過那沒什麼大不了，我覺得浪費紙所以沒印。」

為什麼要在這種地方吝嗇一張紙啊？

「……維特到底是誰？」

「嗯，是誰呢？是彼得潘的女朋友嗎？」

雄一郎隨便亂扯，想敷衍過去，一副「看了新聞就知道內容在講什麼了」的表情，他用肢體動作讓怜花把注意力放回列印紙上。

「那不是溫蒂嗎？」

「啊，的確可以那樣念，唔，應該是因為英文和德文的念法不同吧？」

怜花看雄一郎眼神四處游移的樣子，就知道他又在胡扯。

「維特是歌德《少年維特的煩惱》這本書主角的名字。」

告訴他們正確答案的人是圭介。他一如往常地走進四班，但有些遲疑地站在離怜花桌子兩公尺的地方。

「是嗎？謝謝。」

怜花眼也沒抬地冷冷說道。

「那本《少年維特的煩惱》的內容是連續自殺事件嗎？」

明明應該看過維特效應相關解說的雄一郎問圭介。

「怎麼可能！我沒看過那本書，不過它是一本戀愛小說，講維特失戀，最後自殺的故事。當年那本書很暢銷，有些讀者受到影響，結果自殺的人數突然暴增。」

圭介一邊慢慢朝他們走近，一邊以異於往常的認真神情答道。

「這則新聞提到大概二十年前有個偶像跳樓自殺，結果粉絲們紛紛跟隨她的腳步，接連跳樓。圭介，你知道這件事嗎？」

這個二十多年前的事件，新聞裡只提到一句：岡田有希子現象。無論是再瘋狂的粉絲，怜花都想不通他們為什麼會因為這樣結束自己的生命。

「啊，我在網路上看過。網路上說新聞、雜誌和電視的過度報導，導致自殺人數增加。」
維特效應是指名人自殺所引發的連鎖自殺效應，但助長這個效應的，卻是媒體毫無原則的煽情報導。
怜花把注意力拉回新聞上。不到半年的時間裡，都立××高中就發生了四個學生——兩個男生和兩個女生——接連自殺的悲劇。這是當年的大新聞，怜花當然還有印象。然而，時間雖然只過了兩年，事件的內容卻已在記憶裡風化。
「不過啊，四個人還是太多了點吧！」
雄一郎環起雙手，搖了搖頭。
「要是我們學校的話，一定會鬧得很大。」
「事實上，事情的確鬧得很大啊！」
怜花把那篇新聞從頭看了一遍，就是無法消除那股不對勁的感覺。一是寫這篇報導的記者的立場，記者把這四個學生的自殺和都立××高中自古流傳的校園怪談連在一起，寫成了靈異事件。另一個，只能說是事情本身。怜花感到一股無以名狀的不舒服感，自己也不知道原因。
「兩個人上吊，一個人跳樓，一個人燒炭——現在應該會用硫化氫吧？」
雄一郎一邊探頭看著怜花在看的列印紙，一邊說道。
「跳樓自殺是從哪裡跳？」
圭介問。

「應該是校舍頂樓吧？」

此時，怜花心中原本模糊的不對勁感展現出它真正的面貌。

「喏，不奇怪嗎？這四個人死的地方。」

她向雄一郎問道。

「死的地方？什麼意思？」

雄一郎再次用手支著頭。

「妳說奇怪啊……」

「四個人都死在學校。」

雄一郎和圭介沉默。

「在學校死掉很奇怪嗎？」

雄一郎似乎還沒想通。

「如果是一個人還沒什麼，可是四個人全死在學校裡，總讓我覺得奇怪。因為，通常要自殺的人不都會在家裡自殺嗎？連續四個人都在學校自殺實在太詭異了。要說沒有內情，我實在不怎麼相信。」

恐怕正因如此，記者才抵擋不了把它寫成校園靈異事件的誘惑吧？

「那個喔，我想大概是因為那個啦！」

雄一郎講到一半僵住。

「『那個』是什麼？」

等不下去的怜花催促他繼續說。

「你們看呀……在學校死掉的話不是會有給付金嗎？如果死在家裡，就不能領了吧？要是問題很明顯地出在學校，譬如霸凌之類的，好像就可以領到給付金。」

這件事怜花聽說過。針對在學校受傷或死亡的學生，某個獨立行政機構好像會支付一種叫做災害共濟給付金的賠償金。

「怎麼可能！都要死了，怎麼可能還在意這個。」

圭介斷然否認。

「我也覺得怜花說的對，這件事果然有點怪。」

雖然圭介贊同自己的意見，但怜花仍舊不願意和圭介正眼相看。

「可是，就算你說怪……」

雄一郎困惑地說。

「警察應該也詳細調查過吧？這幾個案件確實被認定為自殺啊！」

「那些傢伙又不是每次都會徹底調查。」

不知道為什麼，圭介自信滿滿地反駁。

「反正那些公務員的腦袋都不會轉彎，只要一開始做出了自殺的假設，之後他們就只會往那個方向去查啦！」

「一個人也就算了，這可是死了四個人喔……」

忘記自己和圭介還處於冷戰狀態的怜花本能地問。

「或許這才是讓他們有先入為主觀念的原因吧！如果覺得這是連續自殺案，是新聞寫的『維特效應』，他們根本就不會懷疑有他殺的可能吧？」

真的有這麼離譜的事嗎？怜花全身都起了雞皮疙瘩。

「我在××高中有認識的人，我去問問看。」

圭介說完便離開四班教室，大概是以為自己跟怜花和好了，腳步稍微輕鬆了一些。

下一堂課的預備鈴響起。

「我覺得我們最好也調查一下。」

怜花低聲說完後，雄一郎露出「饒了我吧」的表情。

「怜花，妳想太多了啦！妳打算查什麼？怎麼查？」

「我還不知道。」

「為什麼要查？妳沒有證據可以證明這些事跟蓮實有關吧？如果只是他前任教學校的學生連續自殺，而他在事情發生後辭職的話……」

怜花抓住雄一郎的手臂，叫他停止往下說。

「怎樣？」

雄一郎順著怜花的視線，朝教室入口回過頭。

站在那裡的人是釣井老師。老舊的咖啡色西裝外套和西裝褲，腋下抱著點名簿，僵硬如人偶般的姿勢；失去表情、毫無生氣的臉也一如往常。

不過，那雙鐵框眼鏡後面的丹鳳眼卻目不轉睛地盯著他們倆。

完全不把釣井老師放在眼裡的四班學生泰然自若地一邊聊天，一邊故意慢吞吞地坐回位子上。愛耍寶的有馬背對著講桌，坐在桌子上大笑。清田梨奈則是完全走出火災打擊的樣子，連數學課本都沒拿出來，專心地讀著給十多歲少女看的流行雜誌。

在這群人之中，只有怜花和雄一郎一直低著頭。

剛剛的對話被釣井老師聽到了。但，只是這樣，為什麼感覺這麼恐怖？

釣井正信老師緩慢地環視教室。

這些小鬼頭──他對學生沒有任何興趣。基本上，他只覺得這些傢伙是吵鬧的小動物，對於略略提高他們考上大學機率一事毫不關心。

就算不做這種麻煩事，只要現任校長還在，他的地位和身分就能得到保障。他只需在指定的時間來到指定的教室，「上課」完回家就好。每一班的小鬼頭都會吵鬧，他早就習慣，一點也不在意。要是太過分，就像之前四班的那個死小鬼──釣井老師已經連他的名字都想不起來──一樣，找個人來把他弄走就好了。

釣井老師對小鬼頭無感，只有一件事能引起他的興趣。

是恐懼的味道。

坐在窗旁那一列中間的女生，還有坐在她左斜後方的男生，當其他小鬼頭的神經都像豬圈裡的豬一樣鬆弛時，只有這兩個人散發出來的氣息完全不同。唉呀呀，怎麼啦？他們怕我啊？

他踏進教室時這兩個人在聊的事讓他很感興趣。

二年前在都立××高中發生的連續自殺事件，他們聊的正是釣井老師現在在調查的事。

畢業旅行時的某一幕瞬間重現腦海，是大家在旅館前要上巴士的場景。釣井老師擁有超越靜態影像記憶的動態影像記憶力，可以像看電影般，詳細回想起過去的所見所聞。

「蓮實老師！」

聽到有人叫蓮實老師，釣井老師朝那邊看了過去。在他聽到聲音的瞬間，就知道那是他沒有聽過的聲音，究竟是哪裡來的白癡啊！

一個五十多歲的男人朝蓮實走了過去。他戴著高度近視眼鏡、額頭光禿，頭頂也一片稀疏，看起來是個責任感很強的老師，是釣井老師最輕蔑的那種人類。

「寒河江老師，你好，好久不見了。」

蓮實老師很有禮貌地低下頭，他的笑容有些抽搐，擺明了不高興在這裡看到那個人。

「畢業旅行嗎？」

「是的。我們昨天晚上就住這間旅館。」

「是喔！我今天是來場勘的。」

名叫寒河江的老師收起臉上的笑容，露出幾乎可以算是沉痛的表情。

「在那之後，我們學校好不容易重新站起來了，感謝蓮實老師的盡力。」

「別這麼說，我根本是陣前逃亡的人……」

蓮實說得含糊。看來寒河江碰觸到蓮實不希望談的話題，蓮實想簡單略過。

「蓮實老師，這位是？」

對任何事都要管、都要掌握的酒井副校長照例厚臉皮地插話。

「啊，副校長，這位是寒河江老師，他是我任教的上一個學校，都立××高中的……」

這個時候，那隻惡劣的野猴子——柴原那人渣用足以讓人耳聾的聲音大吼了一聲：「喂，片桐！妳在幹什麼？趕快上車！」

釣井歪過頭，片桐？對了，是那個女生。他從之前就很在意那個女生，覺得那個女生跟其他那些養殖肉雞般的遲鈍學生不同，非常害怕他。他覺得很神奇，因為她明明就什麼都不知道，為什麼會怕他？是她的直覺特別準嗎？

教室裡滿溢的雜音波長和平常不同，就連那些智力和龍睛金魚差不多的小鬼頭們也開始覺得，默默站在講桌前的釣井老師不太對勁。

釣井老師打開重複用了二十年以上的備課筆記後轉過身，一言不發地寫起板書。那些小鬼頭們對這樣的他失去興趣，有如蜜蜂嗡嗡叫的嘈雜聲回到原來的分貝。

釣井老師一邊機械式地抄著算式，一邊播放腦內暫停的影像。

片桐被那隻死猴子的怒吼趕上巴士了。

「我是晨光學院町田高中的副校長，敝姓酒井。」

「謝謝您，我是都立××高中的寒河江。」

兩人假惺惺地交換名片，佇立一旁的蓮實則一臉無趣樣，下意識地膝蓋朝外，一副想盡早離開那個地方的樣子。

一般人大概只看到蓮實覺得無聊，但釣井老師的雙眼卻看出不同的東西；他看到蓮實對這狀況的強烈厭惡。

說不定終於找到了，釣井老師深深感到滿足。

無論什麼樣的人都有弱點，釣井老師認為，只要持續觀察，那個人的弱點自然會出現。

第一次見到蓮實這個年輕人時，他就覺得這人心裡一定有鬼，但卻一直找不到具體的弱點。

看來蓮實這次失敗了。當別人碰觸到你不想被碰觸的地方時，你才更應該好好演戲啊！釣井老師在心中低聲告誡後輩。

你是個騙子，或許你很會用花言巧語討好別人，但你心裡想的跟外表可是完全不同啊！我不知道你想在這所學校做什麼，但要是你侵犯到我這個地下控制者的領地，我就會除掉你。

為了得到現在這個地位，我可是付出了你想不到的巨大代價。

就在釣井老師要停止播放記憶時，他發現了讓人在意的一幕。
有個學生正從車窗裡注視著自己，這是怎麼回事？在這次重播之前他都沒有注意到。
果然沒錯，片桐……她的名字叫什麼來著？釣井老師看向點名簿。嗯，沒錯，叫片桐怜花吧！
妳到底為什麼要看著我？
釣井老師揚起一個淡淡的笑，看向怜花。
要是妳一直愛管閒事，老師可不知道妳會發生什麼狀況喔！

「蓮實老師，隔了那麼久之後前幾天終於見到你，我覺得好懷念呢！」
對蓮實而言，寒河江老師透過話筒傳來的聲音絕不會讓他懷念起過去。
「不，我才是。我一直很在意寒河江老師的狀況，看到你那麼有精神，總算放心了呢！」
蓮實敷衍著回話，心裡卻為寒河江老師打電話來的目的而納悶，難不成他現在還要重提那件事嗎？
「事實上，我一直很猶豫要不要打電話給你，只是受了蓮實老師那麼多照顧，我想還是把這件事告訴你比較好。」
寒河江老師耿直的聲音裡籠罩著暗淡的陰影。
「什麼事？」
「昨天，貴校的老師來找我談了一下，怎麼說呢，他的樣子看起來有些不尋常……」
緊張感貫穿蓮實體內。

「我們學校的老師嗎？請問是哪一位？」

「那位老師姓釣井。我不太了解他想說什麼，不過他希望我能告訴他那件事的詳情。站在我的立場，我不能把這些事隨便說出去，所以就問了他理由，但釣井老師一直含糊其辭。」

蓮實很想「嘖」一聲，那個殭屍在多管什麼閒事啊！

「是喔，看起來不尋常的意思是？」

「怎麼說才好呢……他明明專程來，卻不時心不在焉，非常——可以算是脫離常軌的陰鬱感。」

「這樣啊，真不好意思，給你添麻煩了。」

蓮實嘆了一口氣，看來他必須快刀斬亂麻。

這所學校裡，所有人都知道釣井是個棘手的傢伙，因此到目前為止，蓮實都盡可能小心不刺激他。

不過，這次他明顯越了界。平常連課都不好好上、厭惡人類的懶惰男人居然會為了半點好處都得不到的事，特地拜訪別所高中、和人見面，而且還打探消息。

搞不好，他連蓮實會知情這一點都算到了。

牽制——威脅——抑或是宣戰聲明？

不論是哪一種，只要時間越久，釣井得到的訊息就會越多，危險也會增加。

沒辦法了，雖然很麻煩，但他必須立刻進行surgical strike（精準的攻擊）；殭屍也該回墳墓去了。

蓮實環視教職員辦公室一圈，確認沒有人在聽他說話。

「寒河江老師，這件事我想請您務必保密，因為釣井老師有精神方面的疾病。」

「果然是這樣啊！」

寒河江老師似乎立刻就接受了這個答案。

「他的夫人幾年前突然失蹤後，他被診斷出患有重度憂鬱症，現在仍須每天服用抗憂鬱劑。」

蓮實從沒想過他對釣井的調查會在這裡派上用場。

「這……可是大家都要留心的呀，老師是這個時代最容易罹患精神疾病的人呢！話說回來，這樣的老師不用離職嗎？」

「對現在釣井老師來說，只有站在講台上上課這件事是他的心靈支柱，所以讓他繼續上課是校長的善意。雖然周遭朋友的扶持也很重要，但學生們溫暖的鼓勵才是最有用的。」

所謂的鼓勵主要是指碎紙和紙球。

「原來如此。」

寒河江老師感動至極地說。

「可是，釣井老師為什麼現在會對我們學校的事感興趣呢？」

蓮實讓寒河江老師聽到一聲微微的嘆息。

「……因為釣井老師最近對自殺特別在意。」

「這！」

寒河江老師說不出話。

「那，我沒把那件事的詳情告訴他……」

「我覺得這麼做是正確的。」

蓮實強而有力地肯定寒河江老師的判斷。

「非常感謝您打這通電話告訴我這件事，我們今後會特別注意釣井老師的舉止。」

接著，蓮實報告了一些瑣碎的近況，又閒聊了一會兒後，把電話掛上。

Strike（一擊），Strike while the iron is hot，打鐵趁熱……做善事要趁早。

首先，他需要垃圾袋；其次是沙子。工友室裡應該有垃圾袋，貓山或許也有可以裝動物屍體的袋子。沙子的話，操場上要多少有多少。

怜花要走出校門的時候，看見靠在牆上等人的圭介。

「嗨！」

怜花也回了一聲「嗨」。

「妳有時間嗎？」

「怎樣？」

「今天的事，我剛打電話給都立××高中的朋友問了一下。」

如果圭介是要解釋畢業旅行的事，怜花會冷冷拒絕；但談到那件事，怜花實在敵不過想聽的誘惑。

「好。」

此時，雄一郎也追了上來。怜花原以為他們要去町田車站附近的咖啡店，但圭介卻說：「我們邊走邊講吧！」

離太陽下山還有一段時間，三個人結伴一個接一個走在狹窄的路上。路上沒有風，今天傍晚異常濕熱。

「我請他把電話轉給別人，然後我跟很多人打聽了那件事。」

圭介的聲音聽起來不僅認真，更有一種緊迫的感覺。

「自殺的那四個人算是同一個小圈圈的，聽說他們總是混在一起。」

「是小混混的團體嗎？」

雄一郎這麼問。

「不，聽說他們成績不錯，頭腦也很好。告訴我這些事的人跟他們不同學年，所以這不是他的第一手情報，而是他從別人那裡聽來的。」

「他們是模範生嗎？」

「好像也不是，那個人說他們對事情的態度似乎都滿不屑的，不怎麼融入班上。」

「他們被孤立了嗎？」

圭介對怜花的問題搖了搖頭。

「不，應該也不至於。聽說他們跟班上其他同學相處得還不錯，除了跟蓮實有關的事情外。」

「什麼意思？」

「在沒幹勁和嚴厲管束學生的老師佔多數的學校裡，蓮實上的課很有趣，也會站在學生的立場為學生著想，所以得到很多學生的愛載，但那四個人卻對蓮實有很多不滿。他們說他們沒有確切根據，只是覺得蓮實很可疑，沒辦法信任他。」

「什麼嘛！」

雄一郎低聲說道。

「簡直跟我們一樣，好熟悉的感覺喔！」

希望雄一郎不要這麼說的怜花閉上雙眼，因為聽了圭介的話之後，她也有一模一樣的想法，總覺得若說出來，不祥的預感就會在那一瞬間成真。

「可是這樣應該不構成殺人動機吧？」

「嗯……關於這一點我也不是很清楚，不過聽說第一個自殺的女生園部很有行動力，調查了一些有關蓮實的事。」

「你說的『一些』是？」

「可惜那個人不知道詳情，只聽說跟蓮實的過去有關。」

還要再追根究柢嗎？怜花感到一股無以名狀的陰寒。雖然這純粹是假設，但如果蓮實真的是殺了這四個學生的殺人魔，那恐怕不會是他第一次殺人吧！

「……關於自殺，完全沒有疑點嗎？」

「嗯，聽說警方調查得滿仔細的。」

圭介的表情變得嚴肅。

「四個人的屍體都做過司法解剖，警方找不到任何和他殺有關的證據。」

「看吧！」

鬆了一口氣的雄一郎說。

「連續殺掉四個人，而且通通偽裝成自殺，這根本是不可能的嘛！」

「不，話不能這麼說。」

圭介停下腳步，轉向兩人。怜花從圭介眼中看到未曾見過的神色，背脊一陣涼。

「只有一個警察認真調查這件事。學生們之所以覺得警察調查得很仔細，好像就是因為這個警察到處問老師和學生。但是校方認為學生們已經受到太多驚嚇，不希望警察再到處攪和，所以提出嚴正抗議，還跟警察吵了一架；帶頭的老師就是蓮實跟一個叫做寒河江的老師。」

「可是，只有一個警察起疑而已吧？誰知道是不是那傢伙剛好怪怪的？」

「你真的不懂耶！」

圭介露出一副想對雄一郎「嘖」一聲的表情。

「就算只有一個警察起疑，那也代表警察內部覺得這件事有疑點。然而，他們不但找不到任何物證，校方和教育委員會又強烈抨擊，他們只能心不甘情不願地結案吧！」

「我們不能問問那個警察嗎？」

怜花的問題讓圭介扁起嘴角。

「要問的話搞不好很簡單，我跟怜花都認識他啊！」

「咦？」

「就是那個叫下鶴的大叔！照規定，警察是絕對不允許單獨行動的，他就是因為這件事，從搜查一課被貶到警察署的生活安全課。」

釣井老師眺望著教職員辦公室窗外的夕陽。

啊，跟那天的夕陽顏色一模一樣啊！

我知道不能看到入迷，但還是像被它迷住般地凝視著它，為什麼？

我遲早會下地獄，這我一點也不懷疑，地獄的大門現在已經打開一半了。

一半以上的老師還在教職員辦公室裡，卻沒有人找一臉茫然、一動也不動的釣井老師說話。

反正都要看夕陽的話，從這裡看還好些，因為回家後再看的夕陽，會變成掩藏不住的恐懼。

放假時，他會整天一動也不動地坐在微暗的房裡。他想在傍晚到來前出門，但最後總是沒能達成。

天氣惡劣的時候，他能得到片刻的安寧。淅淅瀝瀝的雨會讓已經蓋了三十年的成屋裡一片陰鬱，但遠比那照入廚房內、既眩目又邪惡的夕陽好得多。

上個禮拜天的天氣也很晴朗。像被鬼壓住的釣井一動也不動地坐在鋪了榻榻米的房間裡，看著照射在紙拉門上的陽光將暮色逐漸染濃。

不久，他不得不慢慢轉過頭，自然而然地看向廚房。

地板上的門，門下面是以前存放食物的地方。

他看見那面門發出軋軋的聲響，慢慢升起。

開什麼玩笑！怎麼可能？這是幻覺。

不管他再怎麼告訴自己，都沒有用。

隨後，門慢慢地打開，一隻細細的手伸了出來。那是塗了紅色指甲油，毫無血色的一隻白皙的手。

騙人！沒有這種事。他緊緊閉上雙眼後再次睜開，幻影消失；但只維持了一瞬間。

門再次晃動，彷彿要再次升起，整片地板像生物般開始蠕動。

不論他倒帶多少次，幻影仍舊固執地不斷出現。就算他用慢動作，或用一格一格地播放，幻影還是會從廚房地板下探出頭來。

當然，這裡沒有廚房。只不過，與染紅那廚房的同一個夕陽，也照進了這個地方。

釣井老師拚命想將視線移開夕陽的赤紅色。

他的心情非常沮喪，心跳劇烈。他非常想吃ＳＳＲＩ抗憂鬱劑，不過他服用的量已經超過每天上限的二十毫克。而且，吃了藥之後更容易做出無謂的攻擊，幻覺也更嚴重。

他只能這樣撐過去。

釣井老師使出所有的力氣站起身，以搖晃的腳步走向洗臉台，用冷水洗臉。

當然，他很清楚就算這麼做也不會有任何效果。

到底為什麼我會跟景子結婚呢？

記不得十年前事情的具體經過了。當時景子才剛三十歲，我已經四十五歲了，嗯，年齡的差距或許沒什麼大不了，而且我長得沒有女人緣，手上也沒什麼錢。到最後我們都沒有小孩，但我也沒想要小孩就是了。

景子是個性好浮華的人，基本上跟我一點也不像。只不過，喜歡上她的人是我，所以她提出什麼任性的要求我都會答應，或許這就是問題；不，不管怎麼做，結果都是一樣的吧！

釣井老師的腦中浮現法國料理餐廳裡的一幕。

受灘森校長之邀，我們夫婦倆一同出席。第一次見到校長高大壯碩的身材，鷹鉤鼻加上大大的雙眼——簡單來說，他的外表和日本人不太一樣，那話兒想必也比日本人大吧！現在回想起來，景子露骨的媚態還真教人看不下去。她抬眼仰望校長，用興奮的聲音嬌滴滴地說話，動不動就把手放在校長的大腿上，看起來就像靠在男人身上的妓女。

相較於這樣的他們，我則在一旁跟不熟悉的西餐禮儀搏鬥，跟不上校長丟出來的話題，不知所措、狼狽至極。這種場合，作東的那一方不也該夫婦聯袂嗎？這是常識吧！

景子——那女人跟校長交換了好幾次眼神，看我的笑話吧！只要重播記憶中的影像，很容易就可以確認。之所以刻意不那麼做，是因為我怕知道之後會受傷啊！

那兩個人很久以前就認識。跟我結婚前，景子曾經待過派遣公司，在晨光學院當了一段時間的行政人員。

我這個基本上沒有半個優點的人居然能勉強當上私立高中的老師，想必是因為灘森校長和景子之間有關係吧？

就連這個顯而易見的事實我也不願意去想，我閉上雙眼、捂住耳朵，只希望能相安無事地度過每一天。

終於，記憶裡的畫面回溯到那一天了。

把灘森校長叫到家裡來的時候，他的臉色有點蒼白，領帶扭曲，頭髮亂亂地蓋在前額上。

釣井老師覺得，灘森應該預見了兩人的婚外情會被揭穿吧？就算如此，他大概也覺得沒什麼大不了。他有身為校長的權力，還有父母留給他的遺產，面對我這種什麼都沒有的老師，他應該以為只要說聲抱歉、說不會虧待我，就可以用遮羞費打發我了吧？

是這樣沒錯，但老天爺不會饒過這種狡猾的人。

釣井老師先是把拍到他們倆從旅館出來的照片遞給灘森校長，校長看了一眼便轉過頭去。要證據，我還有很多啊！釣井老師這麼說完後，灘森校長說了一句「對不起」，把手撐在地板上深深低下頭。他不過是在演戲，沒半點真心的事實明如觀火。

釣井老師把景子叫過來。景子一臉不高興，不只沒道歉，甚至還將錯就錯地說：「那我們離婚吧！」

這樣嗎？拆穿了也好啊！景子對釣井老師說，你這個男人就像一隻噁心的壁虎，我忍耐到今天，還巴望著你感謝我呢！既然這樣，你就趕快在離婚證書上蓋章。你的財產只有這棟房子吧？我什麼都不要，如果你要贍養費，這個人會付的。

原來如此。好，我們就讓一切結束吧！不過離婚這種事太麻煩了，我不會這麼做的。

你是什麼意思？你想幹嘛？

景子以銳利的眼神瞪著釣井老師，釣井老師用他偷偷拿在手上的鐵橇，對著景子的頭敲下去，景子倒在跪坐在地板上的校長面前。

釣井老師再次高高舉起鐵橇，朝景子的後腦勺猛敲了十幾下。景子的頭像磕頭般，不斷在地板上彈跳，一再重複的頭蓋骨碎裂聲響遍房內。

被嚇傻的灘森校長蒼白的臉上噴滿景子的血沫，全身瘋狂顫抖。

從廚房窗子射進的夕陽極度悶熱、眩目。

「好好地努力挖啊！要是挖到半夜都挖不完的話，你回家要怎麼跟老婆解釋呢？」

釣井老師出聲鼓勵只穿著一件內衣，挖著廚房地板的灘森校長。

「就……就算這麼做，遲早有一天你還是會被警察發現的。」

灘森校長額頭的汗水如瀑布般流下，茫然地低聲說道。

「你在說什麼傻話啊！要是被警察發現，你也同罪。」

「同罪？」

呆呆張開嘴的校長反問。

「當然啊！你現在不就在幫忙滅屍嗎？」

「那是因為我被你威脅……」

「你以為警察會相信這種藉口嗎？同罪——如果列為共犯還算好，一旦出了問題，我就說人是你殺的，我只是被迫幫忙而已，如此一來就變成各說各話；反正我手上有你們婚外情的證據。」

「你在說什麼鬼話！」

大吃一驚的校長瞪大雙眼。

「什麼叫做鬼話？」

釣井老師以凶惡的眼神瞪著灘森校長。

「既然這樣，再多死你一個也沒差！我啊，原本就打算殺了你——自古以來，姦夫淫婦本該一起被大卸八塊。」

他夾著痰的微弱聲音和低沉嘶啞的流氓語調相去甚遠，但或許正因如此，這異常逼真的威脅讓校長全身顫抖。校長比之前還拚命地挖著地，挖出來的土迅速在廚房裡鋪著的報紙上堆起，看起來就像廢土堆一樣。

「離開這裡之後，你可以立刻去報警，但你可要仔細想清楚喔！就算你在刑事庭上被證明是清白的，但我殺人的動機是因為你們兩個通姦，這一點是錯不了的。我想這應該會變成一個不得了的醜聞，你這種名人會因而失去的也太多了吧？我啊，已經沒有什麼東西可以失去了，嗯，我什麼時候被判死刑都沒有關係啊！」

釣井老師發覺自己從來沒有暢談過至今的人生。處在這種詭異的狀況下，灘森校長已經完全陷入精神異常狀態。他照著釣井老師所說，機械式地把鏟子插進土裡，像隻地鼠一樣不斷挖洞。

等洞夠深了，釣井老師要灘森校長把景子的遺體搬進洞裡。

站在洞裡的校長把包在毛毯裡、放在廚房地板上的屍體抬起時，失去了平衡。

景子的遺體從毛毯裡滾了出來。

釣井老師面無表情地看著這一幕。人死之後，就只會變成一塊醜惡的肉塊等著腐爛吧！

灘森校長在從窗外射進的血色夕陽照射下，將屍體拖進洞裡。景子塗了紅色指甲油的手一度卡在洞口，彷彿在撒嬌說她不想走。

這是釣井老師最後一次看見景子。校長彷彿想一改他平常給人的懶散印象，拚命工作，把屍體放入洞底，在上面覆上土。關上食物貯藏間的門後，校長那張輪廓很深的臉露出被什麼附身的表情，把從屍體上滴落的血痕和地板上的砂礫用抹布擦乾淨。

過了半夜十二點，廚房表面上已經恢復正常。

灘森校長步履踉蹌地離開釣井家後，釣井老師拿出他難得喝的威士忌，倒了滿滿一馬克杯，花了很多時間慢慢喝完。

等他上床時已經過了凌晨三點，記憶在他的腦子裡不斷翻轉。

那一天之後，在極細密的記憶重現和幻覺的交錯下，惡夢般的日子開始了。

他們站著聊了很久，三人途中坐上巴士來到町田車站時，夕陽已開始將西方天空染上紅色。

「反正我們以後最好小心一點，雖然這只是我的預感，但我覺得狀況已經很糟糕了。」

「你這是什麼意思啊？不要這樣恐嚇別人好不好。」

怜花向圭介抗議。

「呃，我又不是故意要嚇你們。」

圭介平常那吊兒郎當的態度覆上一層陰影。

「都立××高中那四個人大概也沒料到自己會成為箭靶吧？等他們察覺到危險的時候，已經太遲了。」

三人陷入片刻沉默，沉不住氣的雄一郎先開了口。

「我說啊，你不要亂說話啦！那四個人可是自殺，沒有任何證據證明是他殺，對吧？」

「嗯，的確沒有證據。」

「怜花跟圭介都討厭蓮實，所以才把他想成壞人吧？你們只是在享受偵探遊戲的樂趣而已吧？」

沒有人笑得出來。

似乎是下了班要回家的ＯＬ打扮女性走過，她爬上車站的樓梯，鞋跟敲出鏗鏗鏗的聲音。

「反正我們最好不要再碰都立××高中那件事。另外，我會再做一些調查。」

「調查？你要查什麼？」

「我之前不是說過了嗎？我認為我們學校絕對有裝竊聽器。」
「不要去做危險的事。」
本能地說出央求語氣的怜花後悔了，因為她還沒有原諒圭介畢業旅行時做的事。
「我沒事的啦！」
圭介自信滿滿地說。
「比起我，我更擔心你們兩個人。怜花妳怎麼樣？」
「什麼怎麼樣？」
「妳的直覺啊！妳有沒有什麼關於危險的預感？」
怜花重新思考。雖然不能靠直覺判斷，但她最近並沒有感受到太迫切的徵兆。
今早上課時，她對釣井老師的恐懼應該不需要特地告訴他們吧？尤其是他在上到一半時毫無預警地突然朝她露出一個冷笑，一陣寒意不由自主地貫穿她背脊。
「呃，沒有什麼特別的吧！」
「是嗎？」
「我也覺得沒什麼特別的喔！」
雄一郎也沉思說道。
「啊，是喔！」
圭介冷冷地回了一句。

「那我先走了。」

圭介倏地朝兩人揮了揮手，轉身走向鬧區。

「咦？你要去哪裡？」

「去夜遊。」

怜花皺起眉頭。

「圭介，你該不會該還在吸大麻吧？」

圭介的表情一瞬間蒙上陰影，但立刻恢復成撲克臉，說了一句「笨蛋」後朝人群走去。

怜花一邊目送圭介被夕陽照得一片朱紅的離去背影，一邊感到一股無以言喻的不安。

重現的記憶畫面停止播放後，釣井老師又到洗臉台洗了一次臉，拿出梳子把頭髮梳服貼。即便他才剛體驗了那樣的恐怖，此刻心情已恢復正常。

回到教職員辦公室，恰好蓮實今天難得地早歸，只剩大隅主任、北畠老師等數人，理所當然沒人找釣井老師說話。

釣井老師走向校長室，隨便敲了兩下門，但他知道灘森校長早就回家了。

他從內側口袋拿出鑰匙圈，用他強迫校長打的備用鑰匙打開門。

進入熟悉的校長室，他沒開燈便啟動電腦，輸入密碼，查看只開放給校長和副校長參考的教職員資料。

蓮實聖司的紀錄真是越看越有趣，釣井老師甚至覺得，他為什麼沒早一點看呢？東京都出生的蓮實不知道為什麼，在國三第一學期這個奇怪的時間點轉學至京都。

這裡或許發生了什麼事。

接著，他雖然從京都高升學率的名校考進京都大學法學部，但只念了一個月便退學，隔年九月到美國留學，從長春藤聯盟代表名校畢業後進入同校的商學院，取得ＭＢＡ學位。

釣井老師眉間皺起了深深的紋路，他跟經歷華麗的人就是這麼不合。

在那之後，蓮實進入歐系著名的投資銀行摩爾根斯爾坦北美總行工作。連對財經不熟悉的釣井老師都知道這個企業的名字，蓮實的菁英感越來越強。

但不知道為什麼，蓮實在那裡也只待了兩年就辭職回國，之後接下領域完全不同的都立××高中教職。

究竟發生了什麼事？雖然只是釣井老師的推測，但蓮實應該是做了什麼壞事。若非如此，蓮實大可以留在國際金融業界，轉到其他投資銀行或基金公司工作。

遺憾的是，他幾乎不可能查出蓮實在這個時間點發生了什麼事，不過，或許是能重挫蓮實的事。

釣井老師又發現一件事：蓮實只在日本大學待了一個月，那這傢伙是什麼時候上完教育學程的？

這個疑問在釣井老師讀著紀錄時解開了：蓮實拿的是「特別執照」。

當都道府縣的教育委員會認定某人在特定領域擁有過人的知識或經驗時，即便那個人尚未修完教育學程，教委會仍能授予他教師執照，釣井老師也知道這個制度已從平成元年開始執行。

然而現實生活中，被提拔為教師的一般人應該少之又少，不知道蓮實是怎麼突破這一關的。但異常擅於宣傳自己的蓮實若要籠絡教育委員會，或許也不是什麼難事。

問題出在那之後。蓮實在都立××高中只待了兩年就離開，繼而被晨光學院町田高中招聘。那時酒井副校長非常中意他，面試的紀錄裡幾乎對蓮實讚不絕口。

蓮實到任時的確介紹過之前在都立××高中教書，但釣井老師並未聯想到那件事。事件的大致經過在網路上很容易就能找到，但上面只簡單描述調查結果，釣井老師沒找到他真正想知道的重點，因此昨天請了事假，特地跑一趟去那間學校問寒河江老師，得到兩項收穫。

寒河江老師是蓮實的堅實擁護者，或許還沒完全脫離蓮實的心靈控制吧！此外，連續自殺事件讓學校跟警察及媒體間發生了很多摩擦，學校像個闔上的貝殼，防衛性變得極強。

搞不好這傢伙比我之前想的還危險，看來我該給校長施加壓力，趁現在先把那傢伙驅離學校比較好。

原本打算關電腦的釣井老師突然改變心意，決定順便瀏覽一下學生的資料。

片桐怜花。

資料上沒有什麼特別的記錄，但釣井老師臉上的笑容卻因某些文字而消失。

學校輔導老師的意見是，片桐的精神狀態輕微的不安定。小學六年級時她開始害怕導師，而且是沒有理由的害怕，她說，這位老師後來的確出了問題，自行請辭。

片桐坦言，在這所學校也暗自對四位老師感到恐懼。

四個人的名字分別以A、B、C、D代稱，但由於也記錄了能當作線索的事，所以釣井老師立刻就看出她在說誰。

體育科的園田、柴原，英文科的蓮實，還有數學科的釣井老師，也就是他自己。

釣井老師不知道她為什麼能看出這四個人很危險，但她的猜測正中紅心卻是事實。看起來就很嚇人的園田和柴原也就算了，不應該有學生對蓮實、甚至自己感到恐懼。

釣井老師默默地思考著。

她那彷彿看穿自己真面目的態度讓他非常不舒服，而且居然還把這件事告訴輔導老師，更是大罪。光是這樣，就該被嚴刑處罰。

這傢伙似乎還想查探蓮實前任學校發生的事，調查蓮實對他是不痛不癢，但若她將矛頭轉向景子失蹤一事的話……

或許是想太多，但我最好先下手為強。

片桐怜花，片桐怜花，釣井老師在記憶中搜尋所有片桐的影像。

來來來，妳的弱點究竟在哪裡？

還沒費心，釣井老師立刻找到頭緒。長處和弱點通常互為表裡，片桐怜花那值得驚嘆的敏銳直覺若是優點，那她的弱點必定是因為感受力太強而導致精神上的脆弱。

是嗎，是嗎？那我就來給妳個警告吧！

此時，釣井老師想到一個好方法。

對呀，這傢伙不是想調查蓮實的事嗎？那我就利用那個邪門歪道的傢伙來施展障眼法吧！讓她從今以後再也不能亂管學校的閒事。

釣井老師笑得滿足。

就算被揭穿，別人也會認為威脅那傢伙的人是蓮實，因為我現在沒有威脅她的動機啊！

做善事要趁早啊！明天放學後就趕快動手吧，反正只是讓妳怕一下，我不會要了妳的命的，放心吧！

話雖如此，要是妳的心因此崩潰，那就抱歉囉！

越接近回家時間，釣井老師一度昂揚的心情也隨之萎縮。

家中的影像浮現腦中。

偷工減料的陰鬱玄關，又暗又冷的榻榻米房間，每天晚上都讓人作惡夢、有如單人牢房般的寢室，在意想不到時突然發出軋軋聲的樓梯。

在熾烈的夕陽映照下，屍體仍在廚房地板底下持續腐敗

三十年前，他這個剛上任的老師到銀行辦理貸款買下新成屋時，微薄的成就感還讓他舉杯慶祝。雖然是間窄小的屋子，但它的價值在之後的泡沫景氣中曾大幅上揚，他覺得自己找到了一片光明的未來。

沒想到，那個未來的結果竟是如此……

他的家已經是纏繞他的腳銬，是纏繞他的詛咒。由於被埋在廚房地板下的景子不時宣告她那詭異

的存在感，他賣不了這棟房子，也無法搬離這棟房子。

事到如今，光是想到把屍體挖出來，他就全身發冷。

釣井老師在車站前的居酒屋小口小口地啜著日本酒，等待醉意遍布全身。

抗憂鬱劑和酒精併用是禁忌。不只是ＳＳＲＩ，連三環系或四環系這種早年的抗憂鬱劑，藥效也會因酒精而快速拔升。他自己也知道兩者併用後不時會脫軌、變得極具攻擊性，之後還會被駭人的幻覺折磨。

然而，他就是沒辦法不喝醉就回家。

當他終於離開居酒屋時，日期已經改變了。

釣井老師從京王線的橋本站搭上最後一班電車。這時候，車站裡一片寂靜，車廂裡除了他之外，沒有任何人。

釣井老師閉起雙眼，意識開始朦朧。

我的人生，究竟是哪裡出了錯？

電車緩緩地發動。

為什麼我會當上老師？

對了！我完全忘了，其實我真正想做的是……

釣井老師倏地發現有人站在眼前。

在釣井老師睜開雙眼的瞬間，蓮實的笑容躍進眼簾。

不枉費他等了這麼久，終於看到釣井老師從校門走了出來。

蓮實確認釣井老師走向公車站後，坐上小貨車，往相反方向開去。釣井老師家在若葉台，他會先坐公車到ＪＲ淵野邊站，然後搭ＪＲ電車到ＪＲ橋本站轉搭京王相模原線。蓮實原本打算埋伏在橋本站，再尾隨釣井老師回家。

不過，在橋本站下了ＪＲ電車的釣井老師卻走進車站附近的居酒屋。沒辦法，蓮實也只能進入同一家店，坐在釣井老師視線死角的位置，陪他一起殺時間。

釣井老師應該是一個人住，但不知道為什麼，身上卻散發出一股回家恐懼症的氣息。在明朗的店內，只有釣井老師所在的角落像被煤煙覆蓋，一片暗淡。

蓮實一邊喝著加了蘇打水的燒酎，一邊觀察釣井老師的狀況。

很少有人喝酒的時候會這麼陰沉吧！除了不時像機器人那樣把酒杯送到嘴邊，釣井老師幾乎一動也不動。那樣子讓蓮實聯想到一隻滿身汙泥的鱷魚在池邊休息的模樣。

的確，蓮實想，這傢伙或許就像一隻小鱷魚，在名為學校的小池塘裡自封為王，每天都對鮎魚和青蛙等級的對手虛張聲勢。

只不過，待慣小池塘的鱷魚若就此認定沒有對手比自己強大，可能會因而丟了性命。因為沒有人能斷言牠絕不會碰到偶然從海灣游進來的公牛鯊（可在海水及淡水中棲息）。

撐了兩個多小時後，釣井老師終於背起側背包，直起他沉重的身軀。差不多是最後一班電車的時間了。
蓮實拉開足夠的距離，尾隨在釣井老師身後。
釣井老師進到空無一人的車廂後，坐在長椅的最邊邊，閉上雙眼。
蓮實從隔壁車廂觀察釣井老師一會兒，雖然不至於熟睡，但他似乎在打盹。
待電車發車後，蓮實悄悄打開車廂間的門，走向釣井老師所在的車廂。
蓮實從側背包裡取出他拿手的武器，低頭看向釣井老師。四周沒有半個人，沒有人留意他們，列車員也沒有要來巡視的樣子。
……如此一來，我就用不著跟他到家了吧！
就在此時，不知道感覺到什麼釣井老師突然張開雙眼。
蓮實笑容滿面地低頭看向釣井老師。
在釣井老師有反應前，他正確地甩出手上的黑傑克。
力道不會太強、也不會太弱的靈巧一擊，打上釣井老師的太陽穴，他無力地垂下頭，一動也不動。
手工製的黑傑克是蓮實將五個ＰＥ垃圾袋套在一起，裝進細沙，並用膠帶補強後做出來的。沙子的重量會轉換為動能，讓他可以在不留明顯外傷的情況下讓釣井老師腦震盪。
到下一站多摩境之前只有兩分鐘左右的時間，他必須動作快。
蓮實收起黑傑克，解開釣井側背包的背帶，再把自己包包上的背帶取下。對於動輒隨身攜帶大量文件的老師來說，側背包是必需用品。

兩條背帶上都有方便裝卸的登山用鐵鎖型扣環。蓮實調整了釣井老師的背帶長度，用那條背帶吊住釣井老師的頭，再把背帶兩側的扣環繫上自己的背帶，釣井老師看起來便像一條被項圈套住的狗。蓮實把自己的背帶當做拉繩，將它穿過三角形的電車吊環，壓上自己的體重用力往下拉。

體重很輕的釣井老師從座位上懸空而起，像晴天娃娃般被掛在吊環上。他的身高不高，所以腳尖離地板有幾公分的距離。因為腦震盪而意識朦朧的他應該會像絞刑或上吊時一樣，瞬間失去意識。

蓮實將背帶穿過行李網架，用扣環固定，再脫下釣井老師的鞋子，在腳邊排好。

那是千鈞一髮之際。釣井老師幾乎是在他完成這些動作後隨即失禁，小便滴滴答答地落到地板和鞋子上。

最後，為了讓釣井老師的側背包能成為制動裝置，他將陷進釣井老師頸部的背帶改扣上包包的扣環。釣井老師的身體慢慢往下滑，當腳尖要碰到地板時，包包卡到吊環上，身體也隨之停住。

電車開始減速，不久抵達多摩境站。

蓮實把自己的背帶從行李網架拿下來，繫回側背包上。接著，像觀賞自己精心製作的作品般，看著隨電車節奏搖動，卻又慢了半拍的釣井老師。

對人生疲累至極的寒酸男人，脫下鞋子、爬上長椅，大概是合掌之後才用吊環和側背包上吊。任誰來看，都只會聯想到這種悲慘的故事吧！

蓮實背起側背包走向隔壁車廂，待電車停到下一站後下車。

為了向監視攝影機表達敬意，他壓低了帽簷，走出剪票口。

他很自然地吹起口哨，旋律當然是〈謀殺〉。

新學年開始後，已經開了好幾次緊急教職員會議。第一次是清田梨奈家被燒燬，第二次是真田老師酒駕車禍，這次是第三次。

一早就聽到這麼駭人的消息，辦公座位並排而坐的老師們都高興不起來，但沒有人為釣井老師的死而哀悼。不僅如此，釣井老師的死訊似乎讓大部分人鬆了一口氣。

另一方面，大家都有點生氣，他要上吊，為什麼不在家裡。就算那是空無一人的末班電車，在通勤電車裡上吊自殺這種轟動社會的死法，讓電視和網路新聞都炒得沸沸揚揚。

「無論如何，我們必須把學生的不安壓到最低。」

眉間皺起深深一條溝的酒井副校長以沉重的語氣說道。

「這條新聞來不及在早報刊出，電視新聞裡也匿名，但網路新聞卻報出釣井正信老師的本名。事到了這個地步，我們已不能隱瞞事實，希望各位能口徑一致地對應。雖然釣井老師不幸因為精神疾病而選擇了自殺，但我們學校一向教導學生生命非常重要。不管面對什麼樣的問題，都請依照這個方針回答。」

大隅主任舉手。

「大隅老師，請問有什麼事？」

「學生要是問起釣井老師自殺的原因，我們是不是該給學生一個更具體的答案呢？」

酒井副校長皺起眉頭。

「嗯，這個嘛，這個問題攸關往生者的隱私……」

「但是，釣井老師在某些班上是學生惡作劇的對象，這是事實。」

起了一陣騷動。

「難不成，你是想說他飽受折磨，所以自殺的嗎？」

酒井副校長用鼻子「哼」了一聲後，露出非常不高興的神色。

「至少，學生間可能會傳出這種揣測。針對這一點，我認為我們應該先決定好如何向學生說明……」

蓮實舉手，迅速站起。

「我認為主任說的沒有錯。不過，生活輔導組認為學生們的惡作劇其實算可愛的，他們只會在釣井老師進教室時撒碎紙，或朝他背後丟小紙球。話說回來，若各位要追究輔導老師明知此事卻不處置的責任，我無話可說。」

蓮實一邊和每位老師對看，一邊滔滔不絕地說。這種情況下說出口的內容當然重要，沒有自信的態度也絕對不宜。

「當然，我相信各位知道釣井老師並不以此為苦。雖然他一向沉默寡言，但我認為他心裡有事。對我而言，他是個可怕的前輩，他之所以輕生——雖然我不該在這裡擅自臆測——不過我認為原因應該就是精神上的疾病。」

酒井副校長大大地點了點頭。

「請等一下！我並不是想討論他自殺的真正原因。」
大隅主任舉起雙手，像是要壓制住大家想為蓮實鼓掌的氣勢。
「我擔心的是那些對他惡作劇的學生。如果他們的罪惡感過重，之後可能會衍生出更大的問題。」
「你是擔心這件事會引發連鎖自殺效應嗎？」
蓮實的反問讓大隅主任露出驚訝的表情。
「不，我沒有那麼說。但這樣的案例裡，若我們輕忽了心理輔導的重要性，後續經常會引發意想不到的問題，畢竟現在那些孩子們的心就跟玻璃工藝品一樣精細。」
「原來如此，我完全理解。副校長覺得如何呢？我認為應該先讓各班導師和班上每位學生面談，過濾出需要輔導的學生名單，再請學校輔導老師幫忙，進行更細部的諮商。」
「這個嘛……好，那麼就請各班導師在今天ＨＲ結束後開始面談。」
酒井副校長已經養成依賴蓮實的習慣，一口答應蓮實的提議。如此一來，又有了和水落聰子接觸的正當理由，想到這裡，蓮實在心裡竊笑。
「……此外，還有一件事要請校長幫忙。」
被蓮實點名，之前半句話也沒說的灘森校長驚恐地抬起頭。他的眼神飄忽到可疑的地步。
「咦，我嗎？那……是、是什麼事呢？」
灘森校長那難以理解的慌亂讓老師們露出不可思議的眼神。
「我希望您能在今天朝會時，對全校學生訓話的內容側重在生命的重要性上。另外，就如大隅主任提到的，希望您能強調釣井老師過世不是任何人的責任。」

只是生活輔導組老師的蓮實並沒有任何職階，卻沒有人對蓮實主導教職員會議、冷眼指揮校長這種不尋常的行為提出異議。最近讓真田、堂島和釣井這三個囉嗦傢伙消失的效果終於出現了。

「是、是嗎？我知道了，我去說吧！生命，是很重要的。呵，當然。」

剛剛灘森校長是不是笑了一下？蓮實啞口無言。

「啊！那個，居然發生了這種事……在我的教師生涯中，怎麼說呢，這個，真是教人不敢置信啊！沒想到，那個，釣井他會……抱歉。」

灘森拿出手帕按住眼頭。

這傢伙是一早就喝酒嗎？蓮實皺起眉頭。這個男人唯二的優點就是那好看的外表和令人安心的感覺而已啊！

哎，算了，校長的發言一定和往常一樣窮極無聊，沒辦法給任何人留下印象吧！不過，至少他能藉此告訴社會大眾，說他告訴過學生生命有多重要。

然而，他這次的言談卻完全出乎蓮實預料。

「各位同學，我今天必須告訴大家一個令人悲痛的消息。」

站在體育館講台上的灘森正男校長環視學生，以沉痛的表情說道。

平常他總是等到大家回答後才繼續說，但他今天給人的感覺卻不太一樣。學生們雖然開始議論紛紛，但還是乖乖地等校長繼續說下去。

「昨天深夜，數學科的釣井正信老師過世了。」

操場上一片安靜。大多數學生都已知道這個消息，不過在校長宣布後，才有了真實感。

「我想各位同學應該已經聽說了，釣井老師做出了斷自己生命的悲哀選擇。針對這件事，有句話我無論如何都要告訴各位。」

灘森校長的演講和以往不同，既有力又真誠的談話不只讓學生、甚至連老師都聽得很專心。

「那就是，生命有多麼重要。各位同學或許會覺得我又要老調重彈。每當這種事發生，學校、媒體就會一直說生命很重要，說到讓人耳朵長繭的程度。不過，今天請各位認真聽我接下來說的話。」

灘森校長誠摯地說著。他明明還沒說到主題，女學生之間已經傳出啜泣聲。

蓮實感到佩服，他從來沒想過這個無能至極的灘森校長講話居然能扣人心弦。如果是平常，學生一看到校長的臉，眼瞼就會變得跟鉛一樣重，不出三分鐘，就陸續會有人熟睡。

「生命絕對不是只屬於一個人的東西。只要有人選擇死亡，周遭許多人的心裡便會留下一道深刻的傷痕。不，應該說許多人內心的一部分會跟著那個人一起死去吧！」

從灘森校長開始說話，已經過了十分鐘，現場從未有人聽過他講話講得如此熱切。從學生之間傳出的聲音已經超過啜泣，而是慟哭。

「他講得很有感情是好事，可是也未免太投入了吧？」

酒井副校長壓低聲音對蓮實說道。

「是啊……我覺得校長的確有點太情緒化了。」

蓮實的懷疑高漲至頂點，灘森校長和釣井老師之間究竟發生過什麼事？

「釣井老師患有精神方面的疾病。近來，許多學校的老師都在教育生涯中罹患了相同的疾病，大多數老師發病的原因都是壓力，但釣井老師的狀況不大一樣。釣井老師的夫人在數年前突然失蹤，讓人不敢置信的不幸降臨在釣井老師身上。」

學生之間起了一陣小小的騷動。

「我跟他的夫人也很熟，她是一位很美麗的女士。不只美麗，還十分聰穎，而且是位極為風趣……非常有魅力的女性。」

灘森校長咳了咳。

「釣井老師打從心底愛著他的夫人，因此夫人失蹤帶給他的打擊一定很大。在那之後，釣井老師的夫人想必一直住在他心裡，而釣井老師也日日夜夜為他的夫人祈求著死後的幸福吧？當然，我也和他一樣。」

「他在說什麼啊？」

酒井副校長皺起眉頭低語。

「每個人的心中或許都有一個地獄，有時候我們必須勉強自己活在地獄裡。除了經歷過的人之外，沒有人能理解那有多痛苦，可我們卻逃不出來。就算日子再痛苦、再可怕、再絕望，我們都必須活下去，因為，因為……因為……」

灘森校長悲痛到說不出話來。

嘈雜聲越來越大。

「蓮實！」

酒井副校長大叫。蓮實像彈出去般衝上講台，試著把校長從麥克風前拉走。

「各位同學，你們絕對不能死！不論再怎麼想死，都請你繼續活下去。如此一來，總有一天……一定、從那當中被解放的日子一定會到來！」

蓮實和園田老師分別從左右挾住灘森校長，把他架走。被帶下講台後，灘森校長不顧眾人的注視，放聲哭了出來。

拍手聲從學生之間自然而然地響起，澎湃高昂，未曾停歇。

——下集待續

文學森林 LF0030

惡之教典 上

悪の教典 上

作者

貴志祐介

一九五九年生於大阪，京都大學經濟系畢業。

出道以來獲獎無數：一九九六年以〈ISOLA〉榮獲日本驚悚小說大賞長篇佳作，之後更名《第十三個人格——ISOLA》出版上市。一九九七年《黑暗之家》獲日本驚悚小說大賞、二〇〇五年《玻璃之鎚》獲日本推理作家協會賞、二〇〇八年《來自新世界》獲日本SF大賞、二〇一一年《黑暗地帶》獲將棋Pen Club大賞特別賞。

《惡之教典》於二〇一〇年出版時橫掃日本文壇：第一屆山田風太郎賞、二〇一一本屋大賞、第一四四屆直木賞及吉川英志文學新人賞入圍，並獲寶島社評選「二〇一一年這本推理小說了不起！」第一名，《週刊文春》評選「二〇一〇年度推理小說BEST 10」第一名，極受好評。

著有：《青之炎》、《天使的呢喃》、《深紅色的迷宮》、《狐火之家》、《上鎖的房間》。

譯者

徐旻鈺

英國巴斯大學口筆譯研究所英日語組碩士。據說思考模式是「有邏輯的天馬行空」。譯有《天地明察》、《交響情人夢電視小說》等，譯作多元。

美術設計 陳威伸
特約編輯 王筱玲
副總編輯 梁心愉
版權負責 陳柏昌
行銷企劃 詹修蘋、張蘊瑄

初版一刷 二〇一三年三月二十五日
初版八刷 二〇一八年十一月十六日
定價 新臺幣三四〇元

ThinKingDom 新経典文化
發行人 葉美瑤
出版 新經典圖文傳播有限公司
地址 臺北市中正區重慶南路一段五七號一一樓之四
電話 02-2331-1830 傳真 02-2331-1831
讀者服務信箱 thinkingdomtw@gmail.com
部落格 http://blog.roodo.com/thinkingdom

總經銷 高寶書版集團
地址 臺北市內湖區洲子街八八號三樓
電話 02-2799-2788 傳真 02-2799-0909
海外總經銷 時報文化出版企業股份有限公司
地址 桃園縣龜山鄉萬壽路二段三五一號
電話 02-2306-6842 傳真 02-2304-9301

惡之教典 / 貴志祐介著. -- 初版. --
臺北市：新經典圖文傳播, 2013.03.25
1冊；
14.8×21 公分. --（文學森林；LF0030）
ISBN 978-986-88854-4-8（上冊：平裝）.

861.57 102000509